TELLE QUE JE SUIS

Titre de l'édition originale : Show us who you are
Éditeur original : Knights Of, Londres
Loi n° 49.956 du 16 juillet 1949 sur les publications destinées à la jeunesse : mars 2023
Dépôt légal : mars 2023
Imprimé en France par Gibert Clarey Imprimeurs à Chambray-Les-Tours (37)

ISBN 978-2-211-00286-8

ELLE McNICOLL

TELLE QUE JE SUIS

Traduit de l'anglais (Royaume-Uni)
par Dominique Kugler

MÉDIUM
l'école des loisirs
11, rue de Sèvres, Paris 6e

À mes chers amis absents

– En quoi es-tu différente, Cora ?

Au lieu de répondre tout de suite, je promène mon regard autour de la pièce. Elle est aussi blanche, aussi propre que l'intérieur d'une baignoire. Sur le mur de droite, un grand miroir. Adrien m'avait prévenue : cet endroit n'est que mirages et miroirs. Que voulait-il dire ? Mystère.

– Cora ?

Je tourne la tête dans sa direction en évitant son regard. La Pr Gold n'est pas comme les autres scientifiques qui travaillent ici. Quand elle rit, c'est avec tout son corps, l'air rayonnant.

Elle me sourit, attendant ma réponse.

Ce sont des gens super intelligents, mais personne ne peut être intelligent pour tout, comme m'a dit Adrien.

Il m'a parlé d'eux, pour me préparer. C'est son père qui dirige cet institut. Adrien a été assis à cette même place. Dans cet endroit où je me sens si mal à l'aise. Il a répondu à leurs questions.

Moi aussi, je peux le faire.

Adrien. Adrien est mon meilleur ami.

Et c'est pour lui que je fais tout ça.

1
LA SOIRÉE TANT REDOUTÉE

Quelques mois plus tôt

– Pourquoi est-ce que je dois venir avec vous ?

Je lance un regard noir à mon grand frère, Gregor, et à mon père, au moment où ils me pressent de sortir de la maison et me font monter dans notre vieille voiture pourrie.

– C'est un petit détail de rien du tout qu'on appelle « la règle », Cora, répond mon père d'un ton enjoué en me poussant vers le siège arrière, tandis que Gregor, assis à l'avant, se regarde fébrilement dans le rétroviseur. Pas question que tu restes seule à la maison. Surtout après ta mésaventure avec le grille-pain.

– Le pompier a dit que ça arrivait tout le temps. Et je te rappelle que, cet été, tu vas me laisser me balader toute seule dans les rues de Londres. C'est bien plus dangereux que la maison. Les gens conduisent comme des dingues, aujourd'hui.

Mon père démarre et fait une marche arrière sur la route pour prendre la direction des quartiers chics de la ville.

– Ça, tu peux le dire ! grommelle Gregor au moment où papa franchit à toute vitesse un ralentisseur, nous obligeant, mon frère et moi, à nous cramponner à nos accoudoirs, comme si notre vie en dépendait.

Il fait nuit, et les lumières de la ville sont trop éblouissantes pour moi, après la sale journée que j'ai passée au collège. Je fais bouger mes doigts pour en chasser les tensions et je ferme les yeux. Je ne suis pas d'humeur à me dissimuler derrière un masque, ni à me forcer à communiquer, ni à faire semblant de m'intéresser aux banalités des adultes.

Bientôt treize ans. C'est fou ce que tu as grandi. On a appris, pour ta maman. C'est terrible.

Très peu pour moi.

Bientôt, papa et Gregor se chamaillent pour savoir où il vaut mieux garer la voiture. Nous sommes donc quasiment arrivés. Gregor me fourre un paquet cadeau dans les mains, au moment où nous montons sur le perron d'une grosse villa tout en hauteur, typique de ce quartier chic qu'est Knightsbridge. Quelques ballons sont accrochés au bouton de la porte d'entrée.

– C'est l'anniversaire de qui ? je chuchote à Gregor lorsqu'il appuie sur la sonnette.

Au lieu d'un carillon on entend alors un chant patriotique, *Rule Britannia*, et, d'une main, papa me bâillonne pour étouffer mon grognement moqueur.

– Tu es priée de garder tes remarques pour plus tard, me chuchote Gregor.

– Mais oui, t'inquiète.

– C'est l'anniversaire du fils de mon boss. Il a ton âge. Tu donneras le cadeau à la bonne.

– La *bonne* ?!

La lourde porte d'entrée noire s'ouvre et apparaît alors, en effet… une domestique. Le visage épuisé, totalement fermé. Derrière elle, de la musique, des bruits de conversation, une foule de gens. Papa me débâillonne et je tends le cadeau à la bonne. Elle le prend en soupirant puis se retourne pour le poser sur une gigantesque pyramide d'autres paquets luxueusement emballés.

Nous la suivons. Elle prend nos manteaux. Papa et Gregor, tous les deux en costume, ont l'air de deux pingouins stressés.

– Gregory !

Mon frère s'élance vers la personne qui vient de l'interpeller en écorchant son prénom, nous plantant là, papa et moi. Lui lisse nerveusement les revers de sa veste, moi je jette des regards étonnés sur cette maison d'un luxe inouï.

On se croirait dans un musée. Je n'ose rien toucher.

– Qui es-tu ?

Je lève la tête : une grande femme mince aux longs cheveux blond platine descend l'escalier d'un pas gracieux. Elle me tend la main avec un sourire engageant.

Dans ces moments-là, je n'ai aucune idée de ce que l'on

attend de moi. Veut-elle que je lui prenne la main ou que je la serre simplement ?

À mon tour j'avance timidement la main. Ses bracelets tintent lorsqu'elle me la saisit et la serre.

– Tu es une amie d'Adrien ? me demande-t-elle d'un ton enjoué.

– Non. Je suis Cora Byers. Mon frère travaille pour M. Hawkins.

– C'est bien impoli de la part de M. Hawkins de t'avoir privée de ton frère ! Et vous voici abandonnés, ton père et toi, alors que vous ne connaissez personne, ajouta-t-elle en souriant chaleureusement à papa.

Elle tient toujours ma main dans la sienne.

– Oui, carrément, je dis.

Elle rit.

– Suis-moi, ma belle, dit-elle en me guidant à travers cette foule de gens qui ne font pas attention à nous.

Des rires forcés résonnent autour de moi, tandis que la dame m'entraîne vers l'arrière de la maison.

– Ici, il n'y a malheureusement pas beaucoup d'enfants avec qui parler, dit-elle.

– Ah, je commente, sans préciser qu'en réalité ça ne me dérange pas du tout de rester seule.

– Allez chercher quelque chose à boire pour M. Byers, ordonne-t-elle à la bonne en passant.

– Je ne bois pas, je conduis, lui lance mon père, avant de se mêler à la foule des convives.

Lorsque nous arrivons devant ce que j'imagine être la porte de service, elle lâche enfin ma main.

– Va voir si tu trouves le héros du jour, dit-elle et me tend la grosse clef dorée qu'elle vient de décrocher du mur.

Perplexe, je regarde cette clef, puis je lève de nouveau la tête vers la dame, mais elle est déjà repartie, me laissant avec ce mystérieux objet.

La porte de service étant déjà ouverte, je me demande à quoi peut bien servir cette clef. Je sors et là, en bas des marches, je comprends. Un immense jardin se cache derrière de hautes grilles que les arbres dépassent. Je m'en approche lentement. Je vais pouvoir me retrouver seule, au calme. Je déteste la foule, le bruit et tout ce qui, d'une façon ou d'une autre, surstimule mes sens.

Un jardin, pour moi, c'est le luxe absolu. J'aimerais trop qu'on en ait un.

La clef ouvre la grille noire, et me voilà dans la verdure, sous les bosquets.

Au collège, un professeur de SVT nous a fait un cours sur les arbres et l'oxygène. Je n'ai pas tout retenu, mais parfois, j'ai l'impression que les arbres m'aident à respirer.

Je commence tout juste à me détendre, lorsqu'un frisson me saisit. Quelqu'un me suit.

À force de me sentir mal à l'aise dans les couloirs du collège, j'ai développé un sixième sens. Je sais quand on m'observe ou qu'on parle de moi. Et là, je sens une présence dans mon dos.

Je continue d'avancer en serrant la clef contre moi. Je ne sais pas si c'est à cause de la journée infecte que j'ai passée au collège, mais je suis particulièrement à cran, aujourd'hui.

J'en ai assez qu'on me regarde comme une bête de cirque.

Un léger craquement, derrière moi. Je me retourne. J'avance les bras vers la forme qui me fait face et je la repousse. Elle part à la renverse et m'entraîne dans sa chute. La clef tombe dans l'herbe, près de l'allée.

– Eh, ho !

De mon avant-bras, j'appuie de toutes mes forces sur une clavicule : celle d'un garçon. Il a mon âge ou un peu plus. Après avoir bredouillé je ne sais quoi pendant un moment, il éclate de rire.

– Pourquoi tu me suis ? je glapis.

– Et toi, pourquoi tu as une force pareille ? rétorque-t-il en riant entre chaque mot.

– Tu m'espionnais ?

– C'est ça, oui, glousse-t-il. Je te suis depuis que tu as ouvert la grille pour avancer jusqu'au milieu de l'allée. C'était palpitant.

Je le lâche. Il se relève, toujours rigolard.

– Qui es-tu ?

– C'est toi que je surprends dans mon jardin. Ce serait plutôt à toi de me dire qui tu es.

Je le détaille. Assez grand mais pas du genre asperge. Mon âge, c'est sûr. Cheveux bruns bouclés, un nez un peu trop long pour son visage. Des yeux lumineux et rieurs, ce que je trouve très déstabilisant. Tous les garçons du collège commencent à avoir le regard mauvais. Lui, pas du tout.

Je le détaille d'un œil noir.

– Tu es Adrien Hawkins.

Il pointe l'index tout près de mon visage.

– Bien vu.

J'écarte son doigt.

– Tant mieux. Bon anniversaire. Ton cadeau est dans le vestibule.

– Tu m'as fait un cadeau ?

– Évidemment.

– C'est gentil à toi qui ne me connais ni d'Ève ni d'Adam.

Il ne parle pas comme les enfants de notre âge. Ni même comme les adultes que je connais. Aucune des conversations que j'ai répétées ou préparées ne me permet de lui répondre, alors je ramasse la clef et je me dirige vers ce qui ressemble à des courts de tennis, à l'autre bout du jardin secret. Il m'emboîte le pas.

– Tu vas au collège ?

Je grommelle :

– Bien sûr que je vais au collège.

– Pas moi.

– Ça ne m'étonne pas, je réponds en le toisant de haut en bas.

– Pourquoi ça ?

– Je ne sais pas, je dis en soufflant sur ma frange pour la chasser de devant mes yeux. Tu n'as pas l'air… trop cassé.

Il pouffe de rire.

– C'est vrai. Ma mère m'a retiré juste à temps du système scolaire. J'apprends mieux à la maison.

Ça pourrait expliquer qu'il soit aussi différent.

– Tu as un nom ?

– Oui, dis-je avec froideur.

– Tu me le dis ?

– Pourquoi tu ne participes pas à ta fête d'anniversaire ?

– Ce n'est pas vraiment ma fête, c'est plutôt celle de mon père, répond-il sans émotion. Il a invité tous ses amis les plus snobs et des gens de son boulot.

– Ton père est le boss de mon frère.

– Ah bon ? Ton frère travaille chez Grenade ?

L'Institut Grenade est la société de Magnus Hawkins. Je ne sais toujours pas exactement ce qu'on y fait, mais à chaque fois que Gregor veut nous en parler, papa change de sujet.

– Oui, je réponds, préférant parler de Gregor que de moi.

– Si mon père vous a tous invités, c'est qu'il considère ton frère comme quelqu'un d'utile.

Encore une remarque bizarre. Je ne relève pas.

– C'est pas grave si tu ne veux pas me dire comment tu t'appelles.

– Tant mieux.

– Je vais essayer de deviner.

Je ferme les yeux. Il ne va quand même pas énumérer tous les prénoms de fille qui lui passent par la tête !

– Angela.

Eh bien, si.

– Bryony ?

Et par ordre alphabétique, en plus.

– Je m'appelle Cora, dis-je en soupirant. Avec un C.

Il rit.

– Cool. Ça me plaît.

Je m'attendais à une réflexion désagréable. C'est courant avec les élèves du collège : un petit mot gentil aussitôt suivi d'une vacherie. Mais lui, non.

Quand elle vivait encore, maman m'a dit un jour : quand les garçons sont méchants avec les filles, c'est qu'elles leur plaisent. J'ai trouvé ça révoltant et je sais très bien que ce n'est pas le cas des garçons que je connais.

Tout à coup Adrien tourne la tête et siffle très fort. Je m'éloigne d'un bond. Les sons stridents me sont insupportables.

Quelque chose arrive vers nous en bondissant.

– Cerby, je te présente Cora. Cora, je te présente mon chien.

Le grand chien aux oreilles hirsutes lève la tête vers moi en remuant frénétiquement la queue.

– Dis donc, Cerby, tu étais où quand cette fille m'a attaqué ? plaisante Adrien dans un éclat de rire en lui ébouriffant les poils du cou. Hein, tu étais où ?

J'essaie vainement de réprimer un sourire. Ce chien est trop mignon et ils ont l'air de bien s'entendre tous les deux.

– Viens, mon chien, je veux voir le cadeau que Cora, ici présente, a pris la peine de m'apporter, plaisante Adrien.

Il se dirige vers la maison, et Cerby le suit docilement.

Je lui lance un regard noir. Il me met au pied du mur et j'ai horreur de ça. Mais je les suis. Ils quittent le jardin et montent les quelques marches qui conduisent à la porte de service. Tous les invités sont passés au salon. Au pied de l'escalier, la pile de cadeaux n'a pas bougé.

Adrien s'en approche et me regarde.

– Alors, lequel est le tien ?

Je fronce les sourcils et j'essaie de me rappeler. Je repère alors un cadeau moins joliment emballé que les autres.

– Celui-ci.

Il le tire, d'un mouvement rapide sans faire vaciller la pyramide.

– C'est de la part de Gregor et toi, constate-t-il, en lisant l'étiquette d'un air amusé. Qu'est-ce que c'est ?

Il plante ses yeux dans les miens en plissant les lèvres. Je le fusille du regard. Pas question que je perde la face. J'essaie de réfléchir à un objet banal mais utile que mon frère aurait pu acheter et emballer.

– C'est… un réveil.

– Un réveil ? Sérieux ?

Adrien tire lentement sur le ruban qui entoure la boîte sans me quitter des yeux ni se départir de son petit sourire.

Je lui renvoie un rictus hautain.

– Sérieux.

Adrien déballe le cadeau, les yeux toujours fixés sur moi. Subitement j'ai envie de pouffer de rire.

Il m'amuse.

À notre grande surprise, il déballe un carton contenant une maquette d'avion. Une maquette à construire entièrement. Je lève les yeux vers lui, m'attendant à ce qu'il jubile d'avoir gagné à notre étrange petit jeu de question-réponse.

Mais soudain il devient plus sérieux.

– Désolée, c'est pas un réveil, je plaisante.

– Non, mais c'est bien mieux. J'adore les avions.

Je baisse les yeux vers Cerby qui renifle les autres cadeaux.

– Alors… c'est top.

– Je veux être pilote, plus tard, précise-t-il avec un sourire radieux.

– Carrément ?!

Moi, je voudrais être journaliste reporter, mais je garde ça pour moi.

Il repose délicatement le paquet en haut de la pile et me dévisage avec un sourire lumineux.

– J'*adoore* mon cadeau. Merci, Cora.

Je glousse. Il sait que je n'y suis absolument pour rien. Mais je joue le jeu et je lui adresse mon plus gracieux sourire en disant :

– Je t'en prie, Adrien.

– Ah, tu l'as trouvé !

Nous nous retournons. La femme très chic de tout à l'heure vient vers nous, une coupe de champagne à la main.

– Viens ici !

Adrien fait semblant de vouloir lui échapper, mais elle l'attrape et dépose sur sa tempe un baiser claquant qui laisse une épaisse trace de rouge à lèvres grenat. Elle rit.

– Bon anniversaire, mon chéri. Alors, Cora, le jardin t'a plu ?

Elle a enroulé un bras autour de lui et le tient fermement. Elle se tourne pour me sourire avec chaleur.

– Oui, j'ai bien aimé, dis-je un peu timidement.

– Et comme ça, vous êtes devenus amis, tous les deux ? ajoute-t-elle d'un ton enjoué en regardant de nouveau Adrien.

Je m'attends à ce qu'il soit gêné et cherche à se dégager, mais pas du tout. Il me sourit de toutes ses dents et répond :

– Ben ouais !

Je suis trop surprise pour protester.

– Bien ! s'écrie sa mère, l'air tellement ravie que l'on ne peut pas douter un instant de son bonheur. Tu sais, Cora, Adrien est très seul pendant les vacances d'été. Tu pourras venir chez nous quand tu veux.

Je pense à mes propres étés, toujours longs et solitaires, et je ressens une étrange douleur.

– Je vais y réfléchir, madame Hawkins.

Et bizarrement, je crois qu'en effet je vais y réfléchir.

2
L'INSTITUT GRENADE

Nous sommes samedi, le lendemain de la soirée. Je suis attablée devant mon petit déjeuner préparé par Gregor : des toasts beurrés et deux gros œufs au plat. Papa regarde par la fenêtre, comme il en a pris l'habitude depuis que maman n'est plus là pour le gronder parce qu'il sale trop ses œufs. Gregor lit le journal.

– Qu'est-ce qu'ils font, chez Grenade ?

C'est à mon frère que je pose la question. Papa me jette un œil inquiet.

– Pas facile à expliquer, répond prudemment Gregor en posant son journal. Ils utilisent l'intelligence artificielle pour offrir un certain service.

– Du genre quoi ? Des robots ?

– Pas des robots. Des hologrammes.

– Gregor, intervient papa d'un ton presque menaçant.

– Des hologrammes de quoi ? je demande, ignorant mon père.

– Eh bien, des hologrammes d'individus, de vraies gens.

– Comment ça ?

Il rapproche sa chaise de la mienne et m'explique :

– Quand la technique sera tout à fait au point, on ouvrira ce service à un public payant. Les gens viendront passer du temps avec des hologrammes.

– Pour quoi faire ?

– Parce que certains hologrammes seront les doubles de célébrités. Les clients paieront pour avoir une longue conversation avec leur acteur ou leur actrice préféré. Comme s'ils le rencontraient en vrai.

– Mais ça ne peut pas être comme de rencontrer la vraie personne.

– Justement, c'est là qu'interviennent les ingénieurs du Golden Department. Ils font le maximum pour que chaque hologramme, qu'on appelle « gram », soit aussi humain, aussi vrai que nature. Ils étudient l'individu qu'ils veulent recréer et ils ne l'activeront que lorsqu'il sera identique à l'original. Autrement dit, on télécharge le cerveau, l'âme de quelqu'un, sur un ordinateur et ensuite on le projette !

Gregor est très fier de travailler chez Grenade. Et visiblement trop content que je lui pose enfin des questions. Du coin de l'œil, je vois papa regarder fixement sa tasse de café.

– Ça a l'air intéressant, je commente.

– Mais ça, ce n'est qu'un aspect des choses. Le top du top, ce sera…

– Ça suffit ! coupe papa en se levant brusquement pour

débarrasser son assiette. Tu as parlé à ta sœur de cet institut, maintenant changeons de sujet.

– Ce sera quoi, le top du top, Gregor ? j'insiste.

J'ai horreur qu'ils me cachent des choses. Gregor est beaucoup plus âgé que moi. Quand ils se campent, comme ça, tous les deux, dans leur exaspérante position d'adultes, je me sens toujours exclue.

– On interviewe de vraies gens, on les analyse dans les moindres détails et on en fait un gram, grâce à quoi ils deviennent immortels. Virtuellement. C'est une sorte d'immortalité numérique. Ça permet à leurs proches de garder un contact avec eux, même après leur mort.

J'ouvre de grands yeux, essayant d'assimiler ce que Gregor vient de m'expliquer. Toutes mes questions se bousculent dans ma tête.

– Tu veux dire que… que si maman avait été interviewée et étudiée là-bas, ils auraient pu faire une copie d'elle qui serait devenue éternelle ?

Papa émet un son indescriptible et se précipite hors de la cuisine. Gregor, lui, me sourit, les larmes aux yeux.

– Exactement, Cora.

Cette idée, tellement étrange, m'effraie un peu.

– À propos de Grenade, je voulais te parler d'une chose, ajoute Gregor, en jetant un coup d'œil vers la porte qui donne dans le couloir, comme s'il craignait que papa ne revienne aussi sec.

– Quoi ?

– Eh bien, Magnus… tu sais, le type chez qui on était hier soir.

Le père d'Adrien.

– Oui ?

– Il voudrait t'interviewer pour le Golden Department.

Je sursaute.

– Hein ? Pourquoi ?

– Parce qu'ils arrivent assez bien à recréer des neurotypiques, mais ils aimeraient avoir un gram réaliste d'un autiste.

Je suis scotchée. Nous ne mentionnons jamais le fait que je suis autiste. Je ne sais pas pourquoi, je ne vois pas où est le problème. Quand maman était encore en vie, on m'a envoyée voir un psychiatre qui a fini par poser ce diagnostic. Ça fait déjà un certain temps, et ni papa ni Gregor n'en ont jamais reparlé. À croire qu'ils ont oublié.

– Je ne pige pas.

– Je t'explique : ils veulent que leurs hologrammes soient aussi précis et ressemblants que possible. Et comme les autistes sont beaucoup plus rares que les neurotypiques, ils n'ont pas encore réussi à faire une réplique satisfaisante du cerveau d'un neurodivergent.

Ça me perturbe beaucoup de parler de ça.

– Je… J'aurais juste à passer plein d'entretiens, c'est ça ?

– Peu importe, parce que de toute façon tu ne le feras pas, lance papa qui a fait irruption dans la cuisine, en manteau, les yeux agrandis par la colère. Tu m'entends, Gregor ? Elle ne le fera pas.

– Papa ! rétorque mon frère d'un ton glacial.

Ils se fixent et poursuivent ainsi leur conversation muette.

Moi, je regarde par terre, mal à l'aise.

– Papa, Magnus nous paiera très cher pour ça.

– Ça m'est égal. C'est hors de question. Dis à ton boss, qui n'est même pas capable de prononcer ton prénom correctement, que ta petite sœur ne leur servira pas de cobaye.

– Mais papa, ce truc est énorme ! Ça aura une portée que tu n'imagines même pas. Les gens pourront faire leur deuil sereinement. Mieux que ça : ils ne seront jamais en deuil ! Ils n'auront jamais besoin de faire leurs adieux, à moins qu'ils y tiennent absolument. C'est génial.

– Écoute, fiston, tu peux me répéter ça jusqu'à la fin des temps, ta sœur ne participera pas à ce projet, un point c'est tout. Pas pour tout l'or du monde. Jamais. Ma fille n'est pas un sujet d'expérience.

Sur ce, il sort de la maison et Gregor monte dans sa chambre, hors de lui. Deux portes claquent en même temps, et moi, je lave lentement mon assiette. Je regarde la porcelaine blanche retrouver peu à peu son brillant en me demandant ce que ça doit faire. De voir quelqu'un revenir à la vie sous la forme d'un hologramme.

Je ne comprends pas la réaction de papa. Faire en sorte qu'on n'ait jamais à faire ses adieux à quelqu'un, c'est carrément extraordinaire, comme idée.

3
PAS UN TRAVAiL POUR TOi

Au collège, j'ai beaucoup de mal à me concentrer. C'est un environnement très difficile pour moi. Surtout depuis que je n'ai plus ma meilleure copine, Zoe. Elle est partie en Australie. On essaie de se parler en visio, mais le décalage horaire est énorme, et Zoe n'a jamais été douée pour programmer des rendez-vous.

Mais aujourd'hui, je suis attentive. Comme il ne reste que quelques semaines avant les vacances d'été, M. Ramsey va nous annoncer la composition de l'équipe éditoriale qui fera le journal à la rentrée. Depuis que je sais que le journalisme d'investigation est un vrai métier, j'ai décidé que ce serait le mien, plus tard. Je me suis focalisée exclusivement sur ce projet, ces dernières semaines. J'ai rédigé des exemples d'articles, j'ai cherché des sujets d'enquête, je me suis entraînée à la correction d'épreuves et j'ai présenté mes plans et mes idées sous la forme d'une maquette de une.

Comme dit papa, pour obtenir le job qu'on veut, il faut se surpasser. Alors j'ai couru un ultra-marathon.

– Bien, une dernière chose avant que vous ne vous sauviez, nous lance M. Ramsey en s'asseyant d'un bond sur son bureau.

Il met ses lunettes pour lire sa feuille. Je me penche en avant, tout ouïe. Ça y est !

– Je veux vous parler du journal de l'année prochaine. Je remercie celles et ceux d'entre vous qui ont posé leur candidature et préparé des interviews. Mlle Mabuse et moi-même avons été très impressionnés par la qualité de votre travail.

Je jette un coup d'œil vers Mlle Mabuse, l'assistante pédagogique, qui me sourit gentiment.

– Cependant, tout le monde ne passe pas la barre. J'ai sélectionné deux rédacteurs en chef et trois journalistes qui sont les suivants…

Je retiens mon souffle. Je me dis en moi-même que je serais déjà bien contente de faire partie de l'équipe, même si je ne suis pas parmi les rédacteurs en chef.

– Rédacteurs en chef, Jack et Michael. Journalistes… Gemma, Kate et Paul.

Sitôt l'annonce faite, presque toute la classe se lève d'un bond pour sortir, sauf moi qui reste collée à ma chaise, sonnée.

Je finis par me lever en chancelant. D'un grand geste, je fais glisser toutes mes affaires dans mon cartable. Quelqu'un me touche le coude et je sursaute.

C'est Mlle Mabuse.

– Cora, je voulais que tu saches que j'ai lu tout ton dossier de candidature. J'ai trouvé ton travail exemplaire.

Elle me sourit avec tristesse.

– Merci Mlle Mabuse, je réponds dans un soupir.

– J'ai insisté pour que tu sois sélectionnée, ajoute-t-elle tout bas, comme si c'était un secret.

J'avance jusqu'au bureau de M. Ramsey avec l'impression de sortir d'un rêve.

– Monsieur Ramsey ?

J'attends que les derniers élèves soient sortis de la classe.

– Oui, Cora ?

– Euh... Je peux vous poser une question ?

– Bien sûr, je t'écoute.

– Pourquoi vous ne m'avez pas mise dans l'équipe ?

Il soupire et lève les yeux vers moi, le visage froncé par une insupportable grimace de pitié.

– Cora... J'ai sincèrement apprécié l'effort que tu as fait pour ta candidature, mais j'étais bien obligé de choisir l'équipe la plus qualifiée.

Le masque derrière lequel je me camoufle commence à glisser, je le sens.

– Je sais, monsieur. En nous proposant de postuler, vous avez bien dit que ça représentait beaucoup de travail et que ce n'était pas la peine de perdre son temps si on ne voulait pas sérieusement s'impliquer.

– Rassure-toi, Cora, je sais que tu as pris la chose très au sérieux, répond M. Ramsey avec un petit rire.

Je suis à la fois gênée et indignée.

– J'ai même travaillé plus qu'il ne fallait. Et puis, excusez-moi, mais Michael et Paul ont trouvé leurs articles sur Internet. Ils ont copié sur un journaliste, je les ai vus faire pendant les TP de techno.

Je n'ai pas l'habitude de moucharder, mais là je suis ulcérée et furieuse.

– Écoute, Cora, les choses sont déjà bien assez difficiles pour toi en ce moment. Je pense que ce serait une trop grosse charge.

Je ne sais pas ce qui me prend mais je continue.

– Monsieur Ramsey, je dis d'une voix légèrement tremblante, si je pensais que c'est trop lourd pour moi, je ne me serais pas inscrite. En plus, vous avez pris tous les garçons qui ont posé leur candidature, alors qu'il y avait une majorité de filles. Comment est-ce possible que les candidats sélectionnés soient à 60 % des garçons, alors que 80 % des postulants étaient des filles ?

Je le vois qui essaie de faire le calcul dans sa tête. Puis il renonce et se frotte la nuque.

– Les garçons qui ont postulé ne travaillent pas avec assez de sérieux, en ce moment. Pour eux, ce projet était une bonne occasion de s'y mettre. J'étais très content qu'ils s'inscrivent !

– Eh bien dites plutôt ça, alors, monsieur Ramsey, je réplique d'une voix rauque. (Je m'en veux de m'énerver !) Dites qu'ils en ont plus besoin. Ou que vous les aimez mieux. Ne dites pas qu'ils ont plus de mérite, surtout si vous ne pouvez pas le prouver.

– Ça suffit, Cora. Faire un journal, ce n'est pas seulement beaucoup de travail, tu le sais. Cela exige aussi un esprit d'équipe. Exactement comme dans le monde réel. En général, on préfère embaucher des gens avec qui on s'entendra bien, avec qui ce sera agréable de travailler, d'accord ? La personnalité compte autant que le talent.

Son ton est glacial et je ne peux pas vraiment lui en vouloir. D'habitude je ne suis pas insolente avec les profs.

Baissant les yeux, je vois ma main agrippée au bord du bureau, les jointures toutes rouges.

– Donc, peu importe qu'on travaille dur ou pas. La compétence ne compte pas.

– Allons, ne le prends pas mal, répond-il avec un sourire bienveillant, comme pour se prouver à lui-même qu'il est très compréhensif. Ce sont des choses qui arrivent. Il y aura d'autres occasions.

– Je me suis donnée à fond, monsieur Ramsey. Je ne dis pas que j'ai tous les droits. Mais je trouve ça injuste.

Je me sens totalement ridicule. On ne peut pas raisonner à partir d'un sentiment, je le sais bien, mais j'ai l'intime conviction que ce n'est pas juste. Je n'étais pas de taille à m'inscrire aux joutes sportives : je suis bien trop nulle pour lancer et rattraper un ballon. Pourtant j'aurais pu m'inscrire et tenter ma chance, mais je n'aurais pas pour autant mérité une médaille. Une fois, ils ont voulu m'en donner une pour être arrivée dernière à la course de vitesse et je l'ai refusée. Je n'ai pas non plus cherché à savoir pourquoi on ne m'avait pas laissée intégrer la chorale du collège. Je suis consciente de chanter comme une casserole.

J'ai accepté tout ça, sachant que, dans ces domaines-là, je ne suis pas assez bonne. Mais je suis capable de participer à un journal, ça j'en suis sûre.

– Qu'est-ce qui vous fait dire que je ne pourrais pas travailler en équipe, monsieur Ramsey ?

– Oh, Cora, répond-il avec son détestable sourire compatissant. Tu sais bien pourquoi. Ton problème… enfin… simplement, je craignais que tu ne sois dépassée. Ce n'est pas un travail pour toi.

Je sens une sueur froide entre mes omoplates. Une colère légitime qui me rend incapable de parler. Regarder M. Ramsey dans les yeux n'est même pas envisageable.

Il ramasse sa tasse de café et me serre légèrement l'épaule avant de quitter la classe. Je tressaille à ce contact encore plus insupportable pour moi dans ce cadre et ces circonstances.

J'entends le brouhaha lointain de mes camarades qui continuent leur chemin sans moi dans le couloir. Mes doigts sont toujours crispés sur le bord du bureau, comme si ma vie en dépendait.

– Ça va ?

Je lève brusquement la tête. Mlle Mabuse se tient dans l'encadrement de la porte, un sandwich et une bouteille d'eau dans les mains.

– Oui, oui, ça va très bien, je réponds, bien que ce ne soit pas vrai.

Je veux juste être entendue. Il faut que je trouve un moyen de me faire comprendre. J'ai le sentiment que les gens se trompent sur mon compte. Si seulement je pouvais noter mes pensées et les envoyer aux autres, ils me comprendraient.

– Ah bon ? Moi, je serais furieuse, à ta place, dit Mlle Mabuse en poussant la porte du pied.

Elle tire une chaise pour s'asseoir. Je lui décoche un bref sourire, tout en chargeant mon cartable sur mon épaule.

– Non, c'est pas grave.

– Cora, si jamais tu as envie de parler de quoi que ce soit, je suis là.

– Merci, mais ça va très bien.

J'avance vers la porte en laissant mes longs cheveux tomber devant mon visage pour qu'elle ne voie pas la tête que je fais. Je ne sais jamais comment expliquer les choses.

Je peux exprimer mes sentiments avec un stylo mais pas avec ma voix.

*

* *

Sur le chemin de la maison, je continue à ruminer. Le soleil de juin m'oppresse.

Maman disait toujours ça. Elle ne supportait pas la chaleur.

– CORA!

Je lève la tête. Il est là, sur le trottoir d'en face. Adrien.

Il me fait de grands signes et me sourit, tout content. Il traverse pour me rejoindre en évitant de justesse une voiture. Le conducteur baisse sa vitre pour crier quelque chose, mais Adrien ne s'en rend même pas compte. Il vient vers moi au pas de course, tandis que je reste là à le regarder fixement.

Je n'aime pas ce qui bouscule mes habitudes. J'ai déjà été assez perturbée aujourd'hui. J'hésite à me sauver.

– Ne te sauve pas.

Bizarre. Normalement les gens sont incapables de lire dans mes pensées.

– Salut, je lâche, en le dévisageant d'un air que j'espère aussi hargneux que possible. Ce n'est pas le moment de me dire ce que je dois faire, j'ai eu une journée épouvantable.

– Toutes les journées de collège sont épouvantables. Tu ferais mieux de venir suivre les cours qu'on me donne à la maison.

– Non, merci.

Je me remets en route vers chez moi.

– Tu rentres toujours seule?

– Oui, je préfère.

– Tu préfères être seule.

Je m'arrête et je le toise de la tête aux pieds.

– Exactement.

Il rit.

– Et toi, qu'est-ce que tu fais par ici ? je me risque à demander, me sachant presque arrivée chez moi. On est très loin de Snobville.

– Snobville ? Tu veux dire mon quartier ? Tu n'aimes pas Knightsbridge ?

– Et toi ?

Il réfléchit vraiment avant de répondre :

– Moi, j'aime bien.

– C'est vrai ? Ce quartier où les gens ferment leur jardin à clef et ignorent leur bonne ?

– Elle s'appelle Bella et je ne l'ignore pas.

Une fois arrivée dans ma rue, je presse le pas.

– Tant mieux pour toi, alors.

– Au fait, je suis venu te demander quelque chose.

J'étais presque tirée d'affaire. Je lève les yeux au ciel, puis je cherche mes clefs dans mon sac d'école.

– Quoi ?

– Ma mère organise une garden-party ce week-end. Elle m'a dit que je pouvais inviter quelqu'un.

J'ouvre grand les yeux, dans l'attente de la question.

– Et alors ?

– Alors, je t'invite.

J'enfonce la clef dans la serrure puis je me tourne vers lui en le regardant droit dans les yeux.

– Bon. C'est une blague ?

– Non.

– On ne se connaît pas.

– Cora, c'est méchant de dire ça. Tu m'as offert une belle maquette.

Je le fusille du regard.

– Qu'est-ce qui te prend ? On n'est pas amis.

Une expression passe sur son visage, une sorte de tristesse, mais qui disparaît aussitôt.

– Moi, j'aimerais bien qu'on le soit.

– Tu ne peux pas suivre quelqu'un, comme ça, et l'obliger à devenir ton ami.

– Pourquoi ?

J'essaie d'ignorer la petite voix intérieure qui me chuchote qu'il a raison.

– Parce que. C'est pas normal.

– Et tu aimes les choses normales, toi ?

Non.

– Oui, je rétorque sèchement, encore furieuse du coup tordu que m'a fait M. Ramsey. Oui, j'ai décidé d'aimer les choses normales.

– Tu as tort, dit Adrien en souriant. J'ai essayé, et c'est pour ça qu'on me fait l'école à la maison, maintenant.

– Tu n'as quand même pas parcouru tout ce chemin uniquement pour me voir ?

– Euh, non, pas exactement, répond-il en se retournant pour désigner le coin de la rue. Là-bas il y a un magasin qui s'appelle « Envol », où on trouve toute sorte de trucs en rapport avec les avions. C'est sûrement là que ton frère a acheté mon cadeau d'anniversaire. J'y viens assez souvent, en fait.

– J'aime mieux ça, c'est un peu moins flippant. Merci.

Soudain, je remarque qu'une voiture noire tourne le coin de la rue pour aller se garer au fond de l'impasse. Je plisse les yeux pour essayer de reconnaître le conducteur. Adrien le remarque et jette un coup d'œil vers la voiture.

– C'est notre chauffeur. Il me suit quand je suis les gens.

– Ouais, en tout cas je n'ai pas spécialement envie de me faire de nouveaux amis, en ce moment. Encore moins s'ils sont riches et gâtés pourris.

Il me dévisage un instant puis lève les yeux vers ma maison. Je me hérisse. C'est une petite maison modeste que je me sens prête à défendre férocement.

– J'aime bien ta maison.

Je cesse de retenir mon souffle, son ton est sincère.

– Je peux entrer ?

Je me retourne pour regarder son chauffeur.

– Nestor ne va pas être contrarié ?

– Nan. Et il s'appelle Lloyd. Du moment que je suis à la maison avant mon père, tout va bien. Et, en semaine, il ne rentre jamais avant 21 heures.

Je pèse le pour et le contre avant de lâcher :

– Très bien. Alors, entre.

Il m'emboîte le pas, tout content, et nous entrons chez moi. Il ne fait aucun effort pour cacher sa curiosité. Il regarde attentivement les photos affichées au mur. Jette un coup d'œil dans le salon. Me suit le long du couloir jusqu'à la cuisine.

Je flanque mon sac sur le plan de travail et j'ouvre le frigo. Je bois une ou deux gorgées de jus d'orange à même la brique, puis j'attrape une bouteille d'eau.

– Vraiment, j'aime bien ta maison. Ça vit ici.

– Merci.

Je me souviens d'avoir pensé que la sienne ressemblait à un musée. Ou à une villa témoin.

– Ils sont où les autres ? demande-t-il après un silence.

– Mon frère travaille tard chez Grenade, comme ton père. Et à cette heure-là, mon père s'arrête toujours pour boire une bière au pub, avant de rentrer.

Papa a fini par se remettre de mon accident de grille-pain, si bien que maintenant j'ai le droit de rester seule à la maison.

– Et ta mère ?

Ma main glisse au moment où je veux ouvrir ma bouteille d'eau.

– Elle est morte.

En général, il y a silence pesant lorsque j'annonce ça. Ça met les gens mal à l'aise, ils se sentent comme pris au piège, ne savent pas comment réagir.

– C'est horrible, dit-il.

Je lève les yeux vers lui. Il ne semble ni mal à l'aise, ni angoissé, il a l'air sincèrement peiné.

– Merci. Ça fait plus d'un an, maintenant.

– C'est quand même horrible.

À présent, c'est moi qui suis gênée. Je déteste ce genre

d'échange. Discuter de cette façon, ce n'est pas dans ma nature. J'ai souvent l'impression qu'on me force à monter sur une scène de théâtre avec des acteurs qui répètent leur texte depuis des semaines alors que, moi, je ne le sais pas. Je bégaie, je fais de mon mieux, mais les autres me regardent d'un sale œil, comme si je les laissais tomber.

Ça fait des années que j'essaie d'améliorer mes rapports sociaux, de deviner comment les gens vont réagir. J'ai fait des progrès, je me trompe de moins en moins. Les réactions des gens, des gens normaux, sont toujours convenues et sans surprise.

Adrien ne réagit pas comme tout le monde. Il est imprévisible.

Une pensée me vient que je chasse aussitôt. C'est trop peu probable.

– Pourquoi tu as eu une si mauvaise journée ?

Je me demande si je dois le lui dire. Ça va sûrement lui paraître ridicule. Les autres jeunes de mon âge ne semblent jamais aussi attentifs ni aussi sérieux. Ils comprennent rarement pourquoi j'attache de l'importance à tel ou tel événement ou pourquoi j'ai du mal à renoncer à certaines choses. Même Zoe soupire parfois et s'étonne que je fasse ce genre de fixation.

Soudain, je m'entends dire carrément :

– J'ai bossé à fond pour être prise dans l'équipe qui fera le journal du collège l'année prochaine. Et le prof m'a dit que ce n'était pas un travail pour moi.

J'aurais mieux fait de me taire. Maintenant, il va me demander comment je peux être si sûre d'avoir travaillé plus dur que les autres, et d'être vraiment taillée pour ce rôle. Et surtout, il va s'étonner que je veuille faire du travail en plus au collège.

– C'est en partie pour ça que maman préfère que je fasse l'école à la maison. Ils rendent les choses tellement difficiles, quand on est différent.

Je le regarde, scotchée. Ce n'est pas le discours que j'ai l'habitude d'entendre. Je me sens prise au dépourvu.

– Qu'est-ce qui te fait penser que je suis différente ? je lui demande, un peu sur la défensive mais surtout inquiète.

« Différent », pour certaines personnes, ça signifie un peu excentrique. Pour moi, ça signifie que je suis découverte.

On se dévisage pendant quelques secondes, et je ne sais pas quoi dire.

– Bonjour !

On se retourne en même temps. Papa vient de rentrer. Il est manifestement stupéfait de voir Adrien ici. Celui-ci lui fait un signe de la main et un grand sourire.

– Bonjour, monsieur Byers.

– Papa, c'est Adrien Hawkins. Tu te souviens ? La fête d'anniversaire ?

– C'est pour toi la Lexus noire qui attend là-bas ?

– Oui, répond Adrien en tendant la main à mon père qui la lui serre longuement, tout en me regardant en coin. Vous croyez qu'il commence à s'impatienter, monsieur Byers ?

– Euh… je ne…

– Je vais y aller, alors. J'étais juste venu dire à Cora qu'elle est invitée à une petite fête, chez nous, samedi. Ça se passera dans notre jardin. À 19 heures. Elle a la clef.

J'ouvre la bouche pour dire que non, mais il est déjà parti. Il a longé le couloir prestement mais calmement et il est sorti.

– Curieux garçon, murmure papa en regardant la porte d'entrée se refermer.

J'approuve en silence puis j'attrape mon sac pour monter dans ma chambre.

Au moment où je le fais glisser du plan de travail, une grande clef dorée tombe de la poche de devant et atterrit sur le lino.

Je la ramasse avec précaution, puis je la glisse dans ma poche.

4
COMME MOI

En m'approchant de la grille en fer forgé qui donne accès au grand jardin, je perçois déjà les joyeux éclats de voix des invités. J'ai la boule au ventre, comme à chaque fois que je vais me retrouver en société. C'est à peine si j'entends Gregor me lancer, depuis la voiture, qu'il repassera me chercher à 21 heures. Je lui fais signe de partir.

J'ouvre la grille avec ma clef.

Le brouhaha des conversations me guide jusqu'à la réunion festive. Je ne vois pas d'autres jeunes de mon âge. Ça m'est un peu égal; je les trouve aussi déconcertants que les adultes.

Et en général, eux me trouvent encore plus étrange.

– Cora?

Je sursaute et lève les yeux vers celui qui m'a interpellée. C'est un homme, tellement grand qu'il me cache le soleil qui brille à travers les arbres. Son costume très bien coupé (contrairement à ceux de papa) lui donne l'allure d'un acteur de cinéma. Ses yeux cernés sont entourés de rides d'expression. Dans sa chevelure brune bouclée, quelques cheveux gris. Il me regarde comme s'il attendait quelque chose.

– Monsieur Hawkins ?

Je ne l'ai jamais vu, mais je le reconnais grâce à ce que m'a raconté Gregor. Je sais que c'est lui.

– Adrien t'a invitée ?

Je fais un gros effort pour ne pas garder les yeux fixés sur le gazon. J'essaie de croiser son regard, mais ça me met physiquement mal à l'aise. Je ne m'attendais pas à le rencontrer et il est très intimidant.

– Oui, oui, il m'a invitée.

Il approuve d'un signe de tête et sourit.

– Bien, bien. Il lui faut des copains de son âge. Tu es sans doute la petite sœur de Gregory ?

– De Gregor… oui, je rectifie sans hésiter.

– Est-ce qu'il t'a déjà fait visiter notre institut ?

– Non.

– Il devrait. Nous souhaitons y accueillir davantage de jeunes. Votre avis intéresse le service marketing.

Je ne suis pas certaine d'avoir compris ce qu'il vient de dire, mais j'acquiesce.

– Tu peux venir demain ? Le dimanche, c'est assez calme. Greg pourra peut-être t'emmener ?

Ça sonne plus comme un ordre que comme une question, mais j'admets que je suis curieuse de découvrir Grenade, surtout depuis que Gregor m'a expliqué ce qu'ils expérimentent.

– J'aimerais bien. Je vais lui demander.

Magnus m'adresse un grand sourire et, pendant une fraction de seconde, il ressemble étonnamment à Adrien.

– Allez, amuse-toi bien, Cora.

Puis il disparaît dans la foule des adultes. Heureusement qu'il ne m'a pas demandé de le suivre. Restée seule, j'essaie de me détendre un peu. C'est alors que je manque d'être renversée par un chien tout fou qui se jette dans mes jambes.

– Cerby !

Mme Hawkins et Adrien apparaissent à l'entrée du jardin, lui appelle son chien, elle éclate de rire. Je me penche pour gratter Cerby derrière les oreilles et il colle son museau humide contre ma joue.

– Papa t'embêtait à propos de Grenade, c'est ça ? plaisante Adrien, en venant jusqu'à moi avec sa mère, toujours aussi élégante.

– Il m'a proposé d'aller visiter l'institut, demain.

– Oh alors, c'est qu'il t'apprécie, Cora ! s'exclame Mme Hawkins en regardant le groupe de convives auquel le père d'Adrien vient de se mêler. Les gens qu'il invite à visiter Grenade sont toujours triés sur le volet.

À ces mots, je sens une chaleur monter en moi. Ça me console un peu du refus de M. Ramsey. D'une certaine façon, j'ai impressionné quelqu'un. C'est comme si j'avais réussi un examen.

On appelle Mme Hawkins. Elle me serre brièvement le bras et me jette un sourire angélique avant de s'éloigner.

Son pantalon blanc très long balaie le gazon impeccablement tondu avec un léger bruissement, et ses cheveux blonds restent parfaitement en place, malgré la brise.

– Alors comme ça, tu t'es décidée à venir ?

Je croise furtivement le regard d'Adrien avant de m'intéresser de nouveau à Cerby. J'adore les chiens. Eux non plus ne peuvent pas soutenir longtemps le regard de quelqu'un.

– Il ne t'a rien dit d'autre, mon père ?

Il y a une légère tension dans sa voix.

– Non. Il aimerait avoir mon avis sur l'Institut Grenade, c'est tout. J'y vais demain. Apparemment, c'est plus calme le dimanche.

– C'est vrai.

Adrien n'a pas l'air tellement enthousiaste, mais je ne sais pas quelle question lui poser pour qu'il m'en dise davantage.

– Tu veux un conseil ?

Je lève les yeux.

– Un conseil ?

– Au sujet de Grenade.

Je me penche pour arracher un long brin d'herbe que j'écrase dans la paume de ma main.

– Je me débrouillerai très bien, ne t'inquiète pas.

Il s'accroupit près de moi, et Cerby se rapproche de son jeune maître.

– Nan, écoute. C'est un drôle d'endroit. Les gens, le bâtiment… tout est bizarre là-bas.

– C'est l'entreprise de ton père, je te rappelle.

– Je sais.

– Et alors ? Tu n'as pas envie d'être de son côté ?

Il change de position pour mieux s'installer sur l'herbe.

– Ce n'est pas si facile que ça d'être de son côté.

J'étouffe un rire moqueur. Magnus Hawkins semble quelqu'un de très facile, au contraire. Il ne fait pas durer éternellement les conversations. Il va droit au but.

Adrien plante son regard dans le mien.

– Je le connais mieux que toi.

– Évidemment, je dis en levant les yeux au ciel. Mais il faut toujours qu'il y ait un parent sévère et l'autre indulgent. Mon père est un de mes meilleurs amis. Alors que ma mère a toujours été super stricte.

Il paraît surpris et je sais pourquoi. On n'est pas censé dire du mal des morts. On doit se souvenir d'eux comme de personnes sans défaut. Sauf que personne n'est parfait.

– N'empêche que, maintenant qu'elle n'est plus là, je regrette de ne pas avoir passé plus de temps avec elle. Même si elle était dure.

Je ne sais pas trop pourquoi je lui dis tout ça. Il me regarde intensément.

– Tu sais ce qu'ils font exactement chez Grenade ?

Je me force à le fixer droit dans les yeux.

– Je le sais très bien. Gregor me l'a expliqué.

Adrien hoche lentement la tête.

– Bon, alors ça va. J'espère que la visite t'intéressera.

– Tu y es allé, toi ?

– Oh oui.

– Et alors, qu'est-ce qu'il y a de si horrible là-bas ?

– Ce n'est pas horrible, admet-il, tout en caressant le ventre de Cerby qui a roulé sur le dos. C'est plein de gens intelligents et on y mange bien.

Je ne peux pas m'empêcher de rire. Adrien est imprévisible et je me surprends à trouver ça de plus en plus sympa.

– J'ai une idée ! lance-t-il en se levant d'un bond.

– Ah oui ?

– C'est bientôt les vacances d'été.

– Dans quelques semaines, oui.

– C'est-à-dire dans pas longtemps.

Moi, ça me paraît encore très loin. Quatre semaines dans mon collège ! Une éternité.

– Si on fabriquait un journal, tous les deux, pendant l'été ?

Je le regarde, surprise. Il change de conversation aussi soudainement que papa change de direction quand il conduit. Un virage à gauche, d'un seul coup, sans prévenir. Je secoue la tête.

– Quoi ?

– On devrait faire notre propre journal. On écrirait les articles et on ferait des photocopies qu'on distribuerait dans toute la ville.

Cerby halète en nous regardant tour à tour, comme s'il comprenait qu'Adrien est excité comme une puce et moi totalement perplexe.

– Adrien ! je m'esclaffe, c'est sympa, mais surtout ne te

sens pas obligé de me consoler à cause de cette histoire de journal du collège.

Il penche légèrement la tête, sourcils froncés.

– Je ne cherche pas à te consoler. L'été, je m'ennuie à mourir. Ce serait marrant. Et en plus, c'est inhabituel pour des gens comme nous de faire les gros titres d'un journal.

– Des gens comme nous ? C'est-à-dire des enfants ?

Il esquisse un sourire, puis glisse un coup d'œil vers les adultes attroupés un peu plus loin.

– Oui, c'est ça.

– Qu'est-ce que tu veux dire par « comme nous » ?

Il se retourne pour me regarder bien en face. Il sourit.

– Eh bien, toi tu l'*es*.

– Je suis quoi ?

– Comme moi.

Je laisse échapper un rire nerveux :

– Adrien, il n'y en a pas deux comme toi.

Je ne sais pas si c'est un compliment. Ce qui est sûr, c'est qu'Adrien est imprévisible, tout feu tout flamme. Ce qui rend encore plus étranges les moments où il est calme.

– Je vais y réfléchir, Adrien.

– D'accord, répond-il avec un sourire et un léger haussement d'épaules. Moi, je commence à réfléchir à des gros dossiers sur lesquels on pourrait faire des révélations.

Je me lève en pouffant de rire.

– Si ça se trouve, demain, je vais découvrir des trucs chez Grenade. Notre premier scoop, peut-être.

Je perçois, dans ses yeux comme un vacillement qui disparaît presque aussitôt.

– Oui, peut-être.

5
ELLE

Le bâtiment d'au moins six étages imite le style néobaroque des années 1900. Il paraît minuscule et incongru au milieu des gratte-ciel froids et rectilignes de Canary Wharf.

Gregor et moi sommes tombés d'accord sur le fait qu'il valait mieux que papa ne soit pas au courant de ma visite chez Grenade. Il est parti au cimetière de West Brompton, à une heure de route d'ici, et Gregor m'a emmenée avec lui au travail. Mais maintenant que je suis là, sur le trottoir, devant le bâtiment, j'aimerais que papa soit avec moi.

D'habitude, la grande esplanade de Canary Wharf, le quartier des affaires, grouille d'hommes en costume et de femmes en tailleur – toujours noirs, gris ou bleu marine – qui vous croisent, vous dépassent, discutent entre eux ou parlent à quelqu'un au téléphone. Ils se déplacent toujours à un rythme calculé et à une vitesse telle qu'il faut éviter de se mettre en travers de leur chemin si on ne veut pas se faire bousculer.

Mais le dimanche, ils ne sont pas là. On se croirait dans une ville fantôme.

Un portier nous ouvre les doubles portes vitrées de Grenade en saluant familièrement mon frère. Le hall d'accueil est assez sobre. À gauche, la réception et l'ascenseur, à droite, un escalier. L'hôtesse nous sourit d'un air professionnel tout en m'examinant avec une lueur de curiosité dans les yeux.

– Je peux enregistrer ma petite sœur, Noma ? Elle vient en visite.

Noma désigne une tablette blanche et un stylet électronique. Je signe avec application et lui rends la tablette. Elle se retourne pour murmurer un ordre à une petite machine d'où sort aussitôt une carte plastifiée. Gregor l'attache à un cordon et me la tend.

– C'est ton badge d'accès valable toute la journée, m'annonce Noma en articulant exagérément. Tu ne le perds pas, d'accord ?

– Mmm, d'accord, je réponds en l'accrochant autour de mon cou.

– Tu n'as rien remarqué de spécial chez Noma ? me demande Gregor.

Je me retourne pour regarder l'hôtesse d'accueil qui parle maintenant au téléphone. Elle n'a pourtant ni combiné à la main, ni écouteurs dans les oreilles. Les mains croisées sur son bureau, elle regarde droit devant elle, comme si son interlocuteur se trouvait dans sa tête. Je me retourne vers mon frère.

– Euh… je ne sais pas. Elle est très concentrée, elle est jeune.

Il hoche la tête, avec un sourire en coin. Nous nous éloignons.

– Mon bureau n'a rien de passionnant. Tu veux le voir quand même ? me demande Gregor.

– Je veux tout voir.

De quelque côté que je regarde, tout est incroyablement… blanc. Les murs, la moquette, l'ameublement minimaliste. Jusqu'aux pendeloques du lustre en cristal suspendu au centre du hall d'accueil. Alors que l'extérieur du bâtiment est gris, argent et chrome, l'intérieur est d'un blanc immaculé.

– On va commencer par le rez-de-chaussée, m'annonce Gregor en me conduisant vers une pièce située sur la droite. Bon, ici c'est le restaurant. Rien de très intéressant.

Un restaurant d'un luxe inouï. Je n'ai jamais mangé dans un endroit aussi chic. Quand Gregor me l'a décrit, dans la voiture, j'imaginais une espèce de cantine. Mais pas du tout. Il y a des nappes en lin, une musique douce en sourdine, et une odeur terriblement appétissante flotte dans l'air.

– Je pense qu'il y aura plein de monde, ici, quand on ouvrira au public, me chuchote Gregor.

Pour l'instant, seules deux personnes sont attablées. Magnus et une femme que je n'ai jamais vue, même dans les récits immersifs créés par Gregor. Magnus lève les yeux de son assiette où trône un feuilleté au homard qui a l'air délicieux. Son expression change subitement quand il nous voit. Il sourit et nous fait signe d'approcher.

Je me précipite vers eux en slalomant entre les tables inoccupées où sont disposées assiettes et argenterie. Magnus me fait signe.

– Je t'avais bien dit que c'était calme, le dimanche. Cora, je te présente la Pr Gold, notre grand génie.

Pr Gold. Je comprends maintenant d'où vient le nom du Golden Department. C'est donc cette femme, *la* Pr Gold, qui le dirige. Je suis furieuse après moi d'avoir pensé qu'il s'agissait d'un homme.

Elle est éblouissante. Je ne suis pas spécialement fascinée par la beauté ; je n'ai jamais tellement aimé le maquillage ni le parfum de maman. Trop forts, trop entêtants. Mais je dois reconnaître que la Pr Gold est vraiment belle avec ses yeux clairs aux longs cils noirs, ses pommettes hautes et ses cheveux blonds brillants. Presque blancs tellement ils sont blonds.

– Bonjour.

– Cora est la sœur de Gregor, dit Magnus à la Pr Gold, et également une amie de mon fils. Bien malgré elle, d'ailleurs, j'en ai peur.

La Pr Gold rit et je me sens tout de suite à l'aise avec elle. C'est très inhabituel pour moi. Me rendant compte que je la dévisage sans retenue, je lève les yeux vers Gregor qui me sourit joyeusement.

– Je l'ai invitée à visiter Grenade, reprend Magnus,

mais je suis un hôte bien négligent. Je te dois des excuses, Cora. J'ai une visio-conférence avec mes actionnaires, et les Américains ont la fâcheuse habitude de faire traîner ces réunions jusqu'à la fin de la journée.

– Pauvres Américains, glousse la Pr Gold. C'est moi qui vais te faire la visite guidée, ma chérie, ajoute-t-elle avec un large sourire découvrant des dents d'un blanc éclatant, parfaitement alignées.

– D'accord, je dis avec enthousiasme.

Nous échangeons un sourire.

– Alors, ciao, je vous laisse, dit Magnus en se rasseyant, avant de sortir de sa poche une tablette fine comme une feuille de papier. Viens me dire au revoir avant de repartir, Cora.

J'approuve d'un signe de tête, assez flattée, puis je suis la Pr Gold qui retourne vers la réception. J'avance vite, mais pas trop, prenant garde de ne pas donner de coups de pied dans ses chaussures à talons qui font clic-clac sur le sol en marbre. Une fois devant le bureau de Noma, elle se retourne et me sourit.

– Je me demande si le restaurant n'est pas ce qu'il y a de plus intéressant dans tout le bâtiment, dit-elle en s'adressant davantage à moi qu'à Gregor. La nourriture est absolument sublime, c'est l'endroit que je préfère chez Grenade. Il faudra que vous y déjeuniez avant de partir. Leurs pâtes ! Fantastiques ! J'en mangerais toutes les heures si j'avais le temps.

Je ris bêtement. Comme maman me le faisait tout le

temps remarquer, j'adore manger. Aussi l'enthousiasme de la Pr Gold pour la nourriture me remplit de joie.

– Allons par là. Voici le Jardin d'Harmonie. Un havre de paix essentiel.

Elle me guide gentiment à travers le hall d'accueil jusqu'à l'aile ouest du bâtiment.

C'est beau. On dirait une forêt tropicale d'intérieur. L'air y est chaud et humide. Des plantes, des fleurs et le doux clapotis d'un bassin à poissons. J'y jette un coup d'œil et je souris à la carpe aux couleurs chatoyantes qui nage dans l'eau cristalline.

– Elles sont mignonnes, non ? dit la Pr Gold en s'agenouillant avec grâce près du bassin pour caresser une grosse carpe orange et blanche. Ce sont mes amies. Elles sont là depuis aussi longtemps que moi. J'aime venir leur parler quand j'en ai assez des hommes et des femmes d'affaires insensibles.

Je la dévisage, émerveillée. C'est le refuge idéal pour quelqu'un comme moi. Quelqu'un à qui il arrive d'être surstimulé ou submergé par ses émotions.

– Nous l'appelons le Jardin d'Harmonie, reprend-elle en se relevant et en caressant le feuillage d'une plante géante, parce que nous savons à quel point une expérience chez Grenade peut être éprouvante pour certaines personnes. Elles ont parfois besoin d'un petit temps pour se reposer ou se préparer.

Je hoche lentement la tête, tout en promenant mon regard sur ce bel espace si serein.

– Je crois que je préfère ce jardin au restaurant, je murmure.

– Eh bien, en vérité, moi aussi, me dit-elle avec un sourire très doux.

Je ris.

Je sors à regret du Jardin d'Harmonie pour suivre Gregor et la Pr Gold vers l'ascenseur. Nous y entrons et elle appuie sur le bouton du premier étage en disant d'un ton neutre :

– L'auditorium, les vestiaires et les toilettes sont au sous-sol. Inutile de t'ennuyer avec ça. Nous n'allons pas non plus nous attarder au deuxième étage, où se trouvent le service marketing et les ressources humaines. Ce serait barbant, pour toi. C'est bon pour les adultes.

Je ris de nouveau. Elle n'est pas comme les autres grandes personnes, et ça me plaît beaucoup.

Il y a une activité folle au premier étage. Des groupes de gens massés devant des écrans d'ordinateurs parlent dans des casques audio et font circuler des tablettes. Au fond, dans une pièce entièrement vitrée, encore plein de gens réunis autour d'une table.

– Ils lancent une nouvelle campagne, nous explique la Pr Gold. Ce sont tous des perfectionnistes et des bourreaux de travail. Ne dérangeons pas la ruche.

En disant ça elle fait une grimace et je m'entends rire pour la énième fois.

– Le prochain étage est le vôtre, dit-elle à Gregor en

lui donnant un petit coup de coude. Il rit, lui aussi, et je remarque qu'il rougit légèrement.

Nous arrivons au deuxième. C'est un bureau paysager, un grand espace de travail divisé par des cloisons à mi-hauteur, où des employés sont concentrés, chacun devant son bureau, les sourcils froncés.

J'imagine très bien mon frère travailler à cet étage, avec tous ces experts en informatique et autres spécialistes en technologie.

– Je vais devoir te laisser, Cora, me dit Gregor en se glissant dans un des box. Tu pourras te débrouiller sans moi ?

– Bien sûr, s'amuse la Pr Gold à ma plus grande satisfaction. De toute façon, on est mieux entre filles ! Descendez la rejoindre à l'heure du déjeuner, je vais bien m'occuper d'elle.

– Je n'en doute pas, répond Gregor avec un sourire très décontracté.

Ça me fait plaisir de le voir comme ça.

– Et au troisième niveau, qu'est-ce qu'il y a ? je demande avec enthousiasme alors que nous reprenons l'ascenseur.

– Eh bien, tu vas penser que je change tout le temps d'avis, me répond-elle avec des yeux lumineux, mais c'est encore un de mes étages préférés.

Elle me donne un petit coup de coude, comme elle a fait à Gregor, et j'éclate de rire.

Les portes de l'ascenseur s'ouvrent. C'est l'étage le plus calme de tous ceux que j'ai vus jusqu'à présent. Il y a là de vraies pièces, et non pas un plateau ouvert, comme au premier et au deuxième.

– Voici nos Salons d'attente, dit-elle tout bas avec attendrissement.

Toutes les portes sont closes, munies d'un numéro et peintes chacune d'une couleur différente.

– Ils servent à quoi ? je demande.

– Ces salons sont le point central de tout ce que nous faisons chez Grenade.

Elle ouvre la porte la plus proche de nous, d'un rouge écarlate comme les bornes d'incendie. J'entre. Je suis frappée par la chaleur et le calme qui règnent dans la pièce meublée comme le salon d'un petit hôtel de charme. Des fauteuils moelleux entourent une table basse où est posé un service à thé en porcelaine. Un grand miroir occupe le mur du fond. Au plafond, un lustre en cristal tinte et scintille.

– Ça te plaît ?

Elle me pose la question avec sincérité, guettant ma réaction. Comme tout à l'heure avec Magnus je suis flattée, je me sens importante, adulte. On m'apprécie, on me respecte.

– C'est très joli. (Ça m'agace de ne pas trouver un terme plus précis.) Et accueillant.

Pas tellement mieux.

Mais la Pr Gold semble satisfaite. Elle me serre le bras.

– Qu'est-ce qu'on fait dans ces pièces ?

– On les appelle « Salons d'attente » mais ce n'est pas vraiment ça. Ce sont des espaces de rencontre.

– De rencontre ?

Elle me regarde au fond des yeux d'un air doux et serein.

– Oui. C'est ici que les gens viendront rencontrer les grams.

Tout me revient d'un seul coup. L'objectif de la société Grenade. Ce qu'on y fait. De nouveau, je détaille la pièce spacieuse et tranquille. J'essaie d'imaginer une personne assise dans le luxueux fauteuil rose pâle. En train de parler à un fantôme. Je me souviens de ce que m'a expliqué Gregor. Que les grams sont des représentations virtuelles de personnes mortes ou vivantes. Leur cerveau, leur âme et leur personnalité ont été enregistrés et sont reproduits sous la forme d'un hologramme.

– Comment vous faites ?

Elle pointe l'index vers le plafond : il est criblé de petites lampes qui ont une drôle de forme mais ressemblent, en gros, aux projecteurs qu'on utilise au théâtre.

Tous les points lumineux convergent vers le même endroit : l'autre fauteuil.

– C'est par là qu'est projeté l'hologramme, m'explique-t-elle doucement. De telle sorte que l'invité puisse l'avoir en face de lui. Comme s'ils prenaient le thé ensemble, tout simplement.

Les questions se bousculent dans ma tête. Je ne sais pas par laquelle commencer.

– C'est un peu compliqué, je sais. Je me ferai un plaisir de répondre à toutes tes questions. Ce programme peut être assez effrayant et déroutant, de prime abord. Mais l'immortalité numérique est un projet dont il a beaucoup été question et que l'on essaie de réaliser depuis les débuts de l'intelligence artificielle.

– Les hologrammes ne vont pas comprendre qu'ils sont morts ? je demande, les yeux fixés sur le service à thé.

– Ah, c'est là qu'intervient mon service de programmation informatique, dit-elle triomphalement. Nous avons des astuces et des réglages pour faire en sorte que les grams soient calmes et ne remettent pas en question leur réalité, même s'ils sont capables de s'adapter et d'observer. Mais tout cela dépendra aussi de nos invités. Ils devront signer un contrat par lequel ils s'engagent à ne pas divulguer aux grams des informations qui les mettraient en danger. Cela dit, la majorité des gens voudront simplement bavarder. Parler de choses et d'autres, discuter de sujets anodins comme ils aimaient le faire avec la personne disparue. Combler ce manque.

Je regarde fixement le fauteuil rose vide. J'essaie d'imaginer à quoi pourrait ressembler un gram, comment il bougerait. Comment il parlerait.

– Il faudra que tu reviennes, me dit la Pr Gold. Tu pourras faire une séance avec la personne de ton choix. Et ensuite je prendrai le temps de répondre à toutes les questions que tu voudras.

Son ton chaleureux me distrait du brusque sentiment d'étrangeté que m'inspire cette pièce.

Je lève les yeux vers elle.
– Merci, professeur Gold.
– Je t'en prie, Cora.

6
SEULS DANS L'UNIVERS

– Mon père n'était pas du tout content d'apprendre que Gregor m'avait emmené chez Grenade.

Adrien et moi sommes assis sur l'herbe, au soleil, dans son jardin. Cerby court après un pigeon.

– Qu'est-ce qui s'est passé ? me demande-t-il.

– Ch'sais pas. Ils se sont enfermés dans la voiture et se sont engueulés pendant vingt minutes. Ensuite ils sont rentrés à la maison et n'ont pas desserré les dents de toute la soirée.

Adrien pouffe de rire.

– Je vais te dire, mes parents se hurlent souvent dessus, devant moi, le soir au dîner. J'aimerais autant qu'ils aillent le faire dans la voiture.

Je le dévisage attentivement.

– Ils se disputent à quel sujet ?

Je suis surprise que des gens comme ça se querellent. Je regarde, au bout du jardin, cette villa pleine de décorations luxueuses et d'œuvres d'art. De produits frais achetés dans les meilleurs magasins de Londres. Des rideaux en provenance de Paris, comme Mme Hawkins me l'a dit elle-même. Une femme de ménage pour nettoyer derrière vous. Une cuisinière, un chauffeur pour vous conduire partout.

Je ne vois pas de source de conflit dans tout ça.

– À mon sujet, en général, soupire doctement Adrien.

– Pourquoi ?

– Papa n'était pas d'accord pour qu'on me fasse l'école à la maison. Il avait peur que ça m'esquinte.

– Que ça t'esquinte ? je m'exclame, moqueuse. Qu'est-ce que ça peut vouloir dire ?

– Pour lui, il faut absolument avoir l'air normal. Sauver les apparences.

Je ne souris plus. Je fixe Adrien, m'obligeant à scruter chaque trait de son visage pour deviner ce qui se passe vraiment.

– Adrien, qu'est-ce que ça sous-entendait, samedi dernier quand tu m'as dit que j'étais comme toi ?

Il finit par lever les yeux et me dit, simplement :

– On est différents, tous les deux. Nos cerveaux sont différents.

Mon sang se glace, mes doigts s'agitent sous l'effet de l'anxiété.

– Quoi ?

– Ben oui, dit-il dans un haussement d'épaules. Tu es autiste et moi j'ai un trouble de déficit de l'attention avec hyperactivité, un TDAH.

J'ai horreur que les gens l'apprennent par quelqu'un d'autre. Au collège, je devine tout de suite quand un prof est au courant : il change de comportement. Comme la plupart des gens apprenant que maman était mourante me servaient cette même pitié mielleuse, ce même ton condescendant.

– Comment tu le sais ? je lui demande dans un souffle.

– Ton frère l'a dit à mon père. Pourquoi, c'est un secret ?

– Non, mais ça ne te regarde pas, je réponds avec irritation.

Je me rends compte que je l'ai blessé, mais il s'en remet vite.

– En tout cas, ça veut dire qu'on est presque pareils.

Le « trouble de déficit de l'attention avec hyperactivité », j'en ai entendu parler, bien sûr, mais je n'avais jamais rencontré personne qui en soit atteint.

– Les deux trucs sont cousins, ajoute-t-il en joignant les mains comme s'il priait. Nos cerveaux sont hors norme.

Je suis perplexe. Je n'y avais jamais réfléchi de cette façon. J'ai jeté sans les lire presque tous les documents que le médecin m'avait donnés après m'avoir diagnostiquée.

– Nous sommes tous les deux différents, il répète. C'est pour ça qu'on s'entend si bien.

– Qu'on s'entend si bien ? Tu m'as suivie !

– Et toi, tu m'as attaqué !

– Tu n'avais qu'à pas me suivre !

Il éclate carrément de rire, puis secoue vigoureusement

ses mains comme pour se débarrasser d'invisibles gouttes de pluie.

– Bon, alors ça fait quoi d'avoir un TDAH ? je lui demande, presque à voix basse.

Évidemment, je me fais avoir. Tout en me dévisageant, l'air de dire « tu te paies ma tête, ou quoi ? », il me retourne la question.

– Ça fait quoi d'être autiste ?

– Bon d'accord, je murmure.

Moi-même j'ai horreur d'expliquer ça, alors je ne vais pas lui demander de le faire.

Il sourit, satisfait. Changeant complètement de sujet, je dis :

– Je ne vois pas ce qui te déplaît chez Grenade. C'est génial. Super cool.

– Ah oui ? réplique-t-il, sarcastique.

– Parfaitement, j'affirme en lui donnant une légère bourrade. C'était vraiment super, et cette femme, la Pr Gold, elle est incroyable.

– Ah, Sabrina ?

Bizarrement, je l'envie d'en savoir plus que moi sur elle.

– Oui. C'est un génie.

– Pourquoi ? Parce qu'elle a toujours une pêche d'enfer ?

Je lève les yeux au ciel.

– Laisse tomber. Tu peux pas comprendre.

Il rit et roule pour se mettre à plat dos et regarder le ciel intensément bleu. J'en fais autant. Et je me demande pendant une seconde pourquoi ce drôle de nouvel ami m'aide à oublier le calvaire du collège, les disputes entre papa et Gregor et le fait que Zoe est à des milliers de kilomètres d'ici, dans un autre fuseau horaire.

Et maman.

– Tu sais ce que j'imagine, là, maintenant ? me demande tranquillement Adrien.

– Non.

– Qu'on est tous les deux au fond d'un océan.

Je me tords le cou pour le regarder.

– Tu peux répéter ?

– Regarde. On est au fond d'un océan, mais un océan qui n'est pas fait d'eau. Et le ciel c'est la surface, les vagues.

Il désigne du doigt un petit nuage dodu qui flotte tout seul dans le ciel, comme un repère pour mesurer la distance entre le ciel et nous qui sommes allongés sur l'herbe.

– Mmm, mmm.

– Et au-dessus de ces vagues, il y a une autre couche d'herbe. Où deux personnes sont allongées et montrent du doigt, en haut, la surface de leur océan.

Je bafouille pendant une seconde, puis j'éclate de rire. Un vrai rire qui vient du ventre. Je n'ai pas ri comme ça depuis des siècles.

– Quoi ?

– Il pourrait y avoir un autre monde, au-dessus du ciel.

– Mais bien sûr, Adrien. Et comment tu le sais ?

– Je ne le sais pas, s'esclaffe-t-il, mais je pourrais y monter, en avion, pour vérifier.

– Tu irais dans l'espace en avion ?

– Nan, juste au-dessus des nuages.

– Mais tu ne peux pas prendre un avion. On n'a plus le droit de voler comme autrefois.

– Moi si. Mon oncle Max m'a appris à piloter. Il a un petit avion et je prends des leçons avec lui.

– T'es sérieux ?

– Ouais. Et quand je saurai vraiment bien piloter, je monterai au-dessus des nuages pour voir ce qu'il y a là-haut.

Moi, je n'ai jamais pris l'avion. L'oncle d'Adrien doit être super riche pour en avoir un à lui.

– Ça fait quoi de voler ? je demande, dans un murmure.

Adrien pousse un grand soupir. Tout son corps semble sourire.

– Ça fait... comme si tu étais dans un grand huit super génial. Sauf que c'est toi qui es aux commandes, si bien que, si tu as l'estomac qui fait le yoyo, tu peux contrôler.

– Ça doit être pas mal.

– Mieux que pas mal.

Je plisse les yeux pour fixer le ciel lumineux.

– Alors, c'est qui les deux personnes allongées au-dessus des vagues ?

– Deux extraterrestres, comme nous.

Je sursaute.

– Je ne suis pas une extraterrestre.

– Mais si, on l'est un peu tous les deux.

– Non, je rétorque, très sérieusement. Moi, non.

Cerby arrive en bondissant et veut lécher Adrien, ce qui nous fait hurler de rire. Le bref agacement que j'ai ressenti s'estompe et je recommence à me demander quel effet ça fait de voler.

7
UN GRAM

Plus je fixe la pendule murale de la classe, plus les aiguilles avancent lentement. Je m'interdis de la regarder, pour essayer de me concentrer sur autre chose.

Je baisse les yeux vers mon classeur : une page blanche, là où il devrait y avoir des notes sur l'invasion de la Pologne par les nazis.

Mon regard retourne à la pendule.

J'ai trop hâte que les cours finissent : Adrien et son père viennent me chercher pour m'emmener chez Grenade. Nous allons déjeuner rapidement, après quoi je suis censée rencontrer un de leurs hologrammes. Je suis folle de joie, tellement surexcitée que la matinée s'est traînée comme les escargots que Gregor ramassait dans le jardin pour les cacher dans le tiroir de sa commode, quand il était petit.

– Cora ?

Je tourne la tête vers la voix enjôleuse et geignarde qui m'appelle.

– Oui, Rebecca ?

Debout à côté de moi, Rebecca et ses copines me regardent. On dirait un peu des suricates. Avant, j'avais Zoe pour me faciliter les choses au collège. C'est quand elle est partie que me suis rendu compte à quel point elle m'aidait. Chaque fois que je l'ai au téléphone, elle me parle en long et en large de ses nouvelles copines.

C'est impressionnant le nombre d'amies qu'elle s'est fait depuis qu'elle a emménagé à l'autre bout du monde. Et très facilement, d'après ce qu'elle dit. En douceur. Ça me dépasse complètement.

– Tu es dans notre groupe.

Rebecca s'adresse à moi en articulant chaque mot, comme si on ne parlait pas la même langue. C'est probablement ce qu'elle pense, d'ailleurs. Les autres filles n'ont pas l'air enchantées que leur meneuse m'adresse la parole.

– Quel groupe ?

– Pour le projet, tu sais ?

Je finis par comprendre. L'exposé d'histoire. Nous sommes censées travailler ensemble.

– Ah… Oui, oui.

Elle laisse échapper un soupir, suivi d'un rire bref, comme une mère exaspérée, puis elle affiche un sourire figé d'une hypocrisie totale.

– Tu préfères travailler de ton côté et ajouter tes notes aux nôtres, à la fin ?

Je déteste le travail en équipe. Je m'en sors bien mieux

seule. Au début, j'étais super contente de travailler au sein d'un groupe, ça me plaisait vraiment. Et puis, à force de subir les moqueries des autres, de me rendre compte qu'on m'ignorait ou qu'on se désintéressait de moi, j'ai compris.

– Oui, d'accord, on fait ça, je réponds à Rebecca avec un hochement de tête un peu trop enthousiaste.

Toutes les autres poussent un petit soupir de soulagement, ravies de ne pas avoir à me supporter pendant la préparation de l'exposé.

– Super, dit Rebecca.

Elle fait glisser vers moi la fiche de travail, débouche son surligneur et marque tous les points sur lesquels je dois faire des recherches. Et il y en a un paquet.

– Voilà. Tu crois que tu peux faire ça dans les délais ? J'y jetterai un coup d'œil la veille de l'exposé. Merci.

Je m'en veux de faire autant d'efforts pour être sympa. Je suis sur le point de lui dire que, bien sûr, j'en suis capable et que je le ferai, mais elle s'est déjà retournée pour reprendre sa discussion avec les autres.

Sans rien dire, j'attrape la feuille que je glisse soigneusement dans mon sac.

La cloche sonne et mon amertume se dissipe.

Grenade. C'est l'heure.

Je suis toujours impatiente de sortir du collège. La foule des élèves, le manque d'espace, tout ça finit par m'oppresser. Quand j'arrive enfin dans la cour de récréation, c'est comme si je remontais respirer à la surface. Je prends de grandes goulées d'air et j'aperçois la Lexus noire garée près de la grille.

– C'est pas ta voiture.

Je me retourne. Rebecca et Gemma regardent la Lexus, bouche bée, au moment où Magnus et Adrien en descendent. Ils ne m'ont pas encore vue. Ils sont sortis quand ils ont entendu le brouhaha des collégiens qui se ruent dehors.

– C'est mon… euh…

Au fait, qui est Adrien pour moi ? Un ami ? C'est ce qu'il dit, mais je trouve que ça va trop vite. L'amitié, ça peut sembler facile et naturel, pourtant depuis quelque temps, on dirait que les règles ne sont plus les mêmes : j'ai remarqué un changement brutal dans les relations entre filles et garçons. Désormais, ils ne peuvent plus être amis, ils doivent former des clans distincts.

Mais Adrien, lui, se fiche pas mal des règles.

– C'est mon ami.

Je me surprends moi-même en le disant. C'est sorti comme ça.

– Mais il n'est pas chez nous, dit Gemma, comme si c'était absurde, à ses yeux, de fréquenter quelqu'un d'un autre collège.

– Non, il fait l'école à la maison.

Magnus montre à Adrien sa chemise qui sort à moitié de son jean en lui disant, d'un air sévère, quelque chose que je n'entends pas. Adrien l'ignore. Puis il lève les yeux et me voit. Aussitôt, un sourire rayonnant illumine son visage. Il me fait de grands signes, des gestes démesurés, comme un personnage de dessin animé qui veut attirer l'attention sur lui.

Je soupire en secouant la tête.

Alors, il change de registre et imite Terminator. Puis un danseur de claquettes complètement foutraque.

Sans cacher son exaspération, Magnus va se rasseoir à l'avant de la voiture et claque la portière derrière lui.

À présent, Adrien se sert du muret du collège pour faire mine de descendre des escaliers invisibles. Le bas de son corps commence à disparaître, puis son torse, et enfin il s'accroupit pour se cacher entièrement.

Un éclat de rire m'échappe que j'étouffe aussitôt. Gemma et Rebecca nous regardent tous les deux comme si nous étions fous.

Je me rends compte que ça m'est presque égal.

J'avance tranquillement jusqu'au muret, je jette un œil en bas. Adrien fait mine de dormir.

– Chapeau pour le spectacle !

– Merci, répond-il, sans ouvrir les yeux. Je joue six jours par semaine en soirée et le dimanche en matinée.

– Allez viens, je suis pressée de partir.

Il s'accroche à mon poignet pour se relever. Quand nous nous retrouvons face à face, il me sourit, tandis que je secoue la tête, feignant d'être agacée. Il ouvre la portière arrière de la voiture et je monte, un peu timidement.

– Bonjour, monsieur Hawkins.

– Magnus, Cora, s'il te plaît, me dit-il aimablement sans lever les yeux de sa tablette.

– Décale-toi !

Adrien me pousse, monte à son tour et ferme la portière en ricanant. Il prend mon sac à dos qu'il jette à l'arrière. Je le pince, il me pince à son tour.

– Ça y est, vous êtes prêts ?

Magnus claque des doigts et Lloyd démarre.

Je me racle la gorge nerveusement et je regarde dehors. C'est la première fois que je me trouve de ce côté d'une vitre teintée. Les passants avancent droit vers la voiture mais ne voient ni mon visage qui n'est pourtant qu'à quelques centimètres d'eux, ni mes yeux qui les fixent.

– Alors, Cora, me lance Magnus. Je vais t'expliquer certaines choses avant ta rencontre avec le gram, d'accord ? C'est important, même s'il ne s'agit que d'un prototype.

– OK, je dis très vite.

– Parle-lui simplement, comme tu parlerais à n'importe qui. À quelqu'un que tu vas voir à l'hôpital, par exemple. Si tu rendais visite à une personne hospitalisée, tu éviterais de lui parler de son état ou de sa maladie, n'est-ce pas ? Tu lui raconterais des choses positives.

Je revois maman avec sa perfusion dans le bras. Je l'entends encore insulter une des infirmières.

– D'accord, dis-je plus calmement.

– Si tu ne remets pas en cause la réalité du gram, poursuit

Magnus sans cesser de balayer frénétiquement l'écran de sa tablette, tout ira bien.

– Que se passe-t-il si quelqu'un leur révèle qu'ils sont des hologrammes ?

C'est Adrien qui répond :

– Ils sont hyper perturbés. Déboussolés. Pour l'instant, aucun d'eux n'a compris qu'il n'était pas un humain et, si tu leur dis, ça les chamboule complètement.

– C'est pourquoi il ne faut pas le leur révéler, renchérit Magnus avec fermeté. Ce serait cruel. Ils sont sensibles, ils éprouvent des émotions. Ça les perturbe. Ils sont programmés pour s'installer dans leur nouvelle réalité. Ce serait une grave violation de nos règles que de les en extraire.

– Compris, je dis doucement.

– Parfait. Maintenant, autre chose. Ils vont avoir l'air incroyablement réels, Cora. Tellement réels que tu auras peut-être envie de les toucher.

Je me retiens de l'interrompre pour lui dire qu'en général je déteste toucher ou être touchée.

– Si tu essaies, tu ne sentiras absolument rien. Ce ne sont que des hologrammes, après tout. Mais ils ne le savent pas.

– Donc… j'ai juste à jouer le jeu.

J'ai l'habitude. La majorité des gens ne sont pas autistes. Avec eux, je dois jouer le jeu en permanence.

– Exactement, dit Magnus en m'adressant un grand sourire dans le rétroviseur.

La voiture roule toujours. Magnus répond à un appel téléphonique. Je me penche vers Adrien pour chuchoter :

– Au fait, je vais rencontrer qui ?

Il fait mine de fermer sa bouche comme une fermeture Éclair.

– Oh, allez, je lui lance, impatiente, dis-le-moi !

– C'est une actrice, mais je n'ai jamais vu ses films.

Les célébrités, c'est une autre activité de cet institut. Des personnalités encore vivantes autorisent Grenade à faire un copier-coller de leur physique et de leur âme numérique, pour que des admirateurs lambda puissent ensuite les « rencontrer ».

J'ai des fourmis dans le bout des doigts. Je suis stressée et impatiente. Adrien est visiblement moins enthousiaste, mais je suis sûre qu'il a la tête ailleurs, qu'il plane loin au-dessus de Grenade.

Lloyd gare la voiture devant le bâtiment et Magnus met fin à sa conversation téléphonique. J'entre avec lui et je souris mécaniquement à l'hôtesse. Elle m'enregistre, comme la fois précédente, et adresse un signe de tête à Magnus et Adrien.

– Tu es prête ? me demande Adrien dans le hall d'accueil pavé de marbre.

– Oui, je réponds d'une voix tremblante. C'est qui ?

– Della Lacy, répond Magnus, tandis que nous entrons tous les trois dans l'ascenseur.

Je suis estomaquée. On voit cette actrice partout. Dans

des films d'action, des comédies, des drames archiprimés. Elle a débuté à Harlem comme chanteuse de jazz, puis elle a fait les couvertures de magazines de mode avant de faire du cinéma. J'adore ses films.

Maman aussi aime ses films. Aimait. On allait les voir en ville, dans un cinéma d'art et d'essai. Elle se déchaussait et passait toute la séance béate d'admiration devant Della.

Moi aussi. Sauf quand je regardais maman.

– Bien, Cora, me dit Magnus en sortant de l'ascenseur. Nous sommes près des Salons d'attente. Quand Della apparaîtra, prends le temps de t'installer, mets-toi à ton aise. Ensuite seulement nous l'activerons, d'accord? Assure-toi d'être calme, débarrasse-toi de tes premières réactions et fais-nous signe lorsque tu es prête.

Je ne sais pas ce qui m'attend, ni comment signaler que je suis prête, mais je hoche la tête sans hésiter. Apparemment satisfait, Magnus donne une légère bourrade à Adrien.

– Mon fils va entrer avec toi. C'est un pro du gram, maintenant.

Adrien pousse un soupir de lassitude mais m'adresse un pâle sourire et un hochement de tête rassurant.

Je prends une profonde inspiration et, sur un signe de Magnus, j'entre dans le Salon d'attente.

Elle est là.

Assise face à nous dans le fauteuil rose, ses longues jambes croisées au niveau de la cheville. Elle est complètement figée, comme une photo.

Pourtant c'est incroyable ce qu'elle semble réelle. Son regard lumineux, ses cheveux magnifiques. Elle est exactement comme sur un écran de cinéma. Vernis à ongles rouge vif. Collier de perles.

En vacillant un peu je m'assieds en face d'elle, et soudain je n'ai plus aucune idée de ce que je vais lui dire. Je regarde son gram les yeux écarquillés. J'ai l'impression de voir une amie avec qui j'étais en visio et dont l'image s'est brusquement figée sur l'écran. Ses vêtements ont l'air fraîchement lavés et repassés.

Physiquement, elle paraît absolument, incontestablement humaine.

– Prête ? me chuchote Adrien.

Ma gorge se serre, mais j'acquiesce tout de suite, sans quitter le gram des yeux.

Adrien lève le bras tout en s'asseyant près de moi, et, comme par magie, elle prend vie. Il y a certainement quelqu'un qui nous observe, mais je ne m'en préoccupe pas pour l'instant. Je suis trop ébahie.

– Oh, s'exclame-t-elle avec un rire chantant, en me regardant droit dans les yeux. Désolée, j'avais perdu le fil de ma pensée.

– Pas de souci, je murmure. Comment… comment allez-vous ?

Je ne suis pas très douée pour parler de tout et de rien avec des êtres humains – encore moins avec des hologrammes –, mais son visage s'illumine quand je lui pose la question.

– Mieux que jamais, ma belle, dit-elle en souriant. Merci. Et toi ?

– Je vais bien, merci, je réponds en toute honnêteté. Mais j'ai eu une rude journée au collège.

Le visage du gram prend aussitôt une expression d'empathie d'une beauté bouleversante. Elle se penche un peu en avant et, pour la première fois depuis bien longtemps, je savoure ce contact les yeux dans les yeux. Des éclats d'or illuminent ses iris bruns. Tout, dans son apparence, est parfaitement harmonieux. On dirait un tableau de maître. Mais réel. Tellement réel que je dois faire un effort pour m'empêcher de le dire tout haut.

– J'ai toujours détesté l'école, dit-elle, comme s'il s'agissait d'un secret.

Je lâche une bouffée d'air et un petit éclat de rire.

– C'est vrai ?

– Oui, répond-elle de sa voix cristalline. Un jour, rétrospectivement, tu en riras, mon ange.

Je plonge mon regard dans les yeux les plus humains que j'aie jamais vus. Une larme roule sur ma joue. Elle me dévisage, les yeux agrandis par la compassion, et avance la main pour essuyer cette larme.

Même si je ne sens pas sa main, même si je n'ai pas le droit de lui dire que son geste est désincarné, j'ai le sentiment de n'avoir jamais été aussi étroitement connectée à quelqu'un.

8
LES PETITS JEUX

– C'est extraordinaire, non ?

Dans le beau Jardin d'Harmonie, si calme, au rez-de-chaussée de l'immeuble de Grenade, je contemple les carpes, dans l'eau claire et fraîche du bassin. Sans bruit, la Pr Gold s'est tranquillement assise à côté de moi.

– Oui, je réponds. C'est… incroyable.

Elle jette un peu de nourriture aux poissons.

– Assez perturbant, aussi, je le sais. Cet institut, c'est un rêve qui se réalise. Mais il a fallu que je me batte pour ça. Je suis une scientifique, tu comprends, pas une femme d'affaires. Le nombre de réunions préliminaires pendant lesquelles j'ai dû batailler !

Je ne sais pas quoi lui répondre, mais comme j'ai vraiment envie de lui faire plaisir, je dis :

– C'est extraordinaire.

– Merci, Cora, dit-elle avec douceur. Merci. Je suis contente que tu comprennes ce que nous essayons de faire.

– Je n'aurais jamais pu rencontrer Della ailleurs qu'ici, même si elle est toujours en vie.

– C'est vrai.

– C'est tellement fantastique ! Vu l'effet que ça fait déjà de rencontrer une célébrité, j'imagine…

Elle achève ma phrase à ma place :

– … ce que ça doit faire de revoir ceux que tu aimes. Mais oui, bien sûr.

– C'est… (Je cherche à dire quelque chose de profond.)… c'est comme un miracle.

Elle baisse les yeux vers moi en souriant.

– C'est joli ce que tu viens de dire.

– C'est vous qui avez eu l'idée des Salons d'attente ?

– Oui. Je… c'est-à-dire que… j'ai perdu ma mère. C'est l'événement le plus terrible de ma vie. Je me suis battue bec et ongles, durant toute ma carrière, pour qu'on me prenne au sérieux dans un labo où j'étais la seule à avoir fait des études scientifiques aussi poussées, et la seule fille, en plus. Mais, tu vois, la mort de ma mère a été mon combat le plus dur.

Je lève les yeux vers elle, très émue.

– Moi aussi j'ai perdu ma mère. Il y a un an.

Elle me regarde à son tour, les larmes aux yeux.

– C'est vrai ?

– Oui !

Elle me presse la main.

– Alors, tu sais ce que c'est.

J'acquiesce vigoureusement. Et comment !

Sur le chemin du retour, dans la Lexus qui me ramène chez moi, je suis exténuée. Trop de stimulations. La tête appuyée contre la vitre teintée, je me contente d'écouter Adrien qui continue de gamberger sur l'idée de voler.

– C'est dingue ! Ça t'a vraiment retournée, on dirait ?

Je me ressaisis.

– Quoi ?

– Cet endroit. Et le gram. Ça t'a chamboulée.

– Oui, mais dans le bon sens du terme. Vraiment.

Il pouffe de rire.

– C'est juste un tour de passe-passe.

Magnus se retourne.

– Tais-toi, Adrien, gronde-t-il en lui faisant les gros yeux.

Je murmure sèchement :

– Ce n'est pas un tour de passe-passe. Je ne me suis pas fait piéger. Je sais ce que c'est qu'un hologramme.

– Donc une chose, pas une personne.

– C'était Della.

– Tu penses vraiment que l'intelligence artificielle est capable de recréer un humain avec précision ?

– Après ce que j'ai vu là-bas, oui, j'affirme en désignant du pouce le bâtiment qui disparaît derrière nous.

Manifestement, il a épuisé, comme moi, sa capacité à communiquer. Nous gardons le silence l'un et l'autre, tandis que la voiture file dans les rues tranquilles. Je mets mes écouteurs. Mes chansons favorites sont de vieilles amies qui m'étreignent pour me réconforter. Quand j'ai été trop stimulée, la musique m'apaise. Avec mon téléphone, je cherche le réseau social utilisé par Della, et je suis agréablement surprise de voir que sur les images qu'elle a postées elle ressemble trait pour trait à son gram. Elle y est aussi belle et aussi vivante.

Je secoue doucement la tête, fascinée par la prouesse de la Pr Gold.

Nous sommes arrivés devant chez moi. Magnus m'accompagne jusque devant ma porte et me dit, au moment où je vais entrer :

– Je suis ravi que Grenade t'ait plu, Cora.

– J'ai vraiment adoré.

– C'est une excellente nouvelle. Au fait, j'imagine que Gregor t'a parlé de mon projet. Je l'ai tellement tanné avec cela !

– Vous voulez m'interroger pour Grenade, c'est ça ?

Un sourire vient accentuer les rides d'expressions autour de ses yeux.

– C'est exact. J'apprécie ta franchise.

– Pour l'instant mon père est totalement contre, monsieur Hawkins.

– Appelle-moi Magnus. Justement, j'ai pensé que je pourrais lui en toucher deux mots.

– Ça ne changerait rien : ce sera toujours non !

Magnus manque de tomber à la renverse au moment

où papa ouvre brusquement la porte pour faire cette déclaration.

– Papa, je lui dis en serrant les dents, c'est un endroit incroyable. Tu n'en croirais pas…

– Rentre, Cora.

Magnus, qui s'est ressaisi, sourit à papa.

Il détaille la façade exactement comme Rebecca et ses copines me toisent quand j'arrive le lundi matin.

– Quelle jolie maison vous avez. Je n'ai pas assez souvent l'occasion de venir dans ce quartier.

– Vous devriez, réplique mon père d'un ton glacial. C'est ici que vivent les vrais Londoniens, contrairement aux adeptes du yachting qui ne fréquentent la capitale que les jours de semaine.

Le sourire de M. Hawkins s'efface.

– Vous avez raison. C'est vraiment charmant.

Ils échangent une poignée de main musclée, tandis que je me faufile derrière papa pour entrer. Quand je me retourne, j'aperçois Adrien appuyé contre la voiture, l'air grave.

Mais ce n'est pas moi qu'il regarde. C'est Magnus.

Je ne saurais pas définir son expression. Tout ce que je peux dire, c'est qu'elle semble étrange sur son visage d'habitude si joyeux.

*

* *

Le lendemain, en classe, je suis épuisée. J'ai travaillé très tard pour finir ma partie de l'exposé d'histoire. Je n'étais pas concentrée, je n'arrêtais pas de penser à Grenade et à Della, je regardais des extraits de ses films, fascinée par sa ressemblance parfaite avec son gram.

Mais je ne culpabilise pas du tout.

– C'est ça ?

Rebecca se laisse tomber sur la chaise voisine de la mienne et désigne du menton le dossier posé devant moi.

– Ouais, tiens, je réponds en me frottant les yeux et en faisant glisser le dossier vers elle.

Elle le feuillette à toute vitesse, comme si ça ne l'intéressait qu'à moitié. C'est pourtant elle qui a insisté pour que je fasse presque tout le travail.

Elle fouille dans son cartable « super tendance », pour en sortir une chemise en plastique transparente.

– Ça me paraît bien, dit-elle finalement en me la rendant. Tu pourrais revoir la partie de Gemma ?

Gemma, elle, est en train de rédiger un texto tout en discutant avec Sian. Je jette un coup d'œil à la feuille et ne peux réprimer une grimace. Non seulement elle écrit comme un cochon, mais en plus c'est carrément nul.

Il va me falloir un temps fou pour reprendre ça.

– Je te préviens, il faut tout réécrire, j'annonce à Rebecca en espérant qu'elle va renoncer à me faire corriger le travail de Gemma.

Mais pas du tout.

– Ça marche, Cora, dit-elle avec un hochement de tête.

Avant que j'aie le temps de dire quoi que ce soit, M. Ramsey et Mlle Mabuse arrivent. D'une main tremblante, je fourre la chemise en plastique de Gemma ainsi que mon classeur dans mon cartable. Je n'ai que ce soir pour y travailler, et justement je suis invitée à dîner chez Adrien. Ces temps-ci je suis tellement surmenée et surstimulée que je n'arrive pas à me mettre au boulot, le soir, chez moi. J'ai pris l'habitude de faire mes devoirs dans les toilettes, à l'heure du déjeuner.

M. Ramsey est en train de rire et de plaisanter avec des garçons, tandis que Mlle Mabuse vient vers moi.

– Tout va bien, Cora ?

Je finis de ranger mon classeur et la chemise en plastique de Gemma dans mon sac à dos.

– Oui.

– Tu es sûre ? insiste-t-elle en lorgnant vers Gemma et Rebecca.

– Oui, oui, dis-je très vite. Tout va bien, mademoiselle.

Elle est prête à insister, mais M. Ramsey est sur le point de commencer son cours et elle a visiblement quelque chose à nous dire, avant.

Je serre contre moi mon sac à dos qui contient tout l'exposé d'histoire dont j'ai désormais l'entière responsabilité.

– Bien, dit Mlle Mabuse en s'adressant à l'ensemble de la classe, un paquet de feuilles à la main. Puisque vous ne regardez jamais vos emails, je vais vous distribuer une feuille que vous êtes priés d'emporter chez vous en partant.

Des petits gloussements parcourent la salle de classe. J'avance la main pour prendre la feuille qu'elle me tend en passant près de moi.

La fête de fin d'année. Une soirée disco.

J'adore la musique. Soit elle me calme quand je suis trop stressée, soit elle me réveille et m'électrise. J'ai l'impression d'avoir dans le cœur un coffre secret dissimulant une part cachée de moi-même. Dans ce coffre bien fermé, je garde des tas de choses que personne ne verra jamais. Et quand j'écoute de la musique, seule dans ma chambre, avec mes énormes écouteurs, le coffre s'ouvre et toutes les couleurs qu'il contient en jaillissent pour se mêler à la musique. J'adore cette sensation. Plus besoin de me dissimuler derrière un masque ou de rester sur ma réserve. Les parties cachées de mon âme peuvent sortir au grand jour.

Impossible d'en faire autant devant les gens. J'ai déjà essayé pendant les fêtes de l'école. Les filles restent plantées d'un côté de la salle, les garçons de l'autre, et au lieu de profiter ensemble des sensations que procure la musique, ils jouent à des petits jeux débiles : ils chuchotent, se regardent du coin de l'œil, se montrent du doigt en pouffant de rire.

Moi, j'ignorais tout le monde et je dansais seule. Jusqu'à ce que Zoe me supplie d'arrêter. Elle attachait beaucoup d'importance à la fête de fin d'année. Pour elle, c'était l'occasion de se montrer et d'échanger. Il y avait toujours un garçon dont elle voulait attirer l'attention. Et ma façon de danser lui faisait du tort, j'imagine.

Bref, je n'irai pas à cette soirée.

– Tu vas y aller ? me demande Rebecca, en montrant d'un mouvement de tête la pile de feuilles annonçant la soirée.

– Probablement pas, je réponds en secouant la tête.

– Je crois que ça vaut mieux, dit-elle.

J'entends Gemma glousser et les autres marmonner je ne sais quoi. Puis elles se détournent de moi en haussant les épaules.

Je regarde droit devant, vers le tableau, et je me réconforte en me disant que je serai bientôt à Knightsbridge, bien loin d'ici.

*

* *

Une bonne odeur de cuisine m'accueille chez Adrien et mon ventre réagit en gargouillant bruyamment. J'ai sauté le déjeuner pour finir l'exposé d'histoire aux toilettes, et, depuis, mon estomac crie famine. Avec ces parfums de crustacés, de sauce tomate, d'ail et d'épices, il grogne désespérément.

– Ah, la voilà !

La mère d'Adrien – j'ai appris entre-temps qu'elle se prénomme Ria – passe la tête par la porte de la cuisine, à l'autre bout du vestibule. Elle a abandonné ses chaussures à hauts talons mais le reste de sa tenue est impeccable : jupe en cuir noir qui s'arrête aux genoux, chemisier blanc en soie et tablier à pois. Ses cheveux blond platine et son rouge à lèvres carmin semblent trop parfaits pour quelqu'un qui vient de cuisiner.

Bella apparaît soudain près d'elle avec un grand plat de pâtes qu'elle porte avec des maniques. Contrairement à Ria, elle a vraiment l'air de quelqu'un qui s'est affairé en cuisine.

– Allez vous asseoir dans la salle à manger, mes petits loups, lance joyeusement Ria, nous apportons les plats !

Bella soupire et ajoute :

– Dans dix minutes.

Adrien attrape mon sac à dos qu'il jette dans le placard sous l'escalier. Après quoi il me précède dans une salle à manger au décor très sophistiqué. Encore que, je n'ai pas vu tellement de salles à manger pour faire des comparaisons. Il n'y en a pas chez nous. La seule que je connaisse est celle du plateau de Cluedo. Et elle ne ressemble pas du tout à ça.

Une table de marbre noir entourée de six grandes chaises en cuir. Au milieu, une coupe à fruits remplie de citrons, et deux hauts chandeliers. Adrien tire une des chaises en cuir blanc sur le parquet ciré et s'assied. J'hésite. Je sais que je ne dois pas me mettre en bout de table, mais je n'ose pas non plus prendre place près de lui.

– Tu peux t'asseoir, me dit-il d'un ton enjoué.

Je me mets finalement en face de lui.

– Encore une journée pourrie ? me demande-t-il, en tambourinant du bout des doigts sur le marbre, au rythme de la musique.

J'observe la vitesse à laquelle ils bougent. On a l'impression qu'un flux continu d'énergie circule dans tout son corps. Il ne tient pas en place quand il y a de la musique. C'est pareil dans la voiture. J'ai parfois envie de lui demander si la musique le met dans le même état euphorique que moi. Ou si, parfois, elle agit sur lui aussi comme un médicament.

– Plutôt.

– Qu'est-ce qui s'est passé ?

– Comment tu t'es aperçu, toi, que l'école ne te convenait pas ? je lui demande carrément en le regardant droit dans les yeux.

Ses mains s'immobilisent presque. Il réfléchit.

– Je n'avais jamais le même rythme que les autres.

Ce n'est pas la réponse que j'attendais.

– Quoi ?

– Ou bien j'allais plus vite que tout le monde ou bien je n'arrivais pas à me concentrer. Si tu veux, quand quelque chose m'ennuie, mon cerveau s'éteint plus ou moins.

Il ne me fait pas l'effet de quelqu'un qui s'ennuie facilement. Mais j'ai remarqué, dans les moments qu'on a passés ensemble, que lorsqu'il échange avec les autres, au bout d'un moment, il a épuisé toute son énergie.

Comme moi. Il est tout feu tout flamme, tout excité,

jusqu'à ce que ses batteries soient à plat. Et là, il a besoin d'être seul.

– Les profs n'arrêtaient pas de dire que je ne faisais pas d'efforts, que je ne m'appliquais pas. Que j'étais paresseux. Je ne savais pas comment leur expliquer que mon esprit se met parfois au point mort, s'il n'est pas occupé. J'étais bon en maths et en histoire, beaucoup moins en orthographe. Mais vu mes super résultats dans ces deux matières, ils estimaient que ma faiblesse en orthographe venait d'un manque de travail.

Je connais ça par cœur. Quand on est brillant dans une matière, certains profs ne comprennent pas qu'on puisse être très mauvais dans une autre.

– En plus, les autres élèves me trouvaient bizarre, ajoute-t-il à voix basse, en reprenant son tambourinage. Alors maman m'a retiré de l'école.

Avant que je puisse dire quelque chose, Ria entre triomphalement avec un énorme saladier en porcelaine décorée.

– Et voici la salade ! annonce-t-elle, comme s'il n'y avait rien de meilleur au monde. Bella s'est occupée du plat principal, mais la salade est ma spécialité.

Cerby, arrivé derrière elle, remue furieusement la truffe, s'interrogeant sur la mystérieuse nourriture que contient le plat. Une fois que Ria l'a cérémonieusement posé sur la table, Adrien prend un croûton dans la salade et le propose à son chien, qui le happe sans hésiter.

– Allons, un peu de tenue, s'amuse Ria en retournant dans la cuisine.

Cerby lui emboîte le pas en bondissant.

– Moi, je suis un peu perdue au collège sans mon amie Zoe, dis-je en toute franchise. Elle savait y faire avec les autres. Elle les comprenait. Elle arrivait à se faire des copines en trois secondes.

L'acoustique de la pièce fait légèrement résonner ma voix.

Adrien fronce les sourcils.

– Nous aussi on est devenus amis en trois secondes.

Je pousse un soupir.

– D'accord, mais ça ne s'est pas passé normalement. Zoe, elle, se fait des copines en trois secondes de façon normale. Elle sait poser les bonnes questions et trouver les bons mots.

– Pourquoi tu tiens tellement à être normale ? s'agace Adrien.

Il attrape une feuille de laitue et mord dedans.

– Et pourquoi tu te fiches de l'être, toi ? je réplique en prenant un morceau de tomate. Tu as peut-être envie d'être exclu pendant toute ta vie. Moi, pas.

– J'en ai plus rien à faire, dit-il en toute bonne foi. Du jour où j'ai décidé de ne plus m'en soucier, tout est devenu plus facile.

– Pour les garçons, c'est différent, de toute façon, je soupire.

S'ensuit un long silence gêné. Et pas du tout habituel, pour nous. Il nous arrive de ne pas parler quand nos batteries sont à plat en même temps, mais là, c'est autre chose.

Au bout d'un moment, pour meubler le silence, je marmonne :

– J'ai faim. J'ai sauté le déjeuner.

– Pourquoi ?

– Je me suis enfermée dans les toilettes pour finir notre exposé collectif d'histoire.

Il me regarde, surpris.

– Dans les toilettes ?

– Oui.

– Pourquoi pas à la bibliothèque ?

– Il n'y en a pas dans notre collège. Et on n'a pas le droit de rester dans les salles de classe ni dans les couloirs pendant les pauses. Alors, je suis obligée de faire mes devoirs dans les toilettes.

– Mais tu m'as dit que c'était un exposé collectif.

– C'est-à-dire… oui, je réponds en balayant la question d'un revers de main. Une des filles de mon groupe n'a pas fait le travail correctement, alors c'est moi qui m'y colle. On doit le rendre demain. C'est pour ça que je m'y suis mise à l'heure du déjeuner.

– Hein ? Mais pourquoi ?

– Pourquoi quoi ? Je dois le rendre demain, c'est tout.

– Mais enfin, pourquoi tu devrais faire le travail des autres ?

– C'est pas ça ! je réplique, furieuse, en lui faisant signe de se taire, les yeux rivés sur la porte ouverte. On sera notées collectivement.

– Justement, chacune devrait faire sa part.

De nouveau je lui impose le silence, car j'entends des voix s'approcher et des bruits de pas dans le vestibule. Bella et la mère d'Adrien entrent, l'une portant un grand plat de spaghettis avec des moules, de l'ail, du piment, des tomates et du poulpe, l'autre un plateau chargé de petits pains chauds.

– Tenez, dit gaiement Ria en disposant le tout sur la table. Allez-y.

Bella et elle s'asseyent, tandis que j'étale timidement ma serviette en lin sur mes genoux. Adrien remplit son assiette de pâtes. J'en fais autant. Cette odeur exquise efface tous les problèmes de la journée, qui disparaissent je ne sais où.

– Je trouve merveilleux que vous soyez devenus amis aussi vite, gazouille Ria en se servant à boire. C'est une chance, vous savez. Et ça n'arrive que lorsqu'on est jeune. Ça me manque. Se lier d'amitié avec quelqu'un en si peu de temps, c'est un vrai cadeau.

Je n'ai jamais rencontré une seule grande personne capable de me donner vraiment envie de devenir adulte.

– C'est bientôt les vacances d'été, poursuit la mère d'Adrien, tandis que son fils et moi mangeons avec appétit. Je te le répète, Cora : tu viens ici quand tu veux.

Ce n'est pas une mauvaise idée, vu que papa et Gregor

vont encore travailler tout l'été. Ce sera toujours mieux que d'être larguée à Hyde Park avec un billet de dix livres et reprise huit heures plus tard.

– J'aimerais bien, madame Hawkins.

– En général, nous passons l'été en France, mais le père d'Adrien croule tellement sous le travail que cette année nous sommes coincés à Londres.

Ne sachant que répondre, je me contente d'une formule de politesse convenue :

– Merci pour le dîner, madame Hawkins, c'était vraiment délicieux.

– C'est très gentil, Cora, s'exclame-t-elle d'un air ravi. Mais ne me remercie pas. Je suis tellement heureuse qu'Adrien ait une amie.

– J'ai été très impressionnée aussi par Grenade, j'ajoute.

Elle lève brièvement les yeux et son visage se fige juste un instant, avant de s'épanouir en un sourire rayonnant.

– Je suis ravie que cela t'ait plu. C'est mon mari qui t'a fait visiter ?

– Non, c'est la Pr Gold.

Le sourire de Ria s'estompe quelque peu.

– Ah, oui, dit-elle. La tête pensante de la boîte.

– Elle est tellement stimulante, je dis, après avoir avalé une grosse bouchée de spaghettis et de tomates.

– Oui, murmure Ria. C'est une femme très investie dans sa carrière.

Soudain Cerby se lève précipitamment et court se poster

près d'Adrien en gémissant doucement. On entend la porte d'entrée s'ouvrir.

– Bella ! chuchote nerveusement Ria.

Bella se hâte de débarrasser son assiette et regagne la cuisine. J'observe la scène, perplexe.

Magnus Hawkins entre et sourit en me voyant.

– Ah, Cora. Bonsoir.

– Bonsoir, monsieur Hawkins.

– Tu rentres tôt, ce soir, remarque Ria en buvant une grande gorgée d'eau.

Son alliance tinte contre le verre en cristal.

– Je tenais à être là pour cette soirée italienne, répond-il en embrassant machinalement sa femme sur le front.

Il fronce les sourcils en voyant Cerby et prend place au bout de la table. Bella, qui a remis son tablier, apporte une assiette à Magnus. Celui-ci approuve d'un signe de tête et elle retourne à la cuisine.

Je ne comprends pas très bien pourquoi.

– Qu'est-ce que tu as appris, aujourd'hui ? demande Magnus.

La question s'adresse clairement à son fils. Adrien pique une moule du bout de sa fourchette.

– On est allés discuter botanique dans la roseraie de Hyde Park.

Magnus pose bruyamment ses couverts dans son assiette et fixe Ria d'un air sévère.

– C'était le temps idéal pour cela, se défend-elle.

– Et toi, Cora, qu'est-ce que tu apprends en ce moment ?

Je déglutis.

– Euh, actuellement, on fait un exposé sur la Seconde Guerre mondiale.

– Ah, voilà ! lance Magnus en me désignant mais en regardant Adrien. Ça, c'est utile. C'est important. Pourquoi est-ce que je ne peux pas rentrer à la maison le soir et t'entendre me raconter ça ?

– Papa, si tu ne connais pas encore les rudiments de l'histoire, je n'y peux rien, répond froidement Adrien.

– Ce n'est pas drôle. Tu devrais étudier l'histoire. L'économie. Les sciences.

– La botanique fait partie des sciences, proteste Adrien. C'est de la biologie.

– La physique, c'est la physique que tu devrais travailler.

– Tout ce qui m'intéresse en physique, c'est d'apprendre à voler, dit Adrien en me faisant un clin d'œil. Le monde universitaire m'ennuie. Mon cerveau a besoin d'action, il lui faut du réel, du concret, des choses qui bougent.

– Tu prends la vie pour un jeu, déclare Magnus à voix basse, tout en enroulant quelques spaghettis autour de sa fourchette avec une précision parfaite. Si tu t'imagines que ces foutaises t'amuseront toujours quand tu seras plus âgé, tu te trompes.

– Je ne sais pas si elles m'amusent, mais elles me conviennent. Je suis comme ça, c'est tout, insiste Adrien en s'essuyant le menton avec sa serviette.

Je comprends qu'il s'agit là d'une discussion récurrente, maintes fois répétée et bien rodée. Maman et Gregor faisaient pareil. Et parfois maman et moi aussi.

– Tu es comme ça ?

– Magnus, je t'en prie, intervient Mme Hawkins à voix basse, la main crispée sur son verre.

– Chaque jour qui passe nous offre l'occasion de choisir qui on veut être, poursuit Magnus sans prêter attention à Ria. Ne laisse pas une maladie régir ta vie, fiston.

– D'accord, papa, lance Adrien d'un ton sarcastique. Je ne laisserai pas mon cerveau – tu sais notre organe le plus important, celui qui centralise tout – je ne le laisserai pas régir ma vie. Je m'en remettrai plutôt à mes intestins.

Magnus repousse sa chaise. Cela produit un bruit subit et agressif. Adrien se lève d'un bond et siffle très fort. Il sort vite de la pièce, Cerby sur les talons.

– C'est ça, lui lance Magnus. Fiche-moi ce chien galeux dehors et qu'il ne revienne pas, pour l'amour du Ciel.

– Magnus !

Je baisse les yeux, mortifiée. Je finis par regarder Ria du coin de l'œil. Les yeux rivés sur son verre, elle ne dit rien. M. Hawkins continue de manger, le visage dénué d'expression.

Je me lève en silence et je sors, sachant où trouver Adrien.

Il est effectivement dans le jardin en train de lancer des bâtons à Cerby.

– Ton père a dû avoir une sale journée au boulot.

– Non, il est toujours comme ça, répond-il sans me regarder.

Je m'assieds sur la pelouse et je reprends :

– Ma mère avait un boulot stressant. Elle dépensait toute son énergie à être sympa avec ses collègues, et en fin de journée elle était épuisée, furieuse, agressive, elle s'énervait pour un rien.

– Les adultes ne sont pas censés s'énerver, ils devraient se maîtriser, dit froidement Adrien en jetant un bâton avec une telle force que Cerby sursaute avant de s'élancer pour aller le chercher.

– C'est vrai, je marmonne.

Il soupire et se laisse tomber près de moi.

– Il veut me changer.

Je ne sais pas quoi répondre à ça. Pendant un moment, nous restons sans rien dire à regarder Cerby mordiller son bâton. Puis je me lance :

– Ça t'intéresse que je te dise un truc à propos de mon trouble du spectre autistique ?

Il me regarde.

– Carrément.

J'ai comme un pincement à l'estomac en entendant sa réponse. Adrien est la première personne à qui je dis ça et la seule qui manifeste un réel intérêt pour ce sujet. J'y vais malgré tout sur la pointe des pieds.

– Certains de mes sens sont surdéveloppés. Il y a des

endroits, dans Londres, qui sont un régal du point de vue sensoriel. Comme London Bridge. Je sens le pain vendu à Borough Market bien avant de le voir. Et l'odeur du fleuve. À Brixton, dès que je descends du train, je suis saisie par une odeur de poisson et d'ananas. Certains lieux ont des caractéristiques sensorielles. Je les perçois toutes parce que je suis autiste.

– Waouh ! s'exclame Adrien en regardant autour de lui. Et ici ?

– Knightsbridge ?

– Oui.

J'hésite.

– Eh bien, honnêtement, rien de vraiment spécial, ici. À part que ça pue l'essence.

– C'est pas faux. Il n'y a pas tellement de vie dans ce quartier. Juste du fric.

– Chez toi, par contre, ça sent super bon, je dis en lui donnant un coup de coude. Surtout ce soir.

Il sourit.

– Ouais. Quand mon père n'est pas là, c'est super.

Je ne sais pas quoi dire pour le réconforter. Alors je m'assieds simplement près de lui.

– Tu ne devrais pas faire le travail des autres dans cet exposé de groupe, reprend-il enfin.

– Ce serait encore plus compliqué, je réponds mollement.

Nouveau silence. La sirène d'une ambulance hurle au

loin. La plupart des gens ne différencient pas les sirènes les unes des autres. Moi, si.

– Il va y avoir uns soirée disco au collège, j'annonce. Tu as de la chance de ne pas être obligé de te coltiner ces trucs-là.

– Pourquoi tu n'as pas envie d'y aller ? me demande-t-il en me regardant. Je t'ai vue avec tes écouteurs, tu adores la musique. Tu te lâches quand tu ne sais pas que je te regarde.

– Arrête de me faire honte, je dis en le poussant.

Il fait semblant de tomber, et ça me fait rire.

– Tu n'as pas envie d'y aller ? insiste-t-il.

– J'irais s'il n'y avait aucun autre élève, j'avoue.

Je m'attends à ce qu'il se moque de moi, mais non. Je commence à le connaître.

– Je suis tellement furieuse après moi-même, parfois, j'ajoute, tout bas. Je m'efforce d'être comme tout le monde, mais les choses qui sont très faciles pour les autres sont très difficiles pour moi.

Adrien tapote sa jambe et Cerby accourt.

– Je vais te dire. Je crois que tu vois tout en noir.

Je me retourne et je le fusille du regard.

– Pourquoi tu veux qu'on soit amis ? Pourquoi tu as décidé ça ? Parce que tu n'as personne d'autre ?

J'essaie de l'énerver mais ça ne prend pas. Il gratte les oreilles de Cerby.

– Parce qu'on est pareils, toi et moi. Des enfants, j'en

ai rencontré plein, depuis que je suis né. Mes parents me forçaient à aller jouer chez eux. On partait en vacances avec d'autres familles qui avaient des enfants de mon âge. Il y a eu les années d'école. Les colonies de vacances. On m'obligeait à aller chez des garçons ou des filles que je trouvais soûlants ou agressifs. Ils avaient beau être du même milieu que moi, je sentais que ça ne collerait pas avec eux.

Il arrache quelques brins d'herbe qu'il pose cérémonieusement sur la tête de Cerby, entre ses oreilles.

– Mais quand je t'ai vue ici le jour de mon anniversaire, avec ton air furibond... j'ai su. J'ai tout de suite su qu'on était pareils. Ça colle entre nous.

Le hurlement de la sirène s'éloigne et nous sommes toujours assis côte à côte dans le jardin. Il n'y a rien à ajouter.

9
UN CADEAU EMPOISONNÉ

– Gemma, Rebecca et Cora, vous êtes priées de venir me voir à la fin du cours.

Au moment où M. Ramsey lance cette injonction humiliante devant toute la classe, Rebecca me fusille du regard. Nous acquiesçons docilement toutes les trois. Pendant tout le cours, je me torture l'esprit pour savoir ce qui a pu le mettre en colère. Mlle Mabuse est absente aujourd'hui. Elle me manque plus que jamais.

Quand enfin la cloche sonne, nous attendons que les autres aient décampé pour nous approcher du bureau.

– Je ne vais pas me fâcher, commence-t-il en sortant un classeur d'un tiroir. (LE classeur. Celui dans lequel j'ai rendu l'exposé d'histoire au complet.) Mais dans votre exposé, il apparaît clairement que l'une d'entre vous a effectué la majeure partie du travail et une autre le strict minimum.

Comment ça ? Je ne comprends pas.

Il sort une feuille de papier, et là, j'ai un frisson d'horreur. C'est le travail de Gemma. La feuille que Rebecca m'a demandé de réécrire. La dernière fois que je l'ai vue, c'était dans les toilettes, le jour où j'ai bossé comme une folle pour tout reprendre. J'étais sûre de l'avoir jetée une fois le travail terminé. Mais c'était presque la fin de la pause et j'avais tellement faim que…

Je sens comme un coup de poignard dans ma tête quand je comprends que j'ai dû jeter par erreur le travail que je m'étais échinée à refaire.

– Je veux simplement vous rappeler que l'objectif d'un travail collectif est de vous apprendre à collaborer, à déléguer. Alors, évidemment, c'est dommage, car votre devoir est bon dans l'ensemble.

– C'est ma faute, monsieur, soupire humblement Rebecca, en baissant les yeux. J'en assume la responsabilité.

Le sourcil froncé, M. Ramsey hoche la tête d'un air approbateur.

– Très bien, Rebecca.

– J'avais dit que je referais les parties de Cora, mais j'étais fatiguée et j'ai oublié.

Je lève brusquement la tête, éberluée.

– Quoi ?

Rebecca montre du doigt la partie écrite par Gemma, à peine lisible !

– Je pense que Cora a fait de son mieux, mais son travail n'était pas vraiment à la hauteur. Je voulais la réécrire, mais Cora a refusé et, moi, j'étais tellement fatiguée.

Elle laisse échapper un pauvre petit soupir et son visage

se plisse en une grimace navrée. Quel numéro ! Je suis vraiment impressionnée. Et atterrée.

M. Ramsey remet le devoir dans le classeur.

– Cora… je t'avoue que je suis très, très déçu. C'est bien ce que je te disais, l'autre jour, il faut que tu apprennes à travailler avec les autres.

Je suis sans voix. J'ai mal aux chevilles tellement j'appuie sur mes plantes de pieds, comme si je voulais rentrer sous terre. J'ai l'impression que mes genoux vont se dérober sous moi. Tout mon corps bouillonne d'indignation. Dans ma tête, la voix d'Adrien m'ordonne de me défendre. De m'inscrire en faux. De clamer la vérité.

Mais aucun son ne sort de ma bouche. Je ne dis plus rien. J'admets en silence avoir démérité.

Pareil le soir, à maison. Au dîner, je ne desserre pas les dents. Je garde les yeux rivés sur mon poisson pané. Papa et Gregor, eux, parlent de foot.

– Tu es bien silencieuse, me dit enfin mon frère en me dévisageant attentivement. Tu es sûre que ça va ?

J'acquiesce lentement. Je sens que papa et lui échangent un regard.

– J'ai reçu un email du collège, aujourd'hui, dit mon père d'un ton faussement enjoué. Ils organisent une soirée de fin d'année, paraît-il ?

Je hausse les épaules, incapable de parler. Incapable de faire cet effort. Je ne… peux vraiment pas.

– Tu as été très seule, cette année, ma puce, insiste papa avec douceur. Tu devrais y aller, pour t'amuser un peu. Zoe et toi, vous adoriez les bals de l'école.

Silence.

– Tu pourrais peut-être inviter Adrien ? avance Gregor. Comme boute-en-train, on ne fait pas mieux.

– C'est vrai ça, commente papa en se forçant à rire. Qu'est-ce que tu en dis, Cora ?

Sans leur accorder un regard, je me lève, je débarrasse mon assiette et je monte me coucher. Je m'effondre sur mon lit. Je sens dans mon corps toutes les tensions et les injustices de la journée. J'ai l'impression d'avoir été rouée de coups. Mon père et Gregor discutent en bas. Je perçois d'ici leur inquiétude.

Mais je ne réagis pas.

*

*   *

– Hein ? Elle a fait *quoi* ? s'indigne Adrien.

Il est chez moi. Papa a demandé à Gregor de l'inviter. Nous sommes le lendemain du jour où Rebecca m'a jetée dans la fosse aux lions, mais la douleur et la tristesse d'avoir été trahie avec autant de désinvolture sont toujours là.

– Elle est tellement faux cul ! Je n'ai rien pu dire, j'étais abasourdie.

– Il faut que tu te venges.

– Non, ça ne servira à rien.

Nous sommes assis dehors, sur le trottoir, en train de sucer des glaces à l'eau. Lloyd somnole dans la Lexus, et Cerby court après des papillons.

– Rah, ça me met hors de moi, ronchonne Adrien. On devrait emballer sa maison avec du PQ.

Je ne peux pas me retenir de rire.

– Ou alors, laisser tomber, tout simplement.

– Moi, je ne laisse pas tomber.

– Arrête d'avoir une mauvaise influence sur moi, je dis en lui donnant un petit coup de pied.

– Une mauvaise influence ? Au contraire, j'ai une très bonne influence sur toi, et tu en as besoin pour te défendre, Cora.

– Ça fait trop longtemps que tu n'as pas fréquenté une salle de classe ! je m'esclaffe. Tu ne connais plus la règle du jeu.

Manger des glaces à l'eau avec Adrien par une chaude journée d'été m'aide à dédramatiser.

– Au fait, j'ai un super plan pour aujourd'hui, lance-t-il subitement.

Il aspire le reste de sa glace et se dirige vers la voiture. Lloyd passe aussitôt en mode chauffeur, remet ses lunettes noires et se redresse sur son siège.

– C'est quoi, ton plan ?

Il y a quelques semaines encore, j'étais sur mes gardes, avec Adrien. Je m'interrogeais sur ses intentions, je me demandais pourquoi il était tellement différent des garçons de son âge. Maintenant, j'ai l'habitude : quand il m'annonce quelque chose d'imprévisible, je me réjouis. C'est un jeu. On va aller s'amuser quelque part. Mais où ?

Lloyd nous dépose dans le quartier de Holborn. Il refuse de me dire ce qu'Adrien a prévu pour notre excursion d'aujourd'hui.

– Pourquoi tu ne te laisses jamais surprendre ? me taquine Adrien tandis que nous marchons vers je ne sais quelle destination.

– J'aime bien savoir exactement ce qui m'attend, je marmonne en me retournant pour lorgner la voiture avec regret. Je parie que tu nous emmènes visiter les égouts.

Adrien s'arrête net.

– Comment t'as deviné ?

Je lui jette un regard noir.

– C'est pas drôle, Adrien Hawkins. Tu ne nous emmènes pas dans les égouts de Londres.

– Je te jure, Cora, les eaux usées, c'est ma plus grande passion.

– Arrête !

J'essaie désespérément de ne pas rire, sinon il aura gagné.

– Maman m'a fait lire Victor Hugo et, waouh ! comment il était fasciné par les égouts, le mec !

– Bon, on va où ?

– Je veux dire que pour en parler comme il en a parlé, il devait forcément les aimer.

– Je ne t'écoute plus.

– Sérieux, tu espérais secrètement qu'on allait visiter les égouts ? Je peux changer mon plan. Tu sais qu'il y a une rivière qui coule en cachette sous la ville de Londres ? La rivière Tyburn.

– Comment tu fais pour retenir toutes ces choses inutiles ?

– Attends, ce ne sont pas des choses inutiles, Cora.

Je fais mine de lui donner un coup de pied, il rigole et s'écarte de moi d'un bond. Au moment où je veux vraiment le lui donner, nous tournons le coin de la rue. Là, je m'arrête et je lève les yeux, complètement ébahie.

– Tadaa ! s'exclame-t-il, un genou en terre, en écartant théâtralement les bras.

Nous sommes devant le British Museum.

Je suis littéralement folle de joie mais, très vite, la peur et l'angoisse me gagnent. Je prends subitement conscience de tous les éléments sensoriels qui m'entourent et je commence à me sentir un peu submergée par mes émotions.

– Qu'est-ce qui se passe ? me demande Adrien qui ne sourit plus du tout.

– Rien.

Il ne peut pas comprendre. C'est la personne la plus chouette que je connaisse, mais il a grandi dans une famille riche. Il est à l'aise partout. Il n'a jamais dû expliquer à un prof qu'il devait renoncer à une sortie scolaire parce que son père n'avait pas encore touché sa paie ou ne pouvait pas modifier ses horaires de travail. Il ne lui est jamais arrivé de rester en rade à la caisse du supermarché et de se demander quel article il va devoir laisser parce qu'il lui manque cinquante centimes. Tout ça sous les regards impatients des clients suivants. Et en s'efforçant d'ignorer leurs claquements de bouche agacés.

Il me tire par la main. Je regarde avec effroi l'édifice qui se dresse devant nous, de plus en plus imposant à mesure que nous avançons dans la queue pour entrer.

– Je n'ai pas d'argent, je confesse, aussi bas que possible, pour que les gens, devant nous, n'entendent pas.

– C'est gratuit, répond Adrien, en chuchotant de la même façon. Enfin, on donne ce qu'on veut. Mais c'est moi qui vais le faire.

J'ai les nerfs à vif quand c'est notre tour d'entrer. Adrien compose le code de sa carte de crédit après avoir choisi la somme qu'il veut donner. La machine émet un petit bip, et nous entrons. C'est étonnamment facile.

Moi, je n'ai pas encore de compte en banque. Je n'aurais presque rien à mettre dessus.

– Vous êtes seuls, les enfants ?

Un gardien nous toise, soupçonneux. Il se place de façon à bloquer l'entrée de la boutique du musée qui se trouve à gauche.

– Oui, nous venons voir tous les objets volés qui sont exposés ici, dit Adrien.

Je lève les yeux au ciel. Quand les adultes abusent de leur autorité, Adrien prend le mors aux dents.

– Bon, mais faites bien attention aux pancartes qui interdisent de toucher ou de grimper, dit l'homme en articulant.

Comme si on avait quatre ans.

– Cora, dit alors Adrien en me dévisageant d'un air faussement sérieux. Tu ne grimpes pas sur les sarcophages égyptiens.

– D'accord, Adrien. Et toi, tu n'écris pas sur la pierre de Rosette.

Le gardien maugrée entre ses dents mais s'éloigne, nous laissant libres d'entrer et de commencer la visite. Adrien s'avance sans complexe, avec la familiarité de celui qui vient fréquemment dans les lieux.

Je le suis d'un pas assuré mais moins résolu que le sien.

En entrant dans la Grande Cour, je suis saisie d'étonnement. Cet espace inondé de lumière est assez vaste pour accueillir tous les visiteurs à la fois. Je n'imaginais pas, même en rêve, qu'il puisse exister à Londres un espace couvert aussi gigantesque. On dirait une cage à oiseaux géante renfermant une multitude d'espèces hautes en couleur.

Un royaume.

– Pas mal, non ? me souffle Adrien.

Je suis à deux doigts de pleurer. Je me sens si fragile. Comme si cet énorme édifice mettait en lumière tout ce que j'ai toujours considéré, chez moi, comme des faiblesses. Je sais que j'aurais pu venir dans ce musée aussi souvent que je voulais. Ses portes ne me sont pas fermées, pas vraiment. Comme n'importe qui d'autre, j'ai le droit d'y entrer et d'y passer des après-midi entiers à admirer des objets ou visiter des expositions.

Mais il y a les barrières invisibles. Aussi difficiles à identifier qu'impossibles à franchir.

– Si je ne devenais pas pilote, dit Adrien alors que nous montons vers la première galerie, je serais conservateur de musée.

Adrien ne doute jamais de rien.

– Pourquoi ?

– C'est le métier idéal pour les gens comme nous, répond-il joyeusement. Des gens capables de gagner leur vie avec ce qui les intéresse le plus.

– Ce qui les intéresse le plus, c'est-à-dire… ?

– Bah, pour les sujets ou les personnes qui nous passionnent jusqu'à l'obsession. Pour moi, par exemple, c'est Alan Turing.

Ce nom me dit quelque chose, mais je ne veux pas qu'Adrien sache que j'ignore de qui il s'agit exactement.

– C'était un déchiffreur de codes et un super génie, poursuit-il. Pendant la Seconde Guerre mondiale, il travaillait à Bletchley Park, un site de décryptage. Il participait au décodage des messages nazis.

Maintenant, je me souviens où j'ai déjà entendu ce nom. Il y a un portrait de lui dans le centre où j'ai été diagnostiquée. À côté de celui d'Albert Einstein, de Beethoven et d'autres personnages célèbres que les médecins considèrent aujourd'hui comme des neuroatypiques non diagnostiqués.

– On pense qu'il était autiste, je dis tout bas.

J'espère plus ou moins qu'Adrien va froncer les sourcils et secouer la tête. Qu'il va réfuter cette théorie. Il acquiesce au contraire avec ardeur.

– Oui !

– En fait, on ne le saura jamais, je m'empresse d'ajouter, avec un haussement d'épaules, et manifestement, il y a des gens qui pensent que nous ne pouvons pas être des génies.

– Ce sont des abrutis.

– Mais dans le centre où j'étais, certains sont quand même persuadés qu'il était génial. Il ne lui est pas arrivé quelque chose ? je demande, en me penchant sur la balustrade ouvragée pour regarder les gens minuscules qui déambulent en bas.

L'enthousiasme d'Adrien retombe un peu et sa voix prend une intonation légèrement triste.

– Si. Il est mort. Poison. On l'avait accusé de perversion sexuelle. Parce qu'il était gay.

La conversation devient trop éprouvante pour moi.

– C'était un des pionniers des technologies qu'on utilise aujourd'hui, ajoute Adrien avec rancœur. Et ils l'ont cassé.

Nous restons côte à côte dans un silence pesant qui dure un bon moment.

– Et l'Institut Grenade ?

Adrien me regarde en coin quand je pose la question.

– Eh ben, quoi ?

– Ils ne pourraient pas le faire revivre ?

– Bien sûr que non ! s'écrie Adrien.

– Pourquoi ?

– Parce que pour que ça marche, il faut qu'ils étudient les gens de leur vivant. Et même dans ces cas-là, ça ne fonctionne pas.

– Mais si !

– Non. En plus, Alan Turing a donné son nom à un test qui permet de mesurer l'intelligence artificielle. Ce serait trop flippant.

– Tu n'aurais pas envie de le rencontrer ?

– Mais ce ne serait pas lui, je te dis ! insiste Adrien, agacé. C'est *lui* que j'aurais voulu rencontrer. Lui, en vrai. Sous sa forme humaine. Pas je ne sais quel avatar numérique. Et je ne pourrai jamais. Mais voilà, c'est comme ça, c'est la vie. Elle a aussi ses côtés cruels. Il faut réaliser toutes tes envies dès que tu peux, tout en sachant qu'il y a des choses que tu ne feras jamais. Et ce que les boîtes comme Grenade promettent, c'est un mensonge qui ne veut pas dire son nom.

– Je te trouve sévère.

– Je ne le suis pas assez, crois-moi.

Le silence retombe, et je me demande comment nous en sommes arrivés là. Pourquoi trouve-t-il aussi monstrueux un endroit que je juge, moi, tellement magique ? Comment peut-il être aussi méprisant à l'égard de Grenade ? Ne comprend-il pas que ça pourrait être une planche de salut, une aide précieuse pour ceux qui ont perdu un des leurs ?

– Allez, viens, on va admirer des vieux objets volés, me dit-il avec chaleur, en me donnant un coup d'épaule et en désignant d'un mouvement de tête une galerie à l'étage au-dessus.

J'acquiesce avec un sourire, et nous grimpons les marches en sautillant.

Nous passons une journée fantastique. En partie parce que chacun veille à ne pas remettre sur le tapis le sujet de Grenade.

Parfois, j'ai l'impression qu'Adrien a des centaines d'onglets ouverts à la fois dans son cerveau. Par exemple, il est capable de tenir un discours tout en regardant un film et en lisant un livre. Mais quand quelque chose est vraiment important, il se focalise exclusivement dessus, avec une attention que je n'ai jamais vue chez personne.

C'est vraiment phénoménal.

J'y pense encore lorsque, environ une heure plus tard, nous sommes de retour à Knightsbridge. Adrien s'apprête à descendre de la voiture quand il me voit regarder par la fenêtre, perdue dans mes pensées.

– Qu'est-ce que t'as ? me demande-t-il.

Je parcours des yeux sa rue, l'une des plus huppées de Londres.

– Rien. Tu as vraiment de la chance, Adrien.

– Oui, je sais.

Pourquoi suis-je si triste après une journée aussi géniale ? Je ne sais pas. Peut-être parce qu'elle s'achève, justement.

– Eh, au fait, me dit-il soudain, j'ai parlé à ma mère de ta soirée de fin d'année. Elle m'a dit qu'elle pouvait te prêter toutes les fringues et le maquillage que tu veux. Et même des bijoux.

Je tourne brusquement la tête vers lui, les yeux exorbités.

– Pardon ?

– Elle te les prête. Pour ce truc, au collège.

Toute la joie que j'ai éprouvée aujourd'hui s'évanouit, me laissant en proie à un sentiment indéfinissable.

– Je n'ai pas besoin qu'on me fasse la charité, Adrien.

– Qu'est-ce que tu racontes ? s'exclame-t-il en fronçant les sourcils. Mais non, c'est pas du tout ça.

– Je n'ai pas besoin de ta pitié. Ne te mêle pas de ça. Je n'ai pas envie d'aller à cette fichue soirée, et quand bien même j'irais, je peux très bien me débrouiller toute seule.

– Je sais, dit-il en balayant d'un geste ma colère. Moi je pensais juste que ce serait chouette pour toi.

– Ouais, c'est ça, super chouette pour la fille qui a perdu sa mère et qui n'a pas de fric.

C'est sorti tout seul. Il me regarde, sidéré. Même Lloyd, qui nous tourne le dos, en a le souffle coupé.

– Excuse-moi, je marmonne en rabattant mes cheveux derrière mes oreilles, avant d'ouvrir la portière. Je vais rentrer en bus. Désolée. À bientôt et merci pour cette journée. Je suis désolée.

Je descends maladroitement de la voiture et je prends la direction de chez Harrod's, espérant trouver, dans le centre, le bus qui me ramènera vers chez moi. Lloyd redémarre la voiture et roule lentement à ma hauteur. Adrien se penche à la portière.

– Viens, on te dépose.

– Ça va très bien.

Je suis furieuse après moi-même. Je ne sais pas d'où vient cette colère.

– Tu es en surchauffe.

– Quoi ? je glapis.

Il lève les deux mains en signe d'apaisement.

– Moi aussi, ça m'arrive. Il n'y a pas de problème. C'est normal. Pour nous, je veux dire.

– Je vais très bien, je veux juste rentrer chez moi.

– Je t'assure que je ne voulais pas avoir l'air de te prendre de haut avec cette histoire de fête du collège, ajoute-t-il précipitamment. C'est maman qui a proposé ça, c'est tout.

Je sens comme un coup de poignard dans mon côté.

– Tu la remercieras, mais c'est pas la peine.

– Hé, Cora ?

– Quoi ?

Il attrape mes doigts. Pas ma main, juste mes doigts. Comme s'il savait que sentir qu'on me saisit la main serait trop pour moi dans l'état où je suis. Il me les serre très légèrement.

– Tu es ma meilleure amie, tu sais.

Mon étrange colère se calme. Et c'est comme un soulagement. Comme une digue qui se rompt pour permettre à l'eau de s'évacuer. Je m'arrête pour respirer. Je ne peux rien lui répondre, mais à mon tour je lui serre un peu les doigts. Je reste là debout, sur le trottoir, pendant une éternité. Adrien ne me lâche pas et ne dit pas un mot. Enfin, quand je me sens prête, je remonte dans la voiture.

Lloyd me ramène chez moi et Adrien continue à me tenir les doigts, tandis que je me concentre sur ma respiration. J'ignore d'où ont surgi cette émotion, cette douleur, cette rage. Et pourquoi j'ai eu le sentiment que je ne pourrais pas faire le caméléon ou me cacher derrière mon masque une seconde de plus.

J'ai toujours eu du mal à passer de longs moments avec des gens. Même ceux que j'aime beaucoup. Mes batteries s'épuisent et, privée d'énergie, je ne peux plus fonctionner.

En plus, depuis que maman est morte, je ne suis pas très facile à vivre. Le chagrin est comme un mal de tête : il arrive sans prévenir et fait souffrir. Et il me fait dire des choses que je ne dirais pas normalement.

Adrien a autour de lui plein de gens qui l'aiment et veillent sur lui en permanence. Il n'est jamais seul.

Moi, j'ai toujours été seule.

10
SUR SCÈNE

– Qu'est-ce qui se passe ? je demande à Gregor quand nous entrons chez Grenade.

Un vigile mâchant du chewing-gum la bouche ouverte vérifie les badges de tous les gens, qui descendent ensuite faire la queue au sous-sol. Il examine le mien et celui de Gregor et nous laisse passer.

– Il y a une réunion des équipes, m'apprend Gregor. J'ai pensé que ça pourrait t'intéresser.

En effet.

Le sous-sol de Grenade est une vaste salle de réunion, ainsi qu'une sorte de théâtre, avec des sièges disposés en gradins pour que tout le public voie, en bas, la petite scène équipée d'un écran et d'un podium.

Pendant que Gregor et moi prenons place au milieu de l'auditorium, les autres membres du personnel, techniciens et équipes marketing, entrent tranquillement en bavardant. Presque tout le monde est installé lorsque les lumières de la salle déclinent et que de puissants projecteurs viennent éclairer la scène. La Pr Gold et M. Hawkins montent sur le podium sous une pluie d'applaudissements.

Regardant autour de moi, je m'empresse d'applaudir aussi, curieuse de ce qui va se passer. Visiblement très impatients, les gens baissent la voix et rangent leur téléphone portable pour se concentrer sur la scène.

– Merci pour cet accueil, commence M. Hawkins en réclamant, d'un geste, le silence. Merci. Nous tenions à convoquer cette réunion, avant d'entreprendre la lourde tâche qui nous attend, cet été. Je vous remercie d'ores et déjà pour tout le travail que vous avez accompli jusqu'à présent.

Il s'éclaircit la gorge d'un air compassé et cérémonieux. Son ton est sec, d'une précision clinique. Il jette un coup d'œil vers la Pr Gold qui sourit sereinement à toute la salle.

– Ce que je vais expliquer maintenant n'est pas nouveau pour ceux d'entre vous qui ont déjà travaillé sur les aspects créatifs et techniques de notre projet, je le sais, mais il est important d'exposer dans le détail, aux nouveaux membres de nos équipes, quel est notre objectif.

Je me penche un peu en avant pour mieux écouter.

– Grenade, lance-t-il avec emphase, va changer le monde.

La phrase est saluée par une volée d'applaudissements, certains francs et enthousiastes, d'autres simplement polis.

La Pr Gold adresse à M. Hawkins un hochement de tête imperceptible et s'approche du micro en souriant fièrement à ses collaborateurs.

La salle est soudain comme galvanisée.

– Je sais que certains d'entre vous ont travaillé jour et nuit avec moi à la réalisation de ce projet et que mon laïus risque de les barber, mais je vous demanderai de m'accorder encore une fois votre attention. Je vais essayer de ne pas passer des heures à expliquer combien vous avez tous été formidables.

Les gens rient, et je me dis qu'une blague a dû m'échapper. Mais bon, j'ai souvent cette impression.

– Qu'est-ce qui me pousse à continuer, alors que les médias prétendent que notre projet est beaucoup trop ambitieux? demande-t-elle à la cantonade. Qu'est-ce qui me motive, lorsque les gens disent que la science et la technologie ne sont jamais allées aussi loin? Où est-ce que je trouve la force de continuer, soir après soir, quand il faut repartir de zéro?

Elle ouvre les mains et inspire profondément.

– Dans l'idée que Grenade va permettre aux gens de vivre éternellement.

Une salve d'applaudissements frénétiques me fait sursauter.

– Je vais mettre un terme à la douleur des gens. À leur chagrin d'avoir perdu un être cher, à leurs remords: «si j'avais agi comme ci», «s'il s'était passé cela»... Je vais faire en sorte que les familles restent unies à jamais, comme elles devraient l'être.

Elle cligne des yeux, éblouie par les spots qui inondent

la scène de leur lumière crue. Je me dis qu'elle ne doit pas voir le public très distinctement.

– Qui, parmi vous, a perdu un proche ? lance-t-elle.

Je regarde tout le monde lever le bras. J'en fais autant. Je me tourne vers Gregor. Voyant qu'il n'a pas bougé, je lui donne un coup de coude. Il lève le bras à son tour, de mauvaise grâce.

La Pr Gold hoche lentement la tête et lève la main à son tour. Elle ne peut pas me voir, dans le noir, mais je hoche la tête, moi aussi. Nous sommes pareilles, elle et moi. Nous avons traversé la même épreuve terrible. Nous avons touché le fond, l'une comme l'autre, et nous en sommes sorties au prix d'un énorme effort.

Un jour, je serai aussi forte qu'elle.

– Je ne veux pas que les gens aient à dire adieu à leurs proches.

Elle laisse ces mots planer comme un vent chaud et réconfortant, après le frisson glacé qui vient de parcourir l'assistance. Il me frappe de plein fouet et dégèle quelque chose en moi.

– Je sais que ceux qui sont en charge du marketing et du programme de sensibilisation n'ont pas encore vu le produit, intervient M. Hawkins. Et en dehors de la charmante Noma, à la réception, créée spécialement pour l'entreprise, certains d'entre vous n'ont jamais rencontré de gram opérationnel.

Je cligne des yeux, ébahie, et je me tourne vers Gregor qui m'adresse un sourire entendu et un petit signe de tête.

Je m'appuie contre le dossier de mon siège et secoue la tête, incrédule.

Noma n'est pas humaine. Noma est un gram.

– Alors, que ceux qui n'ont pas encore approché les incroyables créations de Grenade regardent bien ceci.

En un clin d'œil, un gram apparaît sur scène.

Quelques personnes ont le souffle coupé, d'autres poussent des murmures ravis.

C'est un gram de la Pr Gold.

M. Hawkins prend un ton plus ferme.

– Il faut nous préparer aux critiques des médias et de nos détracteurs habituels. Les râleurs chroniques vont dire que c'est contraire à l'éthique, que si les grams sont intelligents et sensibles, on doit leur accorder des droits et des libertés. Il faut vous attendre à ce genre d'arguments éculés. Ces grams sont des pièces détachées numériques de l'âme des gens. Ils ne sont pas faits de chair et d'os. On ne peut ni les blesser ni les mutiler. Ils ne peuvent pas sortir d'ici pour conquérir le monde ni participer à je ne sais quel scénario de film d'horreur, comme on a pu l'entendre ici ou là.

La Pr Gold claque des doigts et le gram s'anime, fait un mouvement brusque en découvrant son nouvel environnement puis se tourne vers la vraie Pr Gold et le père d'Adrien.

– Peux-tu dire à tout le monde comment tu t'appelles ? lui demande la Pr Gold, en dévisageant intensément son double numérique.

– Je suis Sabrina Gold, dit le gram qui ressemble comme deux gouttes d'eau à l'original.

– Et ton métier ?

– Directrice du Golden Department de Grenade.

– Et qu'est-ce que Grenade ?

– C'est un institut de préservation de la vie qui permet de vivre éternellement sous la forme d'une créature numérique.

– Comment ?

– Grâce à des hologrammes, qu'on appelle familièrement des grams.

– Es-tu un gram ?

C'est M. Hawkins qui a posé la question, et l'assistance semble retenir son souffle.

– Non, répond le gram en haussant les sourcils d'un air amusé. Mais j'en crée.

La vraie Pr Gold approuve d'un signe de tête et claque de nouveau des doigts. Son gram se fige et, sur un signe en direction de la régie, il disparaît d'un coup.

– Je vous garantis, lance la Pr Gold, que nos grams ne remettront pas en question la nature de leur réalité. Je les ai conçus pour cela. Je les ai dotés d'angles morts numériques. Si mon propre gram ne me reconnaît pas, c'est que je l'ai programmé ainsi. Je réassemble les gens exactement comme ils sont et ensuite j'enlève, ici ou là, certains éléments pour qu'ils puissent fonctionner calmement et sans heurt dans leur nouvel écosystème. Ceux de mes collègues ici présents qui ont des cernes sous les yeux ont veillé à cela. Ils ont bossé dur et le résultat est extraordinaire. D'où leurs efforts, aujourd'hui, pour ne pas piquer du nez.

Un tonnerre de rires.

– Vous remarquerez aussi combien la ressemblance est troublante. Identique. C'est la clef, justement. Ce ne sont pas des cyborgs ou des androïdes qu'il faut recharger et qui peuvent un jour se retourner contre nous. Ces grams sont nous-mêmes ! Des versions numériques de nous-mêmes. Les gens verront des répliques numériques d'eux-mêmes et de leurs proches, et ils seront fascinés. Ils se réjouiront. Ils reviendront nous voir, ils recommanderont Grenade à leurs amis. Et, lentement mais sûrement, cela va changer le monde. Êtes-vous prêts pour ce défi phénoménal ?

Je pousse presque un cri et je hoche la tête, pendant que toute la salle se lève pour l'ovationner. Les gens debout devant moi me cachent la Pr Gold, mais je n'en applaudis que plus fort.

11
DANSER

– Tu serais un atout précieux pour notre entreprise, tu sais, Cora.

Je lève la tête et souris à la Pr Gold. Je déjeunais au restaurant de Grenade en attendant que Gregor redescende de son bureau, lorsqu'elle m'a aperçue. À présent elle est assise face à moi qui mange mon dessert.

– Papa n'est pas d'accord pour qu'on m'interroge, je dis en prenant une nouvelle bouchée de tarte aux pommes. Je ne sais pas pourquoi, mais il y est fermement opposé.

– Je pense que tout ça peut rebuter un peu certaines personnes, répond-elle avec chaleur, tout en promenant ses yeux sur la décoration alentour. S'il venait ici, il changerait peut-être d'avis en voyant que nous ne sommes pas des dragons humanoïdes. Ça ne le dérange pas que ton frère soit employé ici ? Gregor fait un travail formidable dans notre équipe.

– Ça paie bien, j'avoue honteusement. Nous ne sommes

pas très riches, donc j'imagine que papa ferme les yeux sur le fait que mon frère travaille ici.

– Tu ne dois pas avoir honte de ça, me dit la Pr Gold d'un ton compatissant. Dans ma famille on n'avait pas d'argent non plus. C'était terrible. Au lycée, j'avais honte de porter toujours les mêmes vêtements. Mais j'étais intelligente. Et je travaillais dur. C'est bien plus important.

Elle m'adresse un sourire complice. Si je n'étais pas en train de mâcher une bouchée de tarte, je le lui rendrais. Elle a toujours le mot juste pour me mettre à l'aise.

Adrien veut être pilote quand il sera adulte. Moi, je veux devenir comme la Pr Gold.

– J'aimerais que ma maman soit encore de ce monde pour voir tout cela, dit-elle à mi-voix.

Puis elle soupire. J'ai envie de la faire sourire de nouveau mais je ne sais pas comment. Finalement, je dis :

– Je suis sûre qu'elle serait fière de vous.

Elle lève les yeux et me décoche une fois encore un sourire éblouissant. Elle se tamponne légèrement l'œil droit du bout de l'index.

– Oh, merci, Cora. Ça fait du bien d'entendre ça. Tu sais, en un certain sens, on a toujours besoin de ses parents, à n'importe quel âge. C'est pour ça que cet endroit fera beaucoup de bien aux gens. Il y a tellement de malheureux qui vivent dans la colère et la peine. Tellement d'orphelins perdus. Si je pouvais donner à toutes ces personnes quelque chose à quoi se raccrocher, je pense que le monde changerait vraiment. Le chagrin est comme une blessure ouverte et notre société n'a pas trouvé le moyen de le guérir. Mais moi, je l'ai trouvé.

Je pense à la façon dont j'ai engueulé Adrien. Est-ce que c'était à cause du chagrin ? Étais-je une des personnes tristes et en colère dont elle parle ?

– Donc, si j'acceptais l'entretien de Grenade, je dis prudemment, j'aiderais vraiment ce projet ?

– Tu n'aiderais pas seulement le projet de Grenade, dit-elle d'un ton plein de respect. Tu aiderais tout le monde. Quand nous ouvrirons au public et que chacun nous permettra de reproduire sa personne sous la forme d'un double numérique, nous aurons besoin de mieux comprendre les neurodivergents. Pour l'instant, nos recherches sont insuffisantes. Tu nous aiderais à parfaire les subtilités et les spécificités des autistes, pour leurs proches. Grâce à toi, nous pourrions les recréer de façon plus juste, pour que leurs familles vivent plus sereinement. Ce serait un acte d'altruisme incroyable, Cora.

Je regarde mon image fragmentée dans la fine fourchette en argent que j'ai dans la main, en me demandant ce que je ressentirais si j'avais les éloges et l'admiration de gens comme la Pr Gold et M. Hawkins.

– Je vais en reparler à mon père, promis.

Elle sourit.

Soudain, des éclats de voix et une certaine agitation nous parviennent depuis le hall d'accueil. Visiblement inquiète, la Pr Gold se lève d'un bond et se dirige rapidement mais avec prudence vers le vacarme. J'abandonne ma tarte aux pommes pour la suivre.

– Vous n'avez pas le droit d'utiliser mon image ! hurle une femme.

La Pr Gold s'arrête dans l'encadrement de la porte. Je me penche pour jeter un coup d'œil dans le hall. Et là, je n'en reviens pas : une personne ressemblant à Noma se tient au milieu, les cheveux gras et les yeux légèrement rouges. Mais la vraie Noma est là aussi, à la réception, perplexe, sidérée.

– Noma, nous avons déjà discuté de tout cela, dit la Pr Gold en avançant vers le gram pour débrancher quelque chose derrière le comptoir.

L'hôtesse d'accueil s'évanouit. Ne reste que son double, très humain, dans un état d'agitation extrême.

– Je n'ai jamais donné mon accord pour ça, gronde la femme en écartant sa frange, un doigt tremblant pointé vers le bureau d'accueil. Je n'ai autorisé personne à utiliser mon image et mon cerveau pour faire de moi cet épouvantable clone de bonniche ! On m'a fait signer mais j'ignorais ce que je signais.

– Noma, je vous en prie, discutons-en, dit la Pr Gold d'un ton compatissant. Je vais revoir le contrat avec vous et nous déciderons de nouvelles dispositions.

Le regard halluciné de la femme se pose sur moi.

– Ne signe rien, dit-elle en me dévisageant si intensément que je détourne les yeux. Quoi que tu fasses, ne signe rien avec cette boîte !

Sur ce, elle se précipite vers la sortie. Je regarde la Pr Gold qui, visiblement triste et déçue, la suit des yeux.

– C'était une de nos premières résidentes, me dit-elle à voix basse. Elle était totalement d'accord, au début. Je ne sais pas ce qui s'est passé.

Elle me presse l'épaule avant de retourner à la réception pour remettre en marche ce qu'elle avait désactivé tout à l'heure.

Le gram de Noma réapparaît. Elle cligne des yeux et prend quelques secondes pour se familiariser avec les lieux. Puis elle me sourit. Sa ressemblance parfaite avec la femme qui vient de partir furieuse est réellement confondante.

– Bienvenue chez Grenade, je suis Noma, en quoi puis-je vous aider ? lance-t-elle de sa voix légère et enjouée. Tout le contraire de la vraie Noma que j'ai vue à l'instant.

*

* *

Après avoir tergiversé à n'en plus finir pour savoir si j'irais ou non à cette soirée de fin d'année, le jour dit est arrivé et j'ai décidé d'y aller. Papa et Gregor ont renoncé à me questionner et sont prêts à faire avec ce que j'aurai décidé à 19 heures. J'ai enfilé un jean déchiré, mon joli haut, et je me suis fait un ras-de-cou avec un vieux ruban. Un coup de brosse dans les cheveux et quelques traits de crayon noir autour de mes yeux (le fusain de Gregor) en guise d'eye-liner et me voilà prête.

Je chausse mes belles sandales et je descends. Papa et Gregor, qui discutaient à voix basse, se taisent quand j'arrive sur la dernière marche.

– On y va ? me demande Gregor, un peu tendu.

J'approuve d'un signe de tête.

– Bon. Tu téléphones à ton frère dès que tu veux partir, me crie mon père, tandis que Gregor et moi avançons vers la voiture. Même si c'est seulement cinq minutes après qu'il t'a déposée.

– D'accord, je lance en claquant la portière du passager.

Le trajet est court jusqu'au collège, mais la tension est palpable. Gregor se gare devant l'entrée. Les élèves rentrent. On aperçoit des flashs de lumières multicolores et on entend le martèlement de la musique.

– Cora ?

– Ouais ?

Il éteint le moteur et regarde fixement le volant.

– Je voulais juste que tu saches une chose : je te trouve très courageuse.

Je lève les yeux vers lui.

– Pourquoi ?

– Tu viens ici toute seule. Tu fais tout toute seule. Je te trouve vraiment courageuse.

Je ne sais pas quoi répondre.

– J'ai eu des moments difficiles à l'école, poursuit-il.

J'étais un vrai geek. J'étais maladroit. Mais je sais que c'est encore bien plus dur pour toi.

Je lève les yeux au ciel.

– S'il te plaît, ne t'apitoie pas sur mon sort, Gregor. Je me fiche de ce que pensent les gens.

Et pour la première fois depuis bien longtemps, je crois presque à ce que je viens de dire.

– J'ai encore le temps d'aller chercher Adrien, plaisante mon frère en me regardant enfin.

Je meurs d'envie de le supplier de le faire, mais je me retiens.

– Ça va aller. Je vais entrer, profiter de la musique, manger des petits fours. Et si jamais je suis submergée par mes émotions, j'irai me réfugier aux toilettes.

Il rit. Pourtant je ne plaisante pas.

Je sens qu'il me suit des yeux quand je me dirige vers l'entrée du collège. Je sais que je n'y ai pas d'amis. Je sais qu'on va me regarder. Mais parfois, j'ai tellement peur de ça que je passe à côté de plein de choses. Et je reste assise dans ma chambre, à l'abri de ce qui m'angoisse, sans savoir exactement ce qui m'angoisse.

Mais après je regrette.

Si je déteste trop cette soirée, je partirai. J'aurais au moins essayé.

Il me faut un moment pour entrer dans la salle transformée en discothèque : je dois m'adapter à cet environnement. Je laisse mes sens se familiariser avec l'ambiance inhabituelle.

Plus de bruit, plus de lumières, plus d'agitation.

Les élèves de mon année se sont déjà regroupés comme d'habitude : les garçons d'un côté, les filles de l'autre. La piste de danse est vide mais le DJ ne se décourage pas pour autant : il met un autre morceau. Quelques profs montent la garde aux quatre coins de la pièce, chacun avec sa bouteille d'eau.

– Cora ?

Je me retourne : Rebecca et Gemma. Elles font semblant de retenir des gloussements, comme dans une pantomime. Elles en font des tonnes, mais je comprends pourquoi : elles sont surprises de me voir là.

– Alors ? je dis. Vous avez encore du travail à me filer ? Ou bien vous êtes prêtes à aller voir M. Ramsey pour lui expliquer ce qui s'est réellement passé ?

Gemma est aussi pâle que les gobelets en papier dans lesquels les gens boivent leur boisson gazeuse. Rebecca, elle, pince les lèvres et avance d'un pas.

– Tu ne peux rien prouver, je te ferai dire, espèce de débile.

À mon tour, j'avance d'un pas vers elle.

– Oh si, je peux. Parce que M. Ramsey a peut-être une cervelle de moucheron, c'est-à-dire autant que vous deux réunies, mais Mlle Mabuse, elle, est intelligente. Et elle connaît votre écriture, parce que c'est elle qui corrige la plupart des devoirs. Alors ne vous faites pas d'illusions : il ne lui faudra pas longtemps pour comprendre ce qui s'est réellement passé.

Gemma est pétrifiée, à présent. Elle braque des yeux effarés sur sa cheffe. Rebecca s'écarte de son adjointe morte de trouille et part en jetant un regard furieux par-dessus son épaule.

Je me tourne vers Gemma pour lui dire, avec un sourire hypocrite :

– Bonne soirée, Gemma.

Puis je fais volte-face en rigolant. Je me sens beaucoup mieux. Et là, je remarque quelque chose. Ou plutôt quelqu'un. En bas des escaliers. Il danse en s'abandonnant complètement, sans se soucier le moins du monde des collégiens et des profs qui le regardent maintenant, bouché bée. Il porte un smoking noir et une longue écharpe en soie blanche.

Adrien.

Je me surprends à rire, tellement c'est insensé de le voir ici, dans mon collège, sur son trente-et-un. Les garçons avec leurs cheveux hérissés par le gel et leurs chemises qui sortent du pantalon le contemplent, perplexes, tandis qu'il tourne sur lui-même comme une toupie. Les filles sont à la fois fascinées et déroutées. Les profs, totalement déconcertés.

Sur cette musique joyeuse et très rythmée, Adrien bouge sur chaque note avec une liberté et une fluidité incroyables. Son style est un peu saccadé, mais c'est fou ce qu'il danse bien. Sans doute parce qu'il est tout à fait décomplexé. Il s'abandonne à la musique.

Moi, je ris toujours. Les gens doivent penser que je suis

folle. Je ris suffisamment fort pour qu'Adrien lève les yeux et me voie. Il me fait un grand sourire et des gestes de la main. Je sens tous les regards sur moi, maintenant. Ils doivent se demander qui peut bien être cet hurluberlu et comment nous nous connaissons.

La musique joue toujours aussi fort. Tout à coup, Adrien fait mine de lancer un lasso. Joyeusement, je crie, assez fort pour couvrir la musique qui sort des enceintes :

– Non ! Arrête !

Il m'ignore et continue à tirer. Je ris tellement que j'ai l'impression que je vais prendre feu. Contrairement à d'habitude, je ne suis pas terrorisée à l'idée d'être le centre d'attraction. Je me rends compte que je me fiche complètement que tout le monde me trouve bizarre.

Ils n'ont pas ce que j'ai. Dommage pour eux.

Je commence à sautiller pour rejoindre mon ami, comme s'il m'avait attrapée avec sa corde invisible. Il rit à gorge déployée, tout heureux que j'entre dans son jeu. Quand j'arrive près de lui, on se serre les mains et on saute sur place pour faire sortir toute notre énergie.

Il se laisse conduire et j'imite les danses ringardes que j'ai apprises avec papa et Gregor au fil des années. Toute la salle nous observe mais ça m'est égal.

Je n'en ai rien à faire. Rien du tout.

Le *bump* (on se cogne les hanches). Le *swim* (on imite les mouvements de la natation). Le *twist* (on tortille le bassin). Adrien s'assied par terre, je me place derrière lui et nous faisons mine de ramer sur une barque imaginaire, au rythme de la musique. Ensuite, nous faisons la chenille tous les deux, lui devant, moi derrière. Je regarde enfin les autres. Susan, Fatcha et Maria, des filles de ma classe. Plantées au bord de la piste de danse, elles nous regardent, ébahies. J'attrape Adrien par les hanches pour me caler sur ses mouvements rapides, et là, d'autres mains se posent sur moi. Je me retourne : Maria a rejoint notre chenille. Susan et Fatcha hésitent, puis elles raccrochent les wagons.

De cinq, nous sommes vite dix, puis toute l'assemblée s'y met. Adrien nous fait faire le tour de la salle au rythme de la musique endiablée et je hurle de rire. De bonheur.

De toute ma vie, je ne me suis jamais sentie aussi légère. Je m'intègre. J'ai trouvé ma place. Rien n'est forcé, rien n'est simulé.

Je m'amuse. Et le fait d'en prendre conscience, ajouté à la sensation que ça me procure, me donne le tournis. Quand la chanson s'arrête, tout le monde hurle et rigole. Toutes les barrières sont tombées et nous sommes tous là, au centre de la piste, pleins de vie et de cris de joie.

J'enroule mes bras autour d'Adrien, par-derrière, et je le serre contre moi.

– Tu es le meilleur !

– Nan, il me lance par-dessus son épaule. C'est juste que je kiffe la danse !

12
SPECTRES ET SPÉCIMENS

– Je me demande à quel moment ils vont s'apercevoir que je n'ai rien à faire ici et me jeter dehors.

La réflexion d'Adrien me fait rire. Assis sur les marches, devant l'entrée principale du collège, nous buvons du soda dans des gobelets en plastique, tout en piochant dans un sachet de bonbons.

– C'est grâce à toi que tout le monde a commencé à s'amuser, alors ils vont peut-être fermer les yeux sur ton intrusion.

– Il n'a pas l'air si nul que ça, ce collège, dit-il en jetant un coup d'œil par-dessus son épaule vers l'austère bâtiment en béton. Plus chouette que les écoles privées où mon père m'envoyait.

– Qu'est-ce qu'elles ont de si terrible, les écoles privées ? je lui demande en accaparant le paquet de bonbons.

– Ils ne m'aimaient pas tellement. Sûrement à cause de mon TDAH.

– Je croyais qu'on était bien accompagné, dans le privé.

– Ils appellent ça de l'accompagnement. En fait, ce sont des ateliers d'écriture à n'en plus finir, des réunions où on t'explique pourquoi tu n'es pas à ta place ici, des conseillers qui te disent qu'il suffirait que tu changes complètement ton cerveau et que tu fasses encore plus d'efforts.

Il explique ça sans amertume. Mais je crois deviner quelque chose d'autre.

Il étend les jambes et reprend :

– J'avais l'impression d'être incompétent pour un boulot dont que je ne voulais pas. Sauf qu'au lieu de me virer, ils me forçaient à regagner mon poste, tout en m'expliquant pourquoi il valait mieux me virer.

Je comprends très bien.

– Je m'aime bien, ajoute-t-il à voix basse. Pas tous les jours, ni à longueur de journée, mais la plupart du temps quand même. J'aime bien mon cerveau. J'aime bien mon rythme.

Je le regarde en souriant.

– Je crois que je n'ai jamais dit ça à personne, ajoute-t-il avec un petit rire.

Je lui donne un coup de coude.

– Moi aussi je t'aime bien. Même quand tu me tapes sur les nerfs.

– Eh, dis donc, grâce à moi, tu as marqué des points, ce soir.

– Ça, tu peux le dire.

Nous restons là, dans l'air doux du soir, à contempler

le ciel londonien. Je n'ai jamais vu les étoiles. Pas dans toute leur majesté. Pas assez pour embrasser l'ensemble des constellations. Parfois, il y en a une qui brille plus que les autres. Une étoile solitaire. J'arrête mon regard sur elle. Elle est assez brillante pour percer la couche de pollution.

– Je vais accepter un entretien avec la Pr Gold.

C'est sorti tout seul, au moment où je fixais l'étoile solitaire dans le firmament. Je sens Adrien se raidir, à côté de moi. Je me tourne vers lui.

– Ça se passe comment, ces entretiens ?

Au lieu de répondre, il lève lui aussi les yeux vers l'étoile.

– Je sais que tu l'as fait, j'insiste. Je sais que tu as été interrogé là-bas. Alors… ça fait quoi ?

– Rien de spécial, dit-il doucement. Tu as affaire à des scientifiques. Ils sont fatigants. Et ils posent aussi des questions sans aucun intérêt. Ça manque d'intelligence.

– Les scientifiques sont forcément intelligents, j'objecte.

– Ce sont des gens super intelligents, mais personne ne peut être intelligent pour tout.

Cette idée me déconcerte, mais au fond, il a raison. Gregor est la personne la plus intelligente que je connaisse, pourtant il est incapable de changer une ampoule. Quant à papa, il a toujours eu du mal à lire. En revanche, il a une mémoire exceptionnelle.

Les gens sont tous tellement différents, dans leur tête. Tous doués de capacités différentes.

– J'ai envie de me rendre utile, je persiste. Si Grenade

a besoin d'étudier quelqu'un comme moi, je veux bien participer, dans la mesure où ça peut aider des gens.

– Parce que tu crois sincèrement que Grenade veut aider les gens ?

Son ton sarcastique me fait rougir.

– Eh bien, oui.

– Cora, ce qu'ils veulent, c'est faire du fric. S'ils peuvent faire payer les gens pour venir parler à leur grand-mère morte ou à une chose qui ressemble physiquement à leur grand-mère, qui a la même voix, qui fait les mêmes gestes, ils le feront. Ce n'est pas de la charité. C'est du business.

Je détourne le regard, gênée.

– Je ne suis pas d'accord.

– Tu ne connais pas mon père.

– Et toi, tu ne sais pas ce que c'est que de perdre quelqu'un trop tôt. Alors que tu avais encore plein de choses à lui dire. Pleins de détails à régler. Tu ne sais pas ce que c'est.

Il lève les yeux vers moi. Je déteste la pitié qu'ils expriment.

– Arrête, je dis, hargneuse. Pas toi. Ce n'est pas à cause de ça. Pas à cause d'elle. Mais je crois que tu ne peux pas comprendre pourquoi les gens ont besoin de ça.

Il approuve lentement de la tête.

– OK.

Je rentre mes griffes et je jette un coup d'œil vers l'étoile. J'écoute les accents rythmés de la musique, au loin, et les exclamations des collégiens.

– Tu sais pourquoi je déteste le mot « normal » ?

Je me garde de lui répondre ou de lui demander pourquoi. J'ai trop peur de ce qu'il pourrait dire, car il est terriblement grave, tout à coup. Or, Adrien n'est jamais grave.

– C'est parce que pendant des années je n'aspirais qu'à être normal, poursuit-il en levant les yeux vers le ciel nocturne et l'étoile solitaire. Je ne pourrai jamais définir la « normalité » et je crois que personne ne peut. Mais qu'importe. J'ai appris très vite que je ne suis pas normal. Et la façon dont je l'ai appris n'avait rien de marrant. Parfois, j'avais l'impression que tous les autres connaissaient le langage de ce monde, pendant que j'essayais de me débrouiller avec quelques phrases sorties d'un livre vieux de vingt ans, genre.

Je ferme les yeux. C'est trop intime. Trop sincère.

– Et si j'essaie de leur dire ça, ajoute-t-il sans que je sache très bien à qui il fait allusion, ils se contentent de dire : « Oh, ça arrive à tout le monde de ressentir ça, Adrien. Tout le monde se sent un peu différent. »

Il rit jaune.

– Mais ils ne peuvent pas comprendre, je dis doucement. Ils ne se rendent pas compte que c'est là tout le temps, sauf si tu dissimules qui tu es vraiment.

– Oui, répond Adrien en me dévisageant intensément, toujours beaucoup trop sérieux. Et tu veux que je te dise ? J'ai trouvé comment y remédier. Il faut oublier tout ça. Oublier toutes ces conneries. Toutes ces règles stupides qui n'ont aucun sens et le formatage genre « prêt-à-porter » qu'ils veulent tous nous imposer, il faut oublier tout ça. Je ne me soucie plus de ce que pensent les autres, je n'essaie plus d'être comme eux, et je me sens libre.

– Facile à dire, je murmure, soudain abattue.

– Pas du tout.

Je me retourne vers le collège en me demandant quel effet ça me ferait de ne plus attacher d'importance à ce que les autres pensent de moi.

– Cora, si les gens me répètent sans cesse « mais non, Adrien, ton TDAH n'explique pas tout », c'est pour se rassurer. Parce que dès l'instant où tu comprends ce qui fait ta différence, que tu l'admets, que ça te plaît et que tu n'as pas envie de changer, tu deviens dangereux.

– Comment ça, dangereux ?

– Quand on s'aime soi-même, on devient dangereux.

– Tu es drôlement philosophe, ce soir, je lui dis sur le ton de la plaisanterie.

Je me déchausse et j'appuie ma plante de pied contre la pierre. J'adore cette sensation.

– Toi, tu devrais t'aimer davantage.

J'éclate de rire, mais je suis un peu troublée.

– Arrête.

Il sourit, sans grande conviction. Pensant que la discussion est close, je m'apprête à lui proposer de retourner dans la salle, quand il ajoute :

– Si on est différents, toi et moi, si on est faits comme

ça, c'est qu'il y a une raison. Une raison qui ne regarde que nous. Et on peut le revendiquer si on veut. C'est pas leurs oignons.

Je pose les yeux sur lui, puis sur l'étoile, puis de nouveau sur lui.

– D'accord, Adrien. C'est noté.

Une pluie toute fine se met à tomber. Il va pour se lever, mais je lui donne un petit coup de coude.

– Tu veux bien qu'on reste un peu assis sous la pluie.

Il me dévisage mais ne me demande pas pourquoi.

– D'accord, Cora, d'accord.

De petites gouttes d'eau nous mouillent et je pousse un grand soupir.

– Merci d'être venu ce soir. Et d'avoir fait… ce que tu as fait.

Il tend la main et enroule son petit doigt autour du mien. Juste ce qu'il fallait.

*

* *

– Tu as l'air radieuse.

Je souris à papa en rentrant à la maison.

Gregor est venu me chercher à la fin de la soirée. Il a été plus que surpris que je lui demande si on pouvait déposer Adrien à Knightsbridge. Pendant tout le trajet, nous avons raconté la soirée de A à Z, et décrit, en hurlant de rire, la stupéfaction des autres, au début. Gregor semblait trop abasourdi pour dire quoi que ce soit.

– C'était une super soirée, je dis à mon père en m'asseyant près de lui, devant la télé.

Il me regarde, ravi, et lève les yeux vers mon frère pour voir s'il a le même sentiment que lui.

– C'est vraiment… vraiment super, Cora. Je suis trop content pour toi.

Je me sens à la fois heureuse et coupable. Heureuse que papa soit aussi content que je me sois amusée, mais coupable parce que je comprends qu'il s'est inquiété pour moi.

– Adrien est venu.

– Ah ? fait papa en haussant les sourcils.

– Il s'est carrément invité. Mais c'était génial.

Papa écarte les bras.

– Je suis bien obligé d'admettre que ce garçon est vraiment un bon copain pour toi.

– Pourquoi « bien obligé d'admettre » ?

– Parce que papa ne veut pas reconnaître que les riches peuvent être des gens bien, lance Gregor depuis le pas de la porte.

– Arrête, grommelle papa, sans pour autant démentir.

Je profite de la bonne ambiance pour annoncer, sans détour :

– Papa, je veux être interrogée par la Pr Gold de Grenade.

Papa et Gregor accusent le coup. Après une seconde

d'hésitation, mon frère vient précipitamment s'asseoir face à moi. Il a l'air à la fois stupéfait et plein d'espoir. À côté de moi, papa boue de colère, je le sens.

– Je sais que tu n'es pas d'accord, j'ajoute avec assurance, et je ne comprends pas vraiment pourquoi. Mais je crois que si tu rencontrais la Pr Gold, tu trouverais que c'est une bonne idée.

– Cora, répond mon père d'un ton las qui me fait regretter d'avoir abordé le sujet. C'est toujours non. Je suis désolé si ça te semble incompréhensible et injuste, mais c'est non. Tu comprendras quand tu seras plus grande.

– Je ne suis plus un bébé, papa, je réplique froidement. Je peux très bien comprendre.

– Allons. Ne gâchons pas cette belle soirée.

Je lève les yeux au ciel, mais j'accepte son rameau d'olivier. Gregor fait un visible effort pour tenir sa langue. Je n'arrive pas à imaginer ce qu'ils ont tellement peur de me dire.

13
JUSTE UNE BOSSE

Ce doit être le jour le plus chaud de l'année.

Adrien et moi sortons de Hyde Park avec Cerby. Le délicieux parfum de toutes ces fleurs me manquera quand nous serons de retour dans le quartier d'Adrien, mais le temps est tellement radieux que ça m'est égal.

Les rues sont calmes, à part le vrombissement des voitures de luxe qui font la course. Ce quartier est un peu le terrain de jeu des riches qui veulent frimer avec leurs bolides.

Mais ils font un bruit d'enfer.

– J'imagine que ton père n'a pas dû être ravi que tu veuilles te faire interviewer chez Grenade, dit Adrien en me tendant la laisse de Cerby pour que je le promène un petit moment.

– Nan. Et ça m'étonnerait qu'il change d'avis.

– Tant mieux, ricane Adrien. Je me demande pourquoi tu aimes tant cet endroit. Moi, je le trouve flippant.

– Tu as vu leurs grams. C'est incroyable quand même !

– C'est un miroir aux alouettes. Et derrière le miroir, il y a toute une clique de scientifiques chelous qui t'observent.

– C'est quelqu'un, Adrien ! Un individu numérique. C'est fantastique. Bien sûr que ça m'intéresse.

– Et les vraies gens, ils ne sont pas plus intéressants ? Tu ne peux pas imaginer à quel point je détesterais être un de ces grams. Ils me filent la chair de poule.

– Ce que tu peux m'énerver !

Il rit. Nous continuons à marcher. Nous ne sommes plus très loin de la grande avenue sur laquelle donne la rue d'Adrien. J'entends les moteurs vrombir au loin. C'est exaspérant et assourdissant.

– Tu serais d'accord pour qu'ils fassent un hologramme de toi ? me demande-t-il soudain, un pied dans la rue, l'autre encore sur le trottoir.

Aveuglé par le soleil, il plisse les yeux, attendant ma réponse. Je remarque une femme de l'autre côté de la rue au moment où Adrien se trouve pratiquement à mi-chemin entre elle et moi. Elle porte des lunettes de soleil très classe et un élégant hijab. En soie. Multicolore.

– Franchement, je ne sais pas. C'est sûrement trop tôt. Mais quand je serai plus grande, oui, j'aimerais qu'on fasse un gram de moi. Comme ça, ma famille pourra toujours me voir.

Il traverse la rue déserte à reculons, en souriant avec nonchalance.

– Ils n'arriveront jamais à faire un gram de toi suffisamment fidèle, Cora.

– Eh, oh, qu'est-ce que ça veut dire ? je m'insurge. Je suis trop bizarre pour Grenade, c'est ça ?

– Exactement, dit-il en riant. Mais c'est ça qui est génial !

Je rigole. Cergy aboie.

Et là, tout se passe très vite.

Une voiture de sport surgit au coin de la rue, sans prendre le temps de ralentir. Elle freine à mort, tente de faire un écart, mais trop tard pour éviter la collision.

Elle percute Adrien. Ça se produit en un clignement de paupières, à peine le temps d'un soupir.

J'ai le souffle coupé, je ne peux pas crier.

Adrien ne tombe pas simplement, il fait un vol plané.

Je pousse un cri muet et, pendant un moment, je ne vois plus rien.

Je suis près de lui, pourtant je ne me souviens pas d'avoir couru pour le rejoindre.

La voiture fait marche arrière puis accélère brusquement. Les deux hommes à l'intérieur se disputent tellement fort que j'entends leurs éclats de voix tout le temps qu'ils s'éloignent.

– Adrien, je dis enfin en lui saisissant la main.

Cerby gémit et Adrien me regarde toujours en clignant des yeux, comme si le soleil l'éblouissait encore.

– J'appelle une ambulance !

Accroupie près de moi, la jolie femme en hijab téléphone.

Elle m'attrape le bras fermement, une expression d'horreur sur le visage.

– Continue à le faire parler et empêche-le de bouger, ma chérie, me dit-elle très vite, avant de se relever et de hurler dans le téléphone.

Une partie engourdie de mon cerveau ne comprend pas pourquoi il faut une ambulance. On n'appelle une ambulance que pour les accidents très graves. Là, c'est comme un cauchemar, ça ne peut pas être réel.

On va s'en sortir.

– Adrien, elle téléphone. Tout va bien.

Il me fixe droit dans les yeux et je n'ose pas détourner le regard. Je lui étreins la main en souriant.

Il cligne des paupières très lentement. Mécaniquement.

– Ces chauffards idiots, je dis avec un rire nerveux, tandis qu'une larme coule et s'écrase sur le bitume chaud. Ils sont trop nuls. Mais ça va aller, t'inquiète.

– Cora, dit-il d'une voix rauque. Maman. J'ai besoin de ma maman.

Je jette un coup d'œil par-dessus mon épaule. La femme s'approche en courant.

– Oui, il est conscient, dit-elle à son interlocuteur. Mais c'est très grave, il a fait un vol plané. Ils devaient rouler deux fois plus vite que la vitesse autorisée.

– Ne t'endors pas, je dis à Adrien. Ta mère va nous rejoindre à l'hôpital. D'accord ?

Il ferme les yeux quelques secondes.

– T'en va pas, Cora.

– Non, non, je ne m'en vais pas, je dis, une boule dans la gorge. Je ne vais nulle part. Je suis là, Adrien. Je vais aller avec toi à l'hôpital et quand on y sera, j'irai te chercher ce que tu voudras au distributeur automatique.

– Cora ?

Il a les yeux fermés, maintenant, et parle très doucement.

– Oui ?

– J'ai peur.

Je lui caresse la main.

– N'aie pas peur, Adrien. Tu auras juste une bosse. Tout ira bien.

J'entends une sirène au loin. Une ambulance.

Il rouvre les yeux et regarde le ciel. Le ciel si bleu. Je suis son regard.

– Le grand océan, tu te souviens ? je murmure d'une voix tremblante. On est là et on regarde le sommet de notre océan. Ne quitte pas la surface des yeux. Tu iras, un jour. En avion. Regarde bien là-haut. Regarde bien, Adrien.

Il fixe toujours la surface de notre océan bleu, puis ses yeux se ferment et sa main tombe de la mienne.

*

* *

– Cora ?

Quelqu'un m'appelle pour la troisième fois. Une voix lointaine. Je lève les yeux. Je vois flou mais je reconnais la Pr Gold. Je suis assise dans une chambre d'hôpital, seule, et la Pr Gold est près de moi.

– Je suis venue du travail avec le père d'Adrien, dit-elle pour répondre à la question que je n'ai pas posée.

– Ah.

– Cora, reprend-elle d'un air affligé. Je suis vraiment désolée.

Je me lève d'un bond et commence à faire les cent pas. « Désolée » ! Je déteste qu'elle me dise ça. Je déteste ce silence, cet endroit, ce moment si embarrassant.

– Il va s'en remettre, je dis avec raideur. Ils vont lui faire ce truc électrique.

– Cora, où est ta famille ?

– Gregor et papa arrivent… Mais il va se remettre. Avec la RCP. Le choc électrique. Ils vont lui faire.

La Pr Gold s'agenouille près de moi, écarte mes cheveux de mon visage. Son expression tragique m'est insupportable.

– Il est gravement atteint, ma puce.

– Non, j'aboie. Il a perdu connaissance, mais pas pour longtemps. Ils vont le ranimer.

– Ma chérie, il était inconscient quand il est arrivé. Cette voiture… l'a percuté trop violemment.

Je beugle. Elle me serre dans ses bras. Très fort. Je sens

une odeur de grenade au moment où je hurle, la tête enfouie dans son chemisier d'un blanc impeccable.

Peu après, papa et Gregor entrent en trombe dans la chambre. Je passe sans transition des bras de la Pr Gold à ceux de papa. Gregor prend mon visage entre ses mains.

– Tu es blessée ? s'écrie-t-il.

– Je m'en fous ! je hurle entre mes sanglots.

– Il faut la ramener à la maison tout de suite, dit papa.

Il me porte dans ses bras comme si j'avais quatre ans. Je pleure comme un bébé. Je ne peux pas me retenir, il y a trop de poison en moi. Une peur noire, métallique. Il faut que je l'expulse.

Il faut que je fasse sortir toute cette douleur.

J'aperçois au passage la Pr Gold. Elle a l'air tellement triste. Elle s'inquiète pour moi. Je l'ai dans ma ligne de mire jusqu'à ce que les portes de l'ascenseur se referment.

Pendant la descente, quelque chose tombe de ma poche. La clef. La clef dorée du jardin d'Adrien. Il me l'a donnée en me disant que je pouvais aller dans le jardin chaque fois que j'en éprouvais le besoin.

– Je dois lui rendre cette clef, je dis à Gregor qui s'est penché pour la ramasser.

– À qui ?

– À Adrien. Je l'avais juste empruntée. Il faut que je la lui rapporte.

– Je la donnerai à Magnus, d'accord ? dit Gregor d'un ton grave.

– Non, donne-la à Adrien, j'insiste. C'est sa clef. Son jardin. Donne-la à Adrien. Et il faut aussi lui dire que Cerby n'a rien.

Mais au lieu de tendre la clef à Gregor, je m'accroche à elle. Je veux que ce soit moi, et personne d'autre, qui la rende à Adrien.

– Cora, murmure papa. Ma puce. S'il te plaît. Il n'est pas là.

Je donne des coups de pied furieux et papa chancelle. Gregor est obligé de le stabiliser, puis il me porte à son tour.

Je ne me souviens pas du trajet jusqu'à la voiture. Ni d'avoir perdu connaissance.

Je ne me souviens de rien d'autre.

14
CONSCIENCE

Veiller quelqu'un, c'est comme une espèce de fête ratée.

J'ai détesté veiller maman. Détesté être obligée de bien me tenir et de parler pour ne rien dire. Détesté voir son cercueil sortir de la chambre.

– Cora ?

Je me retourne. C'est Magnus. Il a une mine épouvantable. Cette pensée doit se lire dans mes yeux, car il secoue la tête et passe la main dans ses cheveux légèrement en bataille.

– C'est gentil d'être venue, me dit-il lentement. Je sais combien c'est difficile.

– Ça va aller, monsieur Hawkins, je dis à voix basse.

– Tu comptes énormément pour lui.

Je ne sais pas quoi répondre. Je le regarde sourire tristement avant de retourner dans le couloir rejoindre les médecins qui tous se précipitent pour lui serrer la main. Vigoureusement.

J'avance vers son lit. Il a plein de fils et de tuyaux reliés à des appareils. On dirait qu'il dort.

Mais il n'est pas mort.

– Tu es sa sœur ?

L'infirmière qui vient d'entrer dans la chambre me parle doucement et m'observe du coin de l'œil, tout en ajoutant encore un tuyau.

– Non, je suis sa meilleure amie, je dis d'une voix sèche et râpeuse.

– Ah, dit-elle avec tendresse. Alors je suis certaine qu'il a très envie d'entendre ta voix.

Je m'approche encore du lit. Les lampes fluorescentes me font très mal aux yeux.

– Est-ce qu'il m'entend ?

– Nous pensons que oui. Ça peut vraiment les aider qu'on leur parle. Où qu'ils soient, ils ont envie de nous entendre.

– Ça veut dire qu'il est ailleurs ?

– En quelque sorte. Nous faisons tout ce que nous pouvons pour améliorer son confort et l'aider à respirer. Il est toujours là, parmi nous.

– Adrien, je murmure si doucement que personne d'autre ne peut m'entendre. Tu es parti où ?

Coma. J'ignorais ce mot, avant. C'est comme un sort qui vous plonge dans le sommeil, m'a expliqué le médecin. Et il faut essayer de trouver le contre-sort. Il m'a dit ça avec beaucoup de douceur et de gentillesse.

– Je m'appelle Grace, murmure l'infirmière. Je m'occuperai bien de lui, ne t'en fais pas.

J'acquiesce.

– Ma mère était infirmière.

– C'est vrai ? demande-t-elle, hésitante.

– Oui. Et puis elle est tombée malade.

Grace émet un tout petit bruit et avance la main pour me serrer le poignet.

– Adrien va s'en sortir, je dis avec conviction. Son cerveau est différent. Spécial. Il n'est pas comme tout le monde. Il va y arriver.

– Voilà, c'est bien, ça ! répond-elle avec sincérité.

En sortant de la chambre, je vois Ria Hawkins et un homme qui doit être Max, l'oncle d'Adrien. Ils sont blonds tous les deux. Ils se tiennent dans un coin, la tête basse.

Je me dirige vers eux comme une somnambule.

– Vous avez besoin de quelque chose, madame Hawkins ?

Elle me regarde comme si elle ne m'avait jamais vue, puis elle dit :

– Oh, non merci. Merci, Cora. Ça va.

Ça n'a pas l'air d'aller du tout. Je ne comprends pas pourquoi, un jour comme aujourd'hui, nous devons tous faire semblant.

Je vois maintenant la Pr Gold assise seule à l'autre bout de la pièce. Je m'avance. Elle me sourit gentiment et tapote le siège voisin du sien. Je m'y assieds volontiers.

– Tu tiens le coup ? me demande-t-elle.

– Ça peut aller.

– Bien.

Nous gardons le silence quelques instants.

– Cora, tu veux bien qu'on aille faire quelques pas ? J'ai quelque chose à te dire.

Tout ce qui peut me distraire est bienvenu, et je n'ai plus aucune banalité à dire, donc j'accepte. Nous quittons l'enceinte de l'hôpital sans prévenir personne et partons marcher dans les alentours. Les graviers du chemin crissent sous nos pas.

– Je ne sais pas trop par où commencer, risque la Pr Gold.

– Allez-y franchement, je réponds d'un ton neutre. Ça me changera de tout ce que qui peut se dire là-bas.

– Ah, merci, Cora. Alors, tu sais… J'ai du mal à imaginer combien ça doit être dur pour toi. Tu étais la personne la plus proche de lui, en dehors de ses parents.

Je serre les mâchoires.

– On est devenus amis très vite.

Elle hésite, puis poursuit.

– Oui. Je ne sais pas si Adrien t'a parlé du temps qu'il a passé chez Grenade.

– Il m'a dit qu'il avait été interrogé par le Golden Department.

– Oui, dit-elle, apparemment soulagée, comme si elle avait craint de trahir un secret. C'était un personnage intéressant, c'est le moins qu'on puisse dire. Peut-être même légèrement rebelle.

– On peut dire ça, oui.

Je souris.

Elle caresse du bout des doigts les statues de pierre devant lesquelles nous passons.

– Bon. Cora, ce n'est vraiment pas facile à dire. À expliquer. Mais nous avons Adrien. Chez Grenade.

Je m'arrête, les yeux braqués sur mes pieds. J'attends la suite. Je ne peux pas marcher et écouter en même temps, et il faut absolument que j'entende ce qu'elle a à me dire. Je ne détache pas mes yeux des ballerines noires bon marché que papa m'a achetées pour les obsèques de maman. Je me demande si je vais devoir les porter de nouveau pour un autre enterrement.

– Vous l'avez chez Grenade? Ça veut dire quoi?

Elle me lance un sourire. Un sourire plein d'espoir.

– Cora, on a fait un gram de lui. Et il est très réussi. Il est chez Grenade. Il est prêt.

Incroyable. Ça change tout, pour moi. Il n'est pas parti, il est là-bas, son esprit est vivant, dans un ordinateur, il est là qui attend.

Dans les Salons d'attente. Chez Grenade.

Ma mâchoire se met à trembler si violemment que j'ai peur qu'elle se détache complètement. Je suis trop submergée par mes émotions pour avoir honte. Cet espoir me fait si mal.

– Je pourrais le revoir, alors? Tel qu'il était?

Mes jambes flageolent, m'obligeant à m'asseoir sur un

banc. Une plaque dorée est vissée dans le bois, en hommage à une personne disparue il y a des années. J'ai tellement de larmes dans les yeux que je n'arrive pas à lire son nom. La Pr Gold s'assied près de moi.

– Émotionnellement ce serait une véritable épreuve, dit-elle avec délicatesse. Mais, oui, tu pourrais le revoir.

J'ai du mal à respirer. Je prends conscience de ce qu'est vraiment Grenade, et cette réalité me frappe de plein fouet.

– Mais... (J'ai honte de devoir le dire, mais il le faut.) Le problème, c'est que Grenade est beaucoup trop cher pour moi. Les frais de... des rencontres avec les grams. Je n'ai pas les moyens.

– J'y ai bien pensé, répond la Pr Gold, d'un air très concerné. J'en discuterai avec Magnus. Pas aujourd'hui, bien sûr. Mais plus tard. Si tu permets au Golden Department de t'interroger à des fins de recherche... nous pourrions te laisser rendre visite au gram d'Adrien gratuitement, en échange.

L'espoir pulse en moi comme des décharges électriques.

– Alors, je vais le faire.

– Sauf que ton père...

– Je le ferai.

Elle soupire mais me sourit.

– J'aime beaucoup ton état d'esprit, Cora.

Je sens tout le chagrin, toutes les difficultés de la journée se bousculer en moi. Je me jette dans ses bras. Je m'accroche à elle comme si j'étais prise dans une tempête et qu'elle était le seul point d'ancrage au milieu des vagues destructrices et glacées.

– Ça va aller, Cora, murmure-t-elle en me serrant fort. Tout va bien.

– Je crois que je ne serai plus jamais heureuse, je lâche dans un souffle.

– C'est le sentiment que tu as, maintenant, je sais, dit-elle avec fermeté. Mais un jour tu seras de nouveau heureuse. Pour l'instant le chagrin te dévore. J'ai ressenti la même chose après la mort de ma mère. Mais ça s'atténue. Ça passe.

Elle relève sa manche et me montre une toute petite cicatrice blanche. Comme une minuscule stalactite sur son poignet.

– Quand je me suis fait ça, enfant, ça ne voulait pas s'arrêter de saigner. Je passais par-dessus un fil de fer barbelé et j'ai glissé. C'était tellement moche et ça faisait tellement mal que je pensais que ça ne guérirait jamais. Mais ça a guéri. Et maintenant il n'en reste qu'une infime cicatrice.

Je regarde sa peau. Adrien ne deviendra jamais une petite cicatrice. Maman non plus. Mais je vois ce qu'elle veut dire.

Je me retourne vers l'hôpital. J'aperçois le bureau de l'accueil. Les portes automatiques s'ouvrent et se ferment. Je vois aussi Ria Hawkins, devant les portes, en train de fumer et de discuter avec Magnus. Il ne la regarde pas, et plus elle s'anime, plus il se raidit. Il finit par s'éloigner d'elle.

– Est-ce que M. et Mme Hawkins seraient d'accord que je revoie Adrien ? De cette façon ? je demande.

Je ne peux pas quitter des yeux Ria qui est devenue hystérique. Je n'entends pas ce qu'elle dit, mais je sais qu'elle crie.

La Pr Gold, qui les regarde elle aussi, me prend par l'épaule.

– Si tu es d'accord pour aider Grenade, je t'assure qu'ils seront plus qu'heureux.

15
QU'EST-CE QUE TU AS FAIT CET ÉTÉ ?

Le même soir, à l'heure du dîner, je repense à ma conversation avec la Pr Gold, tout en regardant papa et Gregor s'affairer dans la cuisine. Ils sont très inquiets pour moi et ça se voit. Ils ont peur que je fasse un «shutdown», c'est-à-dire que je me ferme complètement à cause des surcharges sensorielles que j'ai subies récemment. Papa a fait un gros poulet rôti à l'ail et aux herbes, et Gregor a cuisiné tous mes accompagnements préférés. Nous buvons de la limonade rose et papa a mis de la musique classique paisible.

– Ça a l'air délicieux, je dis avec conviction.

Laissant échapper un grand soupir, papa échange des regards ravis avec Gregor. J'attends qu'ils aient enfourné l'un et l'autre une grosse bouchée de poulet avant d'annoncer :

– Je vais être interrogée chez Grenade.

Papa manque de s'étrangler. Gregor avale une gorgée de limonade et me lance un regard affolé.

– Quoi ? glapit papa.

Il boit un peu d'eau, s'éclaircit la gorge.

– Je vais le faire, un point c'est tout.

– Cora, dit Gregor, devenu blême. Je ne suis pas sûr que ce soit la meilleure chose à faire pour toi, en ce moment.

Lui qui a toujours été favorable à ce projet, il semble hésiter à présent.

– Effectivement, c'est une très mauvaise idée, surtout maintenant, renchérit papa d'un ton sec. C'est même la dernière chose à faire, vu les circonstances. Tu as subi un énorme choc.

– Papa, c'est non négociable, je réponds gentiment. C'est décidé. J'ai annoncé que j'étais d'accord.

– Ce type t'a forcé la main, au chevet de son fils, à l'hôpital, c'est ça ? murmure mon père d'un ton accusateur. Je n'ai jamais eu une très haute opinion de lui, mais là c'est trop ignoble.

– C'est faux ! je riposte en lui lançant un regard noir. Il n'a pas eu un moment à lui pendant tout ce temps, et Mme Hawkins craque complètement. Il ne m'a rien demandé. C'est moi qui ai décidé de le faire.

– Cora, tu ferais mieux de profiter de l'été pour te reposer et te détendre, avance Gregor, passant la main dans ses cheveux ébouriffés. Tu ne vas pas rester claquemurée là-bas. Tes vacances d'été commencent à peine. Tu devrais plutôt t'amuser.

– J'en ai vraiment ras le bol qu'on me dise ce que je

suis censée désirer et éprouver. Vous avez fait pareil quand maman est morte. Je vais passer ces entretiens. J'ai programmé une première séance avec la Pr Gold lundi matin. J'aimerais bien que quelqu'un m'y emmène pour 11 heures, mais si vous ne voulez pas, je prendrai le bus. En tout cas, peu importe ce que vous en pensez tous les deux, j'irai.

Je découpe mon morceau de poulet que j'arrose d'un peu de sauce et j'en enfourne une généreuse bouchée. Je mâche consciencieusement sous leurs regards stupéfaits. Ils me traitent avec toutes sortes d'égards depuis que c'est arrivé, et ma sortie les a manifestement désarçonnés.

Je suis certaine qu'ils le seraient encore davantage s'ils savaient pourquoi j'ai décidé de le faire.

Je continue de manger. Pour moi, le sujet est clos.

*

* *

Gregor se gare devant le siège de Grenade mais, avant que je ne descende de la voiture, il me retient par le poignet.

– Je sais ce qu'ils t'ont promis, Cora.

Je m'immobilise, attendant la suite.

– Ils ont un gram d'Adrien.

Ce n'est pas une question. C'est une affirmation. Gregor est forcément au courant, puisqu'il travaille pour eux.

– C'est vrai.

– Ils te laisseront rendre visite au gram à condition que tu leur permettes de t'étudier, c'est ça ?

– Oui.

Il se tortille sur son siège en regardant la grande porte d'entrée du bâtiment de Grenade.

– Cora, je ne le sens pas, ce truc.

– Tu bosses pour eux, Gregor, je dis dans un éclat de rire, tellement il a l'air sérieux. Pourquoi, si tu n'es pas d'accord avec tout ça ?

Il fronce les sourcils, visiblement tourmenté.

– Oh, moi, je fais juste un peu de programmation. Mais là, il ne s'agit pas de rencontrer le gram d'une star, Cora. Ce ne sera pas du tout ça.

– J'ai parfaitement compris. Je veux quand même le faire.

J'ouvre la portière et je gravis les marches jusqu'à la porte d'entrée sans me retourner pour voir s'il me suit.

Noma, la réceptionniste, lève les yeux dès qu'elle m'entend.

– J'ai un badge pour toi, dit-elle d'une voix stridente en désignant, sur le comptoir de marbre blanc, le badge et son cordon au liseré doré. Ne le perds pas.

– Non, non.

– La Pr Gold t'attend dans son bureau.

J'acquiesce d'un signe de tête et je me retourne : Gregor est toujours assis dans la voiture, regardant fixement le volant. Ça me fait de la peine, mais je ne vois pas ce que je pourrais lui dire. J'ignore ce que papa et lui ont envie d'entendre.

Le badge accroché au cou, je prends l'ascenseur. Il monte à toute vitesse, sans à-coups. Pas comme les ascenseurs lourdauds et poussifs de l'hôpital. Je suis nerveuse, anxieuse, mais je me répète qu'à la fin de cette séance je reverrai mon meilleur ami.

Deux semaines seulement se sont écoulées depuis ce jour fatal. Deux semaines qui m'ont paru deux années.

Tout ce que je veux, c'est le revoir. Tel qu'il était.

Les portes s'écartent et je me trouve à un étage que je ne connais pas. Il y règne un silence total. Pas de bruits de conversation comme aux niveaux marketing ou informatique. Je vois une porte noire impressionnante, avec le nom de la Pr Gold.

Je frappe.

– Entrez !

Je pousse la porte et j'entre, un peu fébrile. Elle est assise derrière son bureau, des lunettes sur le nez et les cheveux relevés. Elle est plongée dans sa tablette qu'elle met vivement de côté quand elle me voit.

– Cora.

Je jette un regard circulaire dans la pièce. Une étagère pleine de bibelots. Divers trophées et récompenses. La Pr Gold se lève pour venir vers moi. Je détourne le regard de ces objets brillants pour le poser sur elle.

Elle me prend dans ses bras. D'abord je me fige, puis je

me laisse aller. Elle recule d'un pas tout en continuant à me tenir par les épaules.

– Je suis tellement contente que tu aies décidé de le faire, dit-elle, les yeux brillants. Ça va aider énormément de gens.

– J'ai le trac, j'avoue lorsque nous sortons de son bureau pour longer le long couloir silencieux.

– C'est tout à fait normal. Ne t'inquiète pas pour ça.

Heureusement qu'elle ne dit pas que j'ai tort ou que c'est ridicule. Nous arrivons dans la salle des entretiens. Elle est telle qu'Adrien me l'a décrite. Blanche, terriblement blanche. Avec un miroir qui occupe tout un mur. La Pr Gold s'assied dans un fauteuil et spontanément je prends place en face d'elle.

– Tu veux un verre d'eau ? me demande-t-elle aimablement.

– Non, merci.

– Très bien. Dès que le Pr Connelly sera là, nous pourrons commencer. La séance sera enregistrée, si tu es d'accord.

J'avale ma salive et, de nouveau, je parcours des yeux la blancheur immaculée de la pièce.

– Pas de problème.

Elle fait un hochement de tête presque imperceptible en direction du miroir.

Je sais que, de l'autre côté, des gens m'observent. Invisibles mais bel et bien là. Adrien m'a prévenue. Je ne vois, dans ce miroir, que le reflet de mon visage un peu pâle.

– Comment te sens-tu ?

Je détourne les yeux de mon image pour les poser sur la Pr Gold. Sa tablette sur les genoux, un stylet dans la main, elle me sourit, attendant ma réponse.

Je ne sais jamais comment répondre à ce genre de question. Les neurotypiques, les personnes qui ne sont pas autistes, vous demandent tout le temps comment vous allez, sauf que, pour eux, c'est généralement une façon de dire bonjour. Et s'il m'arrive de répondre très franchement, ça les met assez vite mal à l'aise.

– Bien, je murmure.

Elle hausse ses sourcils parfaitement épilés et sourit avec douceur.

– Cora, tu n'as pas besoin de faire semblant, pendant ces interviews. Tu dois être toi-même, c'est important.

Quand les neurotypiques demandent à un autiste de ne pas se cacher derrière son masque, ils n'ont aucune idée de ce que cela représente. Mais c'est peut-être pour ça que je suis là. Pour le leur faire comprendre.

La porte s'ouvre brusquement et un homme corpulent habillé de façon très décontractée fait irruption dans la pièce, une tablette dans les mains, avec une tasse de café posée dessus en équilibre, comme sur un plateau. Il m'adresse un bref signe de tête avant de s'asseoir juste à côté de la Pr Gold. J'ai du mal à « lire » le visage de celle-ci, mais elle écarte très légèrement sa chaise pour s'éloigner de lui.

– Désolé pour le retard, dit-il vivement. Je suis le Pr Connelly. Vous avez commencé ?

– Nous bavardions simplement, dit la Pr Gold d'une voix de velours.

Puis elle profite de ce que le Pr Connelly regarde fixement son gobelet de café pour lever les yeux au ciel et me sourire.

Je souris de même. Enfin installé, il relève la tête et fixe sur moi un regard presque inquisiteur.

– Bien, Nora. D'abord quelques questions.

– Bien sûr. Mais je m'appelle Cora.

Il me regarde en battant des paupières. La Pr Gold éclate de rire et, dans un grand geste décontracté, déplace sa chaise pour se rapprocher de moi.

– En quoi es-tu différente, Cora ? Pourrais-tu nous le dire ?

Je prends une longue inspiration. J'essaie de me souvenir pourquoi je fais ça. Pour Adrien. Pour revoir Adrien.

16
LE SALON D'ATTENTE

– Je ne me considère pas comme différente.

Je le dis avec assurance, même si j'ai du mal à garder le contact visuel. La Pr Gold semble un peu déçue. Elle se penche pourtant vers moi et me sourit avec empathie.

– Cependant, tu es autiste ?

– Comme beaucoup de gens.

– Oui, bien sûr, s'empresse-t-elle de dire.

– C'est naturel, j'ajoute dans un haussement d'épaules, tout en grattant une plaque d'eczéma sur mon poignet.

– Certes, admet, prudente, la Pr Gold.

Je vois bien qu'elle réfléchit intensément à ce qu'elle pourrait dire. Le Pr Connelly jette un coup d'œil vers le miroir, puis regarde de nouveau sa collègue.

– As-tu déjà rencontré un autre ou une autre autiste ?

– Euh, honnêtement, non. Mais certaines personnes ignorent qu'elles le sont. Mon meilleur ami a un TDAH. Le trouble de déficit de l'attention et l'autisme sont souvent mis sous le même chapeau.

Son expression s'adoucit.

– Tu veux parler d'Adrien ?

– Oui. Il a un TDAH.

Le Pr Connelly note quelque chose sur sa tablette. J'aimerais être plus près pour voir.

– Comment décrirais-tu le fait d'être atteinte d'autisme ?

Il a posé sa première question sans même me regarder.

– Déjà, je ne le dirais pas comme ça.

C'est bizarre, le chagrin. Je suis beaucoup moins polie dans mes réponses. Comme si mon filtre n'était plus assez épais. Je me moque de ce que les gens pensent de moi.

Enfin ce n'est pas vrai pour la Pr Gold. Mais elle, elle me comprend. Mieux que la plupart des gens.

– Que veux-tu dire ? me demande le Pr Connelly.

– Je suis autiste, point barre.

– Ah non ! s'exclame-t-il alors, d'une façon qui se veut sympathique. Tu souffres d'autisme. C'est la maladie qui t'atteint, tu n'es pas le sujet agissant.

– Hum.

– On dit bien « telle personne est atteinte d'un cancer », et non pas « telle personne est cancéreuse ». Tu vois ?

– Je n'ai pas de cancer.

– Passons à une autre question, coupe sèchement la Pr Gold, en regardant de haut le Pr Connelly. Qu'est-ce que cela te fait d'être toi, Cora ?

C'est déjà plus intéressant comme question. Personne ne me la pose jamais.

– Là, maintenant, vous voulez dire ?

Je pense aux avions dans le ciel. Au museau humide de Cerby. À un plat de pâtes bien chaud. Aux roses de Hyde Park. À Lloyd qui met la radio à fond et baisse les vitres. À certains éclats de rire tellement puissants qu'ils sont silencieux : on est juste pliés en deux, les yeux fermés à bloc et on essaie de reprendre notre souffle.

Je pense à des danseurs qui font la chenille.

– Réponds sincèrement, s'il te plaît, ajoute doucement la Pr Gold.

Deux petits doigts accrochés ensemble. Ensemble face au monde ordinaire.

– Là, maintenant, je me sens vide.

*

* *

Adrien disait que, lorsque son cerveau surchauffait, il se mettait en pilotage automatique. Quand les autres l'épuisaient, il faisait face en assurant machinalement les fonctions de base. J'applique la même tactique pendant le reste de l'entretien. Je me contente de réponses basiques qui paraissent heureusement satisfaire le Pr Connelly.

C'est moins sûr pour la Pr Gold. Pourtant, en m'accompagnant au troisième étage, vers les Salons d'attente, elle semble contente de moi.

– Merci encore d'avoir accepté, me dit-elle affectueusement, alors que nous arrivons devant une porte d'un bleu électrique. C'est ici que ça se passe. Quand tu seras prête, tu diras simplement « Action » et les techniciens commenceront.

– OK.

– Ah, et… Cora ?

Je lève la tête pour la regarder, mais elle se penche pour se mettre à ma hauteur.

– Tu vas peut-être trouver ça très difficile, au début. Tu risques d'être submergée par tes émotions, mais tu dois entretenir l'illusion, pour le gram.

– Oui, je sais. Je ferai attention, promis.

Elle pose la main contre ma joue.

– J'en suis certaine.

Elle frappe un coup à la porte bleue puis tourne la poignée et entrebâille la porte pour que j'entre. J'avance, à la fois impatiente et terrifiée.

Ce n'est pas du tout comme rencontrer le gram d'une personne célèbre. Je n'ai jamais rien expérimenté de tel.

Mon cerveau sait que je regarde un hologramme savamment recréé pour ressembler à un être humain. Mon esprit logique peut admettre cette vérité. En revanche, tous mes sens me disent que j'ai devant moi un fantôme.

Il est figé, il attend que les techniciens démarrent la simulation. Je m'assieds face à lui, incapable d'en détacher mon regard.

Chaque détail est rendu à la perfection. Le nez, les sourcils. Ses yeux sont fermés. Ils attendent mon signal.

Il me faut un bon moment. Je suis étrangement nerveuse. Quelque chose en moi se rebelle encore, hurlant que c'est impossible.

Mais l'espoir prend le dessus.

– Action !

J'ai dit ça d'une voix étranglée, incertaine, mais, où qu'ils soient, ils m'ont entendue. Adrien ouvre les yeux.

Nous nous regardons. Et j'ai oublié tout ce que je voulais lui dire.

Un sourire illumine maintenant son visage et les larmes me montent aux yeux.

– Tu n'as pas l'air très heureuse de me voir.

Je lâche une grande bouffée d'air, je baisse la tête, j'enfonce mes ongles dans mes genoux. J'ai l'impression d'avoir escaladé une montagne en oubliant de respirer et d'essayer désespérément de reprendre mon souffle une fois arrivée au sommet.

– Si, je suis très heureuse, je réponds d'une voix rauque, le regard toujours baissé.

– Ouais, ça crève les yeux, dit en riant l'hologramme d'Adrien.

– Je t'assure que ça me fait très plaisir de te voir, je m'empresse de répondre, en jetant un coup d'œil aux lumières crues fixées au plafond sur une armature métallique, pour projeter cette création virtuelle, cette âme numérique.

– Tant mieux. La mauvaise humeur, ça plombe l'ambiance. Je préfère le mauvais humour.

Je laisse échapper un petit rire, presque un jappement, et je le regarde enfin vraiment. Son gram est un chef-d'œuvre. Plus vrai que je n'aurais osé l'imaginer. Ses mains aussi sont incroyablement ressemblantes. Il les écarte devant lui.

– Bon alors, qui es-tu ?

17
MME HAWKINS NE SERA PAS DES NÔTRES

– Je ne t'ai pas assez préparée, Cora, j'en suis désolée, s'excuse la Pr Gold.

Je suis assise par terre, la tête entre les genoux, dans le Jardin d'Harmonie.

– Pas grave. C'était couru, j'aurais dû y penser.

– Son gram a été un des premiers à être validé. Nous l'avons finalisé il y a environ un an, m'explique-t-elle.

– Avant que je le connaisse.

– Exactement. Ça m'avait échappé, je regrette.

– Pas grave.

La rencontre avait été interrompue. Ils avaient dû voir à quel point j'étais bouleversée qu'il ne me reconnaisse pas. Le choc était d'autant plus grand que tout me semblait si normal, si familier. Et subitement, tout avait refait surface.

– Je serai mieux préparée la prochaine fois, je dis d'un ton déterminé.

Pas question qu'ils annulent ces rencontres.

– Je suis très étonnée que tu aies réussi à convaincre ton père de signer le formulaire de consentement, dit la Pr Gold pour changer de sujet. D'après ton frère, il est farouchement contre ce que nous faisons ici.

– C'est vrai. Et je ne sais pas exactement pourquoi.

En fait, c'est Gregor qui a signé. Mais je me garde bien de le dire.

– Quand nous ouvrirons au public, nous aurons un service « Empathie », une sorte de cellule psychologique.

– Ah oui ?

– Avec du personnel formé pour aider les gens et les préparer. Il est important de bien leur expliquer que chez Grenade, et en particulier dans mon département, il y a un vrai risque d'être débordé par ses émotions.

J'observe un petit poisson qui nage joyeusement dans l'eau claire du bassin, à contre-courant de tous les autres.

– Alors, les gens devront payer pour voir les grams ?

– Évidemment, répond la Pr Gold avec un léger haussement d'épaules. Cet établissement coûte cher. Il nous faut beaucoup de personnel. De nos jours, les bonnes choses ne sont jamais gratuites.

Je continue à contempler le poisson. Seul tout au bout du bassin, il donne de petits coups de tête contre les pierres mouillées. Comme s'il voulait s'enfuir.

*

*   *

– Gregor, ça va être vraiment trop bizarre.

– Je sais, réplique mon frère entre ses dents. Mais Magnus nous a invités. Il a même insisté. Je pouvais difficilement dire non. Et si tu veux qu'ils t'inscrivent sur la liste des visiteurs, pour Adrien, tu as intérêt à faire une apparition. En plus, papa bosse, ce soir, donc je ne peux pas te laisser seule.

Gregor sonne. À la porte de chez Adrien. J'entends Cerby aboyer.

À notre grande surprise, c'est Magnus qui vient ouvrir.

– Où est Bella ? je lui demande.

Gregor me pince.

– Elle a donné son congé, déclare sobrement Magnus en nous précédant dans le salon.

Il serre énergiquement la main de Gregor qui retient une grimace.

En allant m'asseoir dans cette pièce familière, je jette un coup d'œil autour de moi. Rien n'a changé en apparence, mais il ne règne plus du tout la même atmosphère dans la maison.

– Comment s'est passée ta première séance avec la Pr Gold, Cora ? demande Magnus en servant à Gregor un verre qu'il devrait refuser, vu qu'il conduit. Était-elle satisfaite ?

Gregor accepte le verre d'alcool, mais il n'y touche pas.

– Bien, je réponds en toute sincérité. Je dirais que c'était juste une sorte de séance préparatoire, monsieur Hawkins.

– Excellent. Parfait.

Suit un étrange silence. Je parcours des yeux la grande pièce. Quand Ria va-t-elle apparaître ? Rien n'annonce son arrivée, ni claquement de talons aiguilles, ni le moindre effluve de parfum.

Magnus me voit dans l'attente et se ressert à boire.

– Mme Hawkins ne sera pas des nôtres. Elle ne se sent pas très bien.

– Ça se comprend, dit Gregor.

Se rendant compte de sa maladresse, il grimace. Moi, je ne ferai pas ce genre de gaffe : je suis dans l'état d'esprit idéal pour parler de la pluie et du beau temps. Mais je tapote tout de même le bras de mon frère pour le réconforter.

Tout à coup, j'entends un bruit de pas dans les escaliers, suivi du cliquetis des griffes de Cerby qui entre dans le salon en bondissant. Dès qu'il me voit, il pousse un jappement triomphal et me saute dessus affectueusement. Entre deux coups de langue, je ris et je le flatte bien fort sur le ventre, sachant qu'il adore ça.

Gregor avance la main pour le caresser, mais le chien a déjà entrepris de grimper sur le canapé à côté de moi.

– Tu le veux, Cora ? me demande soudain Magnus.

Je lève la tête.

– Pardon ?

– Le chien ? Tu peux l'emmener, si tu veux.

Je me creuse la cervelle pour comprendre ce que cache son ton. Je baisse les yeux vers Cerby, tellement adorable et sympathique, puis je regarde de nouveau le père d'Adrien qui me fixe à travers ses lunettes.

Je lui demande tranquillement :

– Vous ne voulez pas le garder, monsieur Hawkins ?

Il pouffe de rire.

– Ce chien a toujours été une source de conflits entre mon fils et moi.

Cerby s'installe à mes côtés et pose son museau humide au creux de mon bras.

– J'ai un très bon ami qui élève des chiens, ajoute-t-il en mettant des glaçons dans son verre. De très belles bêtes qui remportent toujours les premiers prix aux concours, dans la catégorie chiens de chasse. Une de ces magnifiques chiennes a eu une portée, et nous avions pensé offrir un des chiots à Adrien.

Il boit une gorgée et fixe Cerby d'un air effrayant. Ça me donne presque envie de serrer le chien d'encore plus près mais l'expression s'efface et le visage de Magnus redevient neutre.

– Adrien a préféré cette espèce de clébard. Il l'a trouvé à la SPA. Impossible de le raisonner.

Il repose brutalement son verre sur la table basse et croise les jambes.

– Je lui ai dit, c'est un vrai sac à puces, ton chien, fiston. Prends-en plutôt un avec un pédigrée. Un pure race, un chien digne de ce nom. Mais non, il voulait ce bâtard.

Je baisse les yeux vers le soi-disant bâtard. Je connais son magnifique caractère, son infaillible loyauté. Je me souviens combien Adrien l'adorait.

Et je le rapproche de moi.

Soudain on entend du bruit au premier étage. Je lève les yeux vers le plafond.

– Elle ne veut rien manger, lance Magnus de but en blanc.

– Je vais lui monter quelque chose, monsieur Hawkins.

Si je propose ça, c'est que l'atmosphère de ce salon est devenue froide et désagréable. Je ne sais pas quoi dire. Je m'attends à tout. Je déteste quand les adultes sont imprévisibles, c'est dans ces moments-là qu'ils me font le plus peur.

Je vais à la cuisine. J'entends Gregor et M. Hawkins discuter affaires, Grenade. J'ouvre l'énorme frigo.

Je dispose, sur une assiette, des morceaux de viande froide, du saumon, coupe un peu de pain au levain. Quelques olives et un carré de chocolat noir.

Je monte au premier avec l'assiette et je m'arrête sur le palier, devant la porte de la grande chambre.

Je sais que c'est la chambre parentale, bien que je n'y sois jamais entrée. On n'entre pas dans la chambre des parents de son meilleur ami. C'est une règle tacite dans n'importe quelle maison.

Je frappe.

Il y a un grand blanc avant que j'entende :

– Entrez.

J'ouvre la porte en tenant l'assiette bien droite, pour ne rien renverser sur la luxueuse moquette blanche.

La chambre me semble plus grande à elle seule que tout le rez-de-chaussée de notre maison. Il y a deux dressings. Ria est dans le sien. Là encore, de la moquette blanche, avec plein de miroirs et des guirlandes lumineuses partout sur les murs et au plafond.

Elle est allongée par terre, sur le côté. Pieds nus.

– Je vous ai apporté quelque chose à manger, madame Hawkins.

Je m'assieds à côté d'elle, les jambes repliées sous moi et pose délicatement l'assiette devant elle. Elle a l'air bien plus jeune sans maquillage.

Elle regarde l'assiette et hausse un sourcil, surprise.

– Ça a l'air bon.

Je souris. Je pousse l'assiette vers elle. À mon grand soulagement, elle prend de petits morceaux de saumon.

– Excuse-moi d'être aussi peu sociable, ce soir, dit-elle d'une voix rauque et sèche.

– Pas de problème. À vrai dire, moi non plus je n'aime pas être sociable.

Elle prend un peu de pain.

– Oui, je me souviens de t'avoir forcé la main pour que tu ailles chercher Adrien, la première fois que tu es venue ici.

Je ris.

– C'était quand même mieux que de rester coincée avec des adultes.

– Je n'aime pas tellement leur compagnie, moi non plus.

À cette remarque, elle me regarde très intensément. Je

la laisse faire, mais je fixe des yeux les olives disposées sur l'assiette.

– Qu'est-ce qui est arrivé à ta maman ?

On ne me pose jamais la question. Quand je suis retournée à l'école, après sa mort, j'ai compris que le professeur avait donné la consigne à tout le monde de ne pas en parler. Je suis revenue après quelques semaines d'absence, et ils ont tous fait comme si j'étais partie en vacances.

– Elle est tombée malade et elle n'a pas guéri.

Ria hoche lentement la tête.

– Est-ce que tu sens encore sa présence ?

Je réfléchis un moment. Que répondre ? Dans les premiers jours après sa mort, j'avais souvent l'impression qu'elle était dans la pièce d'à côté. Je n'arrivais pas à réaliser. Mais maintenant que le temps a passé, le côté définitif prend le dessus. Je décide de répondre :

– Parfois. Quand je suis avec des gens qui la connaissaient.

– Je suis certaine qu'elle serait très fière de toi, dit Ria avec assurance. Tu es intelligente. Et Adrien t'adorait.

Là, je ne sais vraiment pas quoi dire.

– J'ai tout le temps envie de parler de lui, poursuit-elle avec un sourire triste. Tout le temps. Même aux gens que je croise dans la rue. Mais personne ne veut parler de lui avec moi. Ils ne savent pas quoi dire.

Mes yeux tombent sur la grosse bague en diamants qui orne un de ses doigts longs et fins.

– Je sais.

Elle s'assied et chasse ses cheveux de ses épaules.

– Le matin de ce jour, il m'a raconté tout ce que vous avez fait au British Museum.

J'ai dû rougir un peu, car elle rit et me tapote la joue du bout du doigt.

– Il avait une mauvaise influence sur moi, dans le bon sens du terme, je dis sur le ton de la plaisanterie.

– Oui ! s'esclaffe-t-elle.

Pendant quelques secondes nous gardons le silence.

– Tous les parents disent cela, murmure-t-elle enfin très lentement, en pesant ses mots, comme si chacun d'eux était un vœu. Mais Adrien était spécial. Il avait quelque chose de plus. Il avait une manière différente, unique, d'utiliser son cerveau. Il n'était pas fait pour rester assis en rang dans une salle de classe, passer des examens ou faire des devoirs à la maison. Il voulait toujours tout savoir : pourquoi ceci, pourquoi cela. Il avait toujours besoin de comprendre comment fonctionnaient les choses. La pendule murale, les gonds des portes. Il était… brillant.

Je retiens mon souffle.

– Il *est* brillant.

Son visage se crispe l'espace d'une nanoseconde, comme un miroir qui se fendille. Puis elle reprend contenance.

– Oui, tu as raison. Il est brillant.

– Il est juste endormi.

Elle ne réagit pas. Je suis incommodée par ce silence, mais je ne sais pas comment le rendre moins pesant.

Je me surprends finalement à le rompre en disant :

– J'ai lu un jour que les gens qui sont dans le coma se lancent mentalement dans des aventures. Ils partent pour un autre pays. Et une fois qu'ils ont vécu leur aventure et fait ce qu'ils avaient à faire, ils peuvent revenir.

Elle promène son index sur la moquette blanche, la tête basse, un rideau de cheveux devant son visage. Je poursuis :

– Il peut décider de faire tout ce qu'il veut, n'est-ce pas ? Alors, quoi qu'il fasse, où qu'il soit… il y arrivera. Et il reviendra après.

Elle sourit. Presque absente. Mais en même temps totalement présente.

– Merci pour ça, dit-elle enfin, tout bas.

Je me demande si elle parle de notre conversation mais je comprends qu'elle veut parler de l'assiette que je lui ai apportée.

– De rien, madame Hawkins.

– Viens, dit-elle en désignant la porte d'un signe de tête. Je te raccompagne dans le camp des adultes.

Elle me prend la main pour descendre l'escalier et ça ne me dérange pas. Elle la serre lorsque nous arrivons dans le hall d'entrée. Gregor et Magnus quittent la salle à manger et semblent surpris de nous voir.

– Tu l'as fait sortir de sa tanière, bravo Cora, me lance M. Hawkins d'un ton jovial.

– Passez une bonne soirée, dit Ria à Gregor, d'un ton assez froid.

Elle étreint ma main encore une fois et remonte l'escalier.

– Si jamais vous avez besoin de faire garder Cora, dit Magnus à Gregor, n'hésitez pas à l'amener ici. Elle sera la bienvenue. Ria n'a pas de travail et, Bella étant partie, il ne lui reste comme compagnie que ce chien stupide.

Ria s'arrête au milieu de l'escalier. Bien qu'il n'y ait pas un bruit, elle tourne légèrement la tête pour que nous entendions ce qu'elle va dire.

– J'ai eu un travail. Pendant treize ans.

Je la suis des yeux tandis qu'elle continue à monter sans plus se retourner.

– Et je l'ai encore, lance-t-elle encore, avant de claquer la porte de sa chambre.

Couché dans son panier, dans la cuisine, Cerby gémit.

J'ai froid. Froid partout sauf à la main que Ria a serrée et qui a gardé sa chaleur.

18
DE L'AUTRE CÔTÉ DU MIROIR

– Je m'appelle Cora.

Ça me fait tellement bizarre de me présenter à lui une nouvelle fois ! Mais là, c'est différent : on n'est pas dans le jardin et je ne viens pas de l'envoyer au tapis.

– Adrien.

– Enchantée.

– Qu'est-ce que tu es sérieuse, Cora !

– Même pas vrai.

– Plus que vrai.

Je glousse. C'est jubilatoire d'être assise là avec lui comme avant. En m'amenant ici, Gregor m'a encore répété, avec insistance, que ce n'était pas vraiment Adrien. Mais il ne comprend pas. Bien sûr que c'est lui. C'est son esprit. Téléchargé. Reproduit.

C'est vraiment lui.

– J'ai vu ta mère, hier soir, je lui dis.

Son expression change. Il paraît brusquement soucieux.

– Elle va bien ?

L'espace d'un instant, j'ai l'impression qu'il comprend, qu'il sait. Je préfère chasser cette pensée.

Je suis obligée de déformer un peu la vérité pour entretenir l'illusion.

– Très bien. Hier soir je lui ai apporté un repas léger, et elle a quasiment tout mangé.

– Mais, au fait, tu connais ma mère ?

Ça me blesse, je dois bien l'admettre. J'ai envie de tout lui avouer. Que nous sommes de vrais amis, lui et moi. Qu'on s'est rencontrés le jour de son anniversaire. Que je connaissais Bella et Cerby. Et Lloyd. Et qu'il m'a parlé de son oncle Max.

– Je l'ai rencontrée à une fête.

– Pas étonnant, dit-il en riant. Maman adore organiser des fêtes. Où aller à des soirées. Quand j'étais petit, je cachais son parfum et sa brosse à cheveux pour qu'elle reste à la maison.

Je le regarde avec des yeux ronds. Des souvenirs. Il ne me reconnaît pas, mais il se souvient quand même de certaines choses. De tout. C'est extraordinaire.

– C'était bien, cette fête ?

Sa question me tire de mes pensées.

– Pas mal. Il y avait surtout des adultes, et moi je n'aime pas voir trop de nouvelles têtes d'un seul coup.

– Moi non plus.

Il est beaucoup moins agité, maintenant. J'ai l'habitude

de le voir bouger constamment, même quand il m'écoute avec attention. En général il a un genou qui gigote. Alors que là, il est parfaitement tranquille.

– Quand je fais la connaissance de quelqu'un, je sais tout de suite si je l'aimerai ou pas, poursuit Adrien.

Ça, c'est tout à fait lui. Et sa voix est tellement naturelle et parfaite que je dois me répéter qu'il s'agit d'une reproduction. Qu'il ne respire pas. Qu'il n'a pas d'air dans les poumons. Qu'il est simplement fait d'un ensemble de codes, d'une image projetée, et d'une puce électronique. C'est la seule information que j'ai réussi à tirer de Gregor. Chaque gram a sa propre puce dans laquelle sont stockées toutes ses données. Même si celles-ci sont sauvegardées dans le système informatique, la puce est indispensable pour assurer l'interactivité permanente du gram.

Nous continuons de bavarder. De choses apparemment sans importance. Je lui raconte qu'un jour j'ai failli mettre le feu à la maison en faisant griller du pain. Ça l'amuse. Comme la première fois. Lui évoque certaines journées qu'il a passées à l'école. Il ne raconte pas aussi bien qu'avant. Mais ça m'est égal.

La Pr Gold frappe à la porte pour me dire que ma séance va bientôt se terminer. Je pousse un grand soupir et je souris au gram. Je meurs d'envie de tout lui expliquer.

– À bientôt.

Il me sourit aussi.

– À bientôt.

Puis il se fige. Et disparaît.

Je me demande ce qui se passe en régie. Qu'est-ce que ça fait aux techniciens de redonner vie à quelqu'un pour quelques instants ?

– C'était mieux, cette fois ? me demande la Pr Gold pendant que nous redescendons.

– Oui, beaucoup mieux ! je réponds avec enthousiasme.

Quand nous arrivons dans le hall, son téléphone sonne. Elle refuse l'appel et fronce les sourcils en regardant son écran.

– Ah, ces investisseurs ! dit-elle avec désinvolture. Il faudrait que je sois constamment à leur disposition. De vrais vautours.

Elle me caresse sous le menton et sourit.

– On se retrouve à ton prochain entretien.

– D'accord.

Je la regarde s'éloigner. J'attends qu'elle soit hors de ma vue et je fais demi-tour.

Je retourne vers l'ascenseur en serrant mon badge contre moi. Heureusement, Noma, occupée au téléphone, me tourne le dos.

– Non, pour le moment, Grenade ne fait pas d'hologrammes d'animaux. Les animaux domestiques ne font pas partie des formules de notre Golden Department. Je suis désolée. Non, ce n'est pas possible. Je regrette infiniment. Ne pleurez pas, je vous en prie.

Une fois dans l'ascenseur, j'appuie sur le bouton de l'étage qui m'intéresse. Je suis tout excitée et en même temps j'ai une trouille terrible. Je ne sais pas si c'est l'exaltation ou le mouvement de l'ascenseur qui me soulève l'estomac.

De retour à l'étage que nous venons de quitter, je me retrouve dans le couloir vide et silencieux. Je sais que les portes de différentes couleurs sont celles des Salons d'attente, mais je vérifie malgré tout. Chacune de ces pièces ressemble à une confortable chambre d'hôtel. Leur style diffère légèrement mais elles sont toutes conçues sur le même modèle.

Alors, où sont les techniciens ?

Je ne sais plus quoi faire. Puis soudain j'entends des voix. J'ouvre en vitesse la porte du premier salon, je m'y précipite, je tire la porte derrière moi sans la fermer complètement. Je jette un coup d'œil dans l'interstice. J'en reste bouche bée.

Deux informaticiens, vêtus de la même veste que Gregor doit porter, quittent le salon où j'étais à l'instant avec Adrien. Mais comment peuvent-ils sortir de cette pièce, alors qu'ils n'y étaient pas avec Adrien et moi, et qu'il n'y a pas d'autre issue ?

Je recule au moment où ils passent devant ma porte. Ils ne m'ont pas vue. Ils longent le couloir en direction de l'ascenseur.

– Pauvre gamine.

– Faut pas s'apitoyer, s'esclaffe l'autre en appuyant sur le bouton d'appel. Tu feras pas de vieux os ici, si tu commences à les plaindre.

Je blêmis et je retiens mon souffle jusqu'à ce qu'ils soient dans l'ascenseur et que les portes se soient fermées. Je remonte le couloir en courant jusqu'au salon d'où ils viennent de sortir. Tout est exactement comme tout à l'heure quand j'y étais avec Adrien.

Mais où étaient-ils, alors ?

Je m'approche du miroir. Il occupe presque tout le mur, mais pas complètement. Au bout, il reste un interstice. Je vais jusqu'au mur, je glisse la main derrière le miroir et je tire. Je suis tendue comme un arc, terrifiée à l'idée que tout le miroir pourrait basculer, tomber par terre, éclater en mille morceaux. Le vacarme alerterait le personnel de Grenade.

Mais non. Il coulisse comme une porte. Pour révéler une salle de régie d'une impressionnante complexité. Libérant l'air que je retenais dans mes poumons, j'entre et je tire l'étrange porte-miroir derrière moi. Elle se remet en place avec un léger bruit. Sans surprise, je vois, de l'autre côté du miroir sans tain qui dissimule cette petite régie, le Salon d'attente.

C'est étrange de se rendre compte que les séances de rencontre sont observées d'aussi près. Je regarde la console, perplexe. Je ne comprends rien à tout ça et j'ai bien trop peur de toucher à quoi que ce soit, mais je sais que c'est certainement ce qui incite Gregor à rester ici. Il a toujours été fan d'informatique. Je regarde tous ces boutons, tous ces curseurs et je suis contente pour lui.

Face au miroir sont posés deux fauteuils pivotants en cuir où les techniciens doivent être assis pendant les séances.

Je m'apprête à fouiller pour savoir où ils rangent les puces des grams, lorsque tout à coup quelqu'un ouvre la porte du salon. Je ne bouge plus. Je regarde à travers le miroir, pétrifiée, puis je me souviens que si moi je vois ce qui se passe de l'autre côté, l'autre, lui, ne me voit pas.

C'est Magnus Hawkins.

Il ferme la porte du salon du bout du pied et s'assied là où j'étais moi-même assise quand je parlais avec Adrien. Il pose une barquette de salade de pâtes et une tasse de café sur la table basse.

Puis il se lève et vient vers le miroir. Affolée, je fais un bond en arrière pour me cacher derrière les larges fauteuils en cuir, en espérant de toutes mes forces qu'il ne verra pas mes jambes, dans l'obscurité.

S'il me surprend, c'est mort.

Je l'entends triturer des boutons sur la console qui émet bientôt un clic. Je voudrais voir ce qu'il fait, mais c'est trop risqué. J'entends la porte miroir se refermer, je lève les yeux.

Le gram d'Adrien est réapparu. Il est immobile, figé à son emplacement habituel. Ça n'a pas l'air de perturber Magnus. Il se cale dans le fauteuil, face à Adrien, et commence à manger. Je me lève sans quitter des yeux cette scène étrange.

M. Hawkins n'adresse pas la parole au gram figé. Il mange. En silence.

Je le surveille, sachant qu'il pourrait à tout moment revenir de ce côté du miroir. Et soudain, la porte du Salon d'attente s'ouvre une deuxième fois.

La Pr Gold entre. Elle n'a pas l'air surprise de voir M. Hawkins ici.

– Merci d'avoir frappé, lui dit sèchement celui-ci.

Il ne se retourne même pas. Il continue à manger.

La Pr Gold fixe l'arrière de son crâne. Et moi, je la regarde, comme je le fais pratiquement tout le temps quand nous sommes ensemble. C'est un des seuls adultes avec lesquels je me sens en confiance, ici. Un des seuls que je peux regarder dans les yeux.

– Vous ne voulez pas que je l'anime ?

– Non, merci, répond M. Hawkins en buvant son café et en jetant un coup d'œil furtif au gram immobile.

– Sa séance s'est bien passée, apparemment. (Elle parle de moi.) Elle entretient bien l'illusion. (Ce compliment me va droit au cœur.) Je me suis dit que ça vous intéresserait de le savoir, vous qui craignez que les enfants nous posent des problèmes, quand nous ouvrirons au public.

– Même les enfants normaux pourraient nous poser des problèmes.

– Je n'en suis pas si sûre. Nous pouvons toujours décider d'un âge minimum, mais pour ceux de son âge, tout ira bien.

– Vous avez l'air très copines, toutes les deux.

M. Hawkins continue à lui parler sans la regarder. Il

choisit soigneusement chaque pâte avant de la piquer avec sa fourchette.

– C'est vrai.

– Bizarre. Je croyais que vous n'aimiez pas les gosses.

– Elle, c'est une petite adulte.

Subitement, elle jette un coup d'œil vers le miroir et d'une main plaquée sur ma bouche j'étouffe un cri de surprise. J'ai l'impression que c'est moi qu'elle regarde, même si je sais qu'elle ne peut pas me voir.

– C'est quand votre prochain entretien ?

– Demain.

– Bien. Il y a certaines questions que je voudrais que vous lui posiez.

Là-dessus il jette sa barquette et son gobelet vides dans la petite poubelle près de son fauteuil et s'en va, passant devant la Pr Gold sans lui accorder un regard. Elle le regarde partir, visiblement perturbée. Je retiens mon souffle. Va-t-elle entrer dans la régie pour éteindre le gram d'Adrien ?

Non. Elle sort à son tour.

J'attends, en apnée, jusqu'à ce que je sois sûre qu'ils sont bien partis tous les deux. Puis je me dirige vers la console et je cherche la puce d'Adrien. Je la trouve insérée dans la machine. Elle a la taille d'une carte de crédit.

Son nom est écrit dessus.

Je ne peux en détacher mes yeux. Toute une âme, tout un esprit, toute une vie de souvenirs contenus dans ce petit truc.

19
QUELQUE CHOSE QUI CLOCHE

Les séances suivantes avec la Pr Gold et le Pr Connelly, d'une exigence draconienne, sont menées tambour battant: ils me font lire du Dickens à voix haute, me font manger quand je suis en forme, puis de nouveau quand je suis vraiment fatiguée. Le Pr Connelly me demande de réciter quelque chose de mémoire avant de me bombarder de questions diverses, alors que j'essaie de me concentrer sur mon texte. Je dois marcher sur une ligne tracée au sol et garder l'équilibre tout en lançant un objet en l'air et en le rattrapant.

Vient ensuite l'interrogatoire. Un feu continu de questions. C'est comme si on me faisait repasser toute une batterie de tests pour me diagnostiquer, mais avec beaucoup plus d'insistance. Plus de détails. Ils me posent toutes les questions possibles et imaginables.

Au bout de cinq jours, je commence à redouter ces séances.

– Comment ça marche ? je demande quand arrive le vendredi et que nous entamons une nouvelle journée de travail. Vous comparez toutes mes réponses avec celles d'une personne neurotypique et vous notez les différences ?

La Pr Gold me sourit.

– Exactement.

– D'accord. Mais je ne suis qu'une autiste parmi d'autres. Nous sommes tous différents. Nous ne sommes pas tous pareils.

Je croque dans la pomme qu'ils m'ont apportée pour enregistrer ma façon de manger.

– Bien sûr, nous le savons, répond la Pr Gold d'un air de connivence. Mais c'est un excellent début pour notre recherche. Nous avons encore beaucoup de choses à perfectionner avant d'ouvrir au public.

– Et vous ferez payer les gens ?

– Évidemment. Avec une ristourne pour les volontaires qui se soumettront au processus. Je veux dire la série d'entretiens nécessaire pour créer le gram.

– Ce qu'Adrien a fait ?

– Oui, c'est ça.

– Je suppose que c'est beaucoup de travail.

– Tu es bien placée pour le savoir, non ? dit la Pr Gold en riant et en me tapotant gentiment du bout de son stylet.

Le Pr Connelly interrompt notre conversation.

– Aujourd'hui nous allons nous intéresser aux souvenirs.

– Très bien, je dis, dans un soupir, sachant que ça durera

jusqu'à l'heure du déjeuner et qu'après je pourrai voir Adrien.

– Quel est ton plus ancien souvenir ?

La question me hérisse. Ma mémoire fonctionne bizarrement. Certains de mes souvenirs sont nets et précis, d'autres me font l'effet d'avoir été vécus par quelqu'un d'autre.

– Mon père devait aller au bowling avec des collègues et comme il ne pouvait pas nous laisser seuls, mon frère et moi, il nous a emmenés. La piste de bowling était dans un centre sportif. J'ai regardé par une fenêtre de la salle où se trouvait le bowling. À l'étage d'en dessous, il y avait une piscine. Avec un nageur qui faisait des longueurs.

Le Pr Connelly me dévisage comme si j'étais folle, puis il lance un regard en biais à la Pr Gold qui ne dit rien.

– C'est un premier souvenir très… particulier, Cora, dit-il.

– Vous voulez autre chose de plus intéressant ? je réplique sèchement. D'accord, professeur Connelly. Alors : j'ouvre les yeux et je vois, au-dessus de moi, trois visages souriants, maman, papa et Gregor. Ils sont tous très heureux de me voir, le soleil brille derrière eux et tout le monde est vraiment, vraiment heureux. Les oiseaux chantent et il y a de la musique et nous sommes tous ensemble. Tous les quatre. Ensemble et très heureux.

J'ai envie de pleurer. C'est toujours comme ça et je ne sais pas pourquoi. Pourquoi, chaque fois que je me sens acculée, je commence à me balancer. Ils grattent le vernis pour voir ce qu'il y a dessous. Savent-ils à quel point c'est horrible pour moi de les voir froncer les sourcils et secouer la tête ?

Montre-nous qui tu es. Non, pas comme ça.

J'ai toujours envie de rire quand les gens me disent : « sois toi-même ». Ils ne peuvent pas comprendre. Vraiment pas.

Je m'aime bien. J'aime la façon dont mon cerveau fonctionne. Mais, il n'y a rien à faire, quand vous entrez dans une pièce pleine de gens qui ne sont pas comme vous et ne sauront jamais ce que c'est d'être comme vous, ça vous décourage. Ce serait trop long à expliquer. Si tant est que ça les intéresse.

Maman me manque. J'ai l'impression que je n'ai plus le droit de le dire, maintenant. Comme si le chagrin avait une date de péremption. Pendant tout un temps, j'essayais de limiter le temps que je passais à penser à elle. Je m'y autorisais à chaque fois qu'il pleuvait. Tout en regardant la pluie tomber, j'écoutais mes sentiments. Mais on ne peut pas passer sa vie à attendre la pluie. Et à en vouloir au soleil.

Elle me manque. Tout le temps. C'est comme ça.

Adrien aussi me manque. Même si, physiquement, il est encore là.

Son cerveau fonctionnait différemment. Nous n'étions pas exactement pareils, mais d'une certaine façon, il savait. Il comprenait. Nous n'avions jamais besoin de nous expliquer.

Il a surgi dans ma vie comme la réponse à une question. Ohé ! Il y a quelqu'un comme moi par ici ?

– Je crois qu'elle est fatiguée, dit tout bas la Pr Gold au Pr Connelly, en posant sa tablette. Cora, nous t'en avons beaucoup demandé, cette semaine. Tu devrais faire une pause et quand ça ira mieux, tu pourras voir Adrien, d'accord ?

Je me mords la lèvre pour faire cesser un léger tremblement et j'acquiesce avec enthousiasme, infiniment reconnaissante à la Pr Gold. Je me lève, je jette ma pomme dans la corbeille et je sors de la salle.

*

*   *

– Ça ne te fait jamais peur de devenir adulte ?

Je pose cette question à Adrien dans le Salon d'attente de Grenade. Il réfléchit puis hausse les épaules.

– Parfois. Surtout quand je regarde mes parents.

– Tu sais, on finit toujours par devenir comme ses parents. Gregor ressemble de plus en plus à notre père.

– Moi, je n'ai aucune envie de devenir comme mon père.

Je suis sur le point de lui faire remarquer que, sans Magnus, Grenade n'existerait peut-être pas, mais je me rattrape au dernier moment en disant :

– Ton père est un peu comme ma mère. Ils donnent

tout pour leur travail et ça les épuise tellement qu'ils ne sont plus très joyeux, à la maison.

– Tu as de la chance de ne pas être fille unique, répond Adrien. Pour moi, il y a deux solutions : soit mes parents se liguent contre moi, soit je me retrouve pris entre deux feux.

Je ne sais pas si c'est dû à la fatigue, mais il y a quelque chose de bizarre dans le gram d'Adrien. Plus il en apprend sur moi, plus je suis impliquée dans l'élaboration de sa mémoire, plus il semble distant. Au point que je me demande si les grams peuvent être fatigués, comme nous.

– Et ton oncle Max ?

– Quoi, mon oncle Max ? Je ne l'ai vu qu'une fois, il y a des années, à l'anniversaire de maman.

Je suis sidérée.

– Quoi ?

– À l'anniversaire de ma mère. Il y a très longtemps. Il est juste passé et reparti aussitôt après s'être disputé avec papa je ne sais même plus pour quoi. Il n'a rien de spécial.

Je le regarde toujours, bouche bée.

– Rien de spécial ? Mais enfin, tu l'adores !

Il me regarde d'un air interrogateur.

– Attends, Cora. Ce n'est pas parce que quelqu'un fait partie de ta famille que tu es obligé de l'aimer.

Il y a quelque chose qui cloche. Ça déconne. Adrien adorait son oncle. Et c'était réciproque. Ils avaient des secrets. Ils faisaient de l'avion ensemble. Quand Adrien avait la varicelle, ils se téléphonaient tous les jours. Adrien parlait tout le temps de Max.

– Mais, voler, c'est bien un de tes rêves, non ? je réplique en me rappelant la conversation que nous avons eue à ce sujet dans son jardin.

– Si, dit-il avec un signe de tête.

Ouf ! Nous voilà revenus sur la bonne voie.

– J'aimerais bien apprendre à piloter, un jour.

Je me suis réjouie trop vite. Adrien a pris des leçons de pilotage bien avant d'être interviewé par Grenade. Bien avant qu'on se rencontre.

Il poursuit :

– Je veux dire, je sais que c'est impossible, presque plus personne ne prend l'avion, aujourd'hui, mais j'adorerais apprendre quand même. On peut prendre des leçons de pilotage dans des petits avions. J'aimerais bien essayer.

Et là, ça m'échappe :

– Mais tu as déjà essayé, Adrien !

– Quoi ?

– Tu as déjà volé. Plein de fois.

Il me regarde, cherchant à comprendre ce que je viens de dire et subitement, il se fige. Je laisse échapper une exclamation de dépit et je lance un regard furieux vers le miroir. Les techniciens ont dû appeler du renfort, car Magnus Hawkins fait irruption dans la pièce.

– Qu'est-ce qui s'est passé ? me demande-t-il avec raideur.

– Pourquoi il ne souvient pas de ses leçons de pilotage ? Ni de son oncle Max ?

Une sorte de tremblement passe sur le visage de M. Hawkins, mais il se reprend et me lance un regard dur.

– Il s'en souviendra. C'est sûrement un bug sans importance. Je te remercie d'avoir attiré notre attention là-dessus, Cora, mais si des petits détails comme ça te déçoivent, tu ne dois pas t'en prendre au gram.

– Je ne m'en suis pas prise à lui.

– Tu as fait preuve d'une grande maturité, pendant les séances. Je serais navré que tu sois obligée de les interrompre.

C'est une menace déguisée, j'en suis consciente, mais je prends sur moi pour ne pas relever. Il adresse un signe de tête au miroir et le gram réapparaît.

Dès qu'Adrien voit Magnus, il change d'expression. Son visage s'éclaire et ses yeux s'agrandissent.

– Salut, papa.

Magnus allait ouvrir la porte du salon pour repartir. Il hésite et jette un coup d'œil par-dessus son épaule.

– Je vais travailler, fiston.

– Tu ne peux pas rester un peu pour bavarder ? Je te présente Cora, mon amie.

La main de Magnus se crispe sur la poignée. Il évite de nous regarder directement. Le gram d'Adrien et moi sommes assis de part et d'autre de la table basse, devant des boissons et des aliments qu'il ne peut pas consommer.

– Une autre fois, peut-être.

Et il sort.

Adrien laisse échapper un soupir, bien qu'il n'ait pas d'air dans les poumons. Mais il l'ignore, et moi, il faut que je fasse attention de ne pas l'oublier.

– Il travaille constamment, déclare Adrien à voix basse. Il n'a jamais de temps pour personne.

Je sens toutes les vibrations bizarres qui circulent dans la pièce, et dans tout le bâtiment, vrombir autour de moi comme un essaim d'abeilles.

– Mais vous vous disputez toujours quand vous êtes ensemble.

– Oui, c'est vrai, admet-il.

Nous restons assis, en silence. Maintenant que je sais à quoi ressemble la régie et comment on y entre, je sens avec une grande acuité la présence des deux techniciens derrière le miroir.

– Il m'a toujours fait des cadeaux somptueux, ajoute-t-il lentement. Il voyageait dans le monde entier, pour son travail, et il rapportait toujours des trucs de Moscou, Saint-Pétersbourg, Édimbourg, Paris, Bruxelles, Amsterdam.

– C'est chouette.

– Moi, j'aurais préféré aller visiter toutes ces villes. J'avais envie qu'il m'en parle. Mais chaque fois, il me disait : «Je suis fatigué, Adrien. Je travaille beaucoup pour pouvoir te rapporter tous ces cadeaux, maintenant je fuis fatigué.»

Il est totalement statique quand il parle. Je ne l'ai jamais vu aussi calme.

– Je me fichais de ses cadeaux. Moi, je voulais qu'il me donne de son temps.

Je repense à Magnus déjeunant devant un gram figé. Je pense à tout ce temps perdu.

Je me dis qu'un peu de présence vaut bien mieux que des tas de présents.

20
UN CADEAU

– Cora, pourquoi les gens se marient-ils ?

Il fait froid dans cette pièce ; on a dû laisser la climatisation en route un peu trop longtemps. Je sais que dehors il fait très chaud et humide, comme souvent, l'été, à Londres, mais je ne me souviens plus de cette sensation. Je ne sens que le froid.

– Cora ?

Le Pr Connelly m'interroge sur le mariage. Je déteste ce genre de question. Il y a littéralement des centaines de réponses possibles, mais ils espèrent que je ne leur en donnerai qu'une. Comme si ça allait de soi. Je sais très bien ce qu'il veut entendre : que les gens se marient parce qu'ils s'aiment.

Mais ce n'est pas toujours vrai.

– Parce qu'ils en ont envie. Parce qu'ils ont besoin de sécurité ou de compagnie. Parce que leurs familles l'exigent. Parce qu'ils sont bons amis. Parce qu'ils s'ennuient. Parce que…

– Je ne vais noter que ta première réponse, dit sèchement le Pr Connelly, interrompant le fil de ma pensée.

Je rétorque :

– Ça vous sert à quelque chose, au moins, tout ça ?

Toutes ces questions, toutes ces séances, le Pr Connelly qui se pose systématiquement en juge. Il pince les lèvres, secoue la tête, émet un « tss tss » réprobateur et me lance des regards incrédules à chaque fois que je donne une réponse qu'il n'attendait pas. C'est-à-dire presque toujours.

La Pr Gold, elle, a une tout autre attitude pendant ces entretiens. Elle garde un air impénétrable.

– Ça nous aide beaucoup, ne t'inquiète pas, Cora, me dit-elle avec un petit sourire rassurant.

Vaguement soulagée, je jette un coup d'œil vers le miroir en réprimant un frisson.

– Quel est ton sentiment envers ta famille ?

Je me tourne de nouveau vers le Pr Connelly qui m'a posé la question juste avant de renifler bruyamment.

Je suis gênée par le froid ambiant, mais plus encore par le fait de savoir qu'il y a, derrière le miroir, des instruments qui m'enregistrent et des informaticiens qui m'observent, sans que je les voie.

– Je ne comprends pas la question.

– Est-ce que tu aimes ta famille ?

Ce type me demande vraiment si j'aime ma famille ? Je sens comme une démangeaison sous ma peau. Ça m'arrive parfois au collège. La voix intérieure qui s'est installée dans ma tête ces dernières années me dit de ne pas réagir de façon excessive. Ils doivent poser cette question à tout le monde. Il y a évidemment des gens qui n'aiment pas leur famille. Il faut prendre en compte tous les cas de figure.

– J'aime ma famille, bien sûr.

– Sais-tu ce que c'est que l'amour, Cora ?

Je m'accroche fermement aux accoudoirs de mon fauteuil, prête à les arracher. Pour quelqu'un de l'extérieur, cette question, qui part d'une bonne intention, peut paraître anodine. Mais moi, je sais exactement où il veut en venir.

– Évidemment, je sais ce que c'est que l'amour, je dis tout bas.

– Tu pourrais me le définir ?

Je lui jette un regard noir. J'ai des sentiments. Je regorge de sentiments. Quelquefois, j'ai l'impression que mes émotions sont exacerbées. Mais on m'a toujours dit que j'étais difficile à comprendre. Combien de fois ma bonne humeur s'est trouvée gâchée par des gens qui me demandaient pourquoi je suis éternellement renfrognée ! Il m'arrive souvent de trouver certaines choses extrêmement drôles, sans avoir besoin de me taper sur les cuisses. Il m'est arrivé de ressentir une énorme empathie pour quelqu'un et d'être tellement submergée par cette émotion que je ne savais pas comment l'exprimer. Je suis capable de faire bonne figure, même si je m'effondre intérieurement.

– Je n'ai pas besoin de le définir, je sais ce que ça fait de le ressentir.

Je n'arrive pas toujours à décrire mes sentiments, parce qu'ils peuvent être très intenses et que les mots me manquent. Mais ils n'en sont pas moins réels.

– Et qu'est-ce que ça fait d'éprouver de l'amour, Cora ?

Les mots ne me viennent pas spontanément, mais les images, si.

Papa et Gregor à l'hôpital, tremblant presque d'inquiétude. Mon grand-père me surveillant pendant que je faisais de la soupe, de peur que je me brûle. Ma grand-mère éclatant de rire devant ses lunettes couvertes de buée, un jour où nous visitions le Jardin botanique. Des gens attendant leurs proches à la gare, au moment de Noël. Cerby. La manière dont Ria regardait Adrien. Pareil pour Bella. La délicatesse avec laquelle papa me prenait dans ses bras pour m'emmener dans mon lit, quand je m'endormais sur le canapé. Ce que je ressens pour maman, papa, Gregor, Zoe et Adrien.

Ce que je ressens, pas ressentais. Ce sentiment est toujours présent, où qu'ils soient.

Ma tête retombe sur ma poitrine. Je sens mon visage se crisper. Je n'en peux plus.

– Bien, lance la Pr Gold. Cela suffira pour aujourd'hui.

Elle s'approche de moi, me prend par l'épaule.

– Viens, ma belle. Allons nous asseoir un peu dans le Jardin d'Harmonie.

Je me laisse entraîner hors de cette pièce froide et nous nous retrouvons bientôt dans le havre de paix du rez-de-chaussée, avec son bassin et ses poissons aux couleurs chatoyantes. Assise sur le banc, je sens que je me réchauffe. C'est bon. Le bruit de l'eau apaise mon esprit en ébullition.

– Je ne suis pas très douée pour décrire les choses, je dis enfin à la Pr Gold assise à côté de moi.

– Ce n'est pas grave.

– C'est pour ça que je voudrais devenir journaliste d'investigation. Des faits, rien que des faits.

Elle rit, puis sort de la poche de sa veste un petit cylindre noir qu'elle met dans la main.

– Tiens, c'est pour toi.

– Qu'est-ce que c'est ?

– Un dictaphone. Il est tout neuf. Je ne m'en suis jamais servie.

Il tient juste dans ma paume. Dans ce bâtiment plein de régies ultramodernes et d'hologrammes plus humains que nature, cet objet paraît si simple, presque démodé.

– C'est un appareil enregistreur, m'explique-t-elle d'un ton enjoué. J'en ai un, moi aussi. Je m'en sers même au milieu de la nuit, quand je me réveille et que quelque chose d'important me revient. Je marmonne je ne sais quoi d'incohérent là-dedans et je le réécoute le lendemain matin.

Je souris.

– Celui-ci est pour toi, ajoute-t-elle en refermant mes doigts sur l'appareil. Pour conserver toutes tes pensées à un seul endroit, quand tu travailles sur une histoire.

C'est un geste magnifique qui me fait craquer. Je me

mets à pleurer. Des larmes aussi mouillées que le bassin où nage le poisson multicolore, à mes pieds.

– Allons, Cora, fait la Pr Gold en m'attirant vers elle pour me serrer dans ses bras.

Je me laisse aller à sangloter, le visage enfoui dans sa veste.

J'ai horreur de pleurer. Après je me sens encore plus mal.

Sauf que là, je ne peux pas m'arrêter.

– C'est trop de stress, tout ça, hein ?

– Il ne s'adresse pas à moi, comme si je n'étais pas une personne, je lâche d'une voix étranglée.

– Je sais. Et j'en suis désolée. Les gens ont parfois des a priori, surtout ceux qui se croient bien informés.

– D'après Adrien, on ne peut pas être intelligent pour tout.

– Il avait raison.

Avait.

Je cligne des yeux à travers mes larmes.

– Écoute-moi, Cora, dit-elle en soulevant mon menton d'un doigt pour fouiller mon regard. Quelque chose de spécial irradie de toute ta personnalité. Voilà des années que je travaille sur ce projet. J'ai interviewé beaucoup de gens et je n'ai jamais connu quelqu'un comme toi. Seulement, tous les jugements positifs ou négatifs que les individus dans son genre t'assènent, tu dois les exploiter pour en faire ton moteur. Mets cette énergie dans ton travail. Et j'espère que je serai là. Quand ton premier grand scoop paraîtra dans tous les journaux, j'espère que je serai là.

J'en achèterai un exemplaire pour te lire. Et je pourrai dire que je t'ai connue lorsque tu étais comme le feu qui couve sous la cendre.

Le front contre sa veste, je sanglote silencieusement. Voilà des semaines que je suis obnubilée par ce que l'on peut penser de moi. On m'observe, on m'évalue. Suis-je normale ? Suis-je comme les autres ?

J'évacue tout cela et je m'accroche au dictaphone comme à un talisman.

– Montons au quatrième étage, suggère la Pr Gold lorsque je suis calmée. Je veux te montrer quelque chose.

Elle m'emmène au seul étage que je ne connais pas encore. Quand les portes de l'ascenseur s'écartent, je m'attends à voir, une fois de plus, un long couloir avec plein de portes, mais j'ai devant moi une gigantesque pièce aux murs froids et brillants. Pas de miroirs. Uniquement des tas de projecteurs, des fils. Et au milieu de la pièce, une chaise. C'est une sorte de studio géant à la fois spacieux et encombré. Contrairement à toutes les autres salles du bâtiment.

– Bienvenue au laboratoire, me glisse-t-elle à l'oreille lorsque nous sortons de l'ascenseur.

Elle allume la lumière centrale et avance jusqu'à une console de contrôle posée sur des tréteaux.

– Le public n'aura jamais accès à cet endroit, ce qui me permet de le laisser en désordre, lance-t-elle par-dessus son épaule, tout en ouvrant un classeur qui semble très lourd.

Je la regarde tourner ces pages encombrantes. Des étuis

transparents contenant des puces électroniques, comme celles que j'ai vues dans la régie du Salon d'attente. Chaque page contient une carte à puce et une photo.

La Pr Gold en sort une qu'elle insère dans le lecteur de la console. Je la regarde régler les projecteurs, tourner des boutons, faire coulisser des curseurs.

Enfin, dans une lumière vacillante, un gram apparaît sur la chaise.

C'est moi.

Impossible de définir le sentiment qui m'étreint. Peur, horreur, honte, plaisir, stupéfaction se mêlent en un tourbillon. Je m'avance vers elle… vers *moi*, oubliant de respirer.

Le gram est inanimé, pas encore présent avec nous dans la pièce.

– Il est très loin d'être fini, bien sûr, donc c'est moins drôle, dit la Pr Gold d'un air pince-sans-rire. Mais j'ai pensé que ça t'intéresserait d'y jeter un coup d'œil.

Je m'approche. C'est un peu comme quand tu te vois en photo ou que tu entends ta voix enregistrée. Très vite, ton cerveau renâcle et te dit que ce n'est pas toi. Pourtant tu sais que c'est toi.

On dirait un reflet. J'ai sous les yeux tout ce que j'aime et tout ce que je déteste dans mon physique.

– Certaines des célébrités qui ont accepté le programme m'ont demandé de les embellir un peu, déclare la Pr Gold dont la voix résonne légèrement dans cette grande pièce presque vide. Mais je suis une scientifique, pas une chirurgienne plasticienne. Je ne retouche pas, je ne perfectionne rien, je dis toute la vérité.

C'est un immense soulagement pour moi. Tous les doutes, toutes les craintes concernant Grenade qui m'étaient venus la fois où le gram d'Adrien m'avait semblé légèrement absent se dissipent. La Pr Gold a toute ma confiance, et c'est avec fierté et détermination que je regarde mon propre gram.

Je veux lui parler. À elle. À moi. J'en ai terriblement envie.

Un élastique entre les dents, la Pr Gold rassemble ses longs cheveux bouclés en une queue-de-cheval.

– Comme je te l'ai dit, m'avertit-elle, il n'est pas encore prêt, mais, grâce à ton travail acharné, il le sera bientôt.

Je m'amuse avec mon gram. À chaque fois que je bouge, je m'attends à ce qu'il bouge aussi, ce qu'il ne fait évidemment pas. Ce gram n'est pas un reflet, mais un double de moi-même.

C'est merveilleusement troublant.

Je suis tirée de ma stupeur par la sonnerie du téléphone de la Pr Gold. Elle soupire en voyant qui l'appelle.

– C'est le producteur de l'émission de télévision à laquelle je dois participer, m'apprend-elle en faisant une grimace à son écran. Allô ? Elle-même.

Elle appelle l'ascenseur et tend un bras vers moi, pour me signifier qu'il est temps de partir. Je contemple une dernière fois mon gram stoïque, silencieux, immobile sur sa chaise. La Pr Gold ne l'éteint pas. Nous quittons simplement le studio et reprenons l'ascenseur.

Elle discute avec le producteur pendant que l'ascenseur monte vers son bureau. J'agite la main pour attirer son attention.

– Ne quittez pas, dit-elle à son interlocuteur avant de couvrir le micro de sa main. Oui, ma belle ?

– Je passe juste aux toilettes et ensuite j'irai voir Gregor, je lui dis en montrant l'ascenseur derrière moi.

C'est un mensonge.

– OK, répond-elle distraitement.

Elle reprend sa conversation et j'appuie très vite sur le bouton du quatrième.

Je reste seule.

Je cours vers la console. Un gros bouton bleu m'attire l'œil. J'appuie dessus. Cela provoque un bruyant déclic, pourtant rien ne change.

Je me précipite vers mon gram, « l'autre Cora », m'agenouille devant elle et murmure, comme je le fais chaque fois avec celui d'Adrien :

– Action !

Elle s'anime et nous sursautons ensemble en nous retrouvant les yeux dans les yeux. J'éprouve immédiatement le besoin de détourner le regard, alors que mon gram continue de me fixer.

– Toi, dit-elle calmement.

– Moi, je réponds.

« L'autre Cora » me dévisage, les yeux écarquillés, l'air effrayée. Je ne m'attendais pas à ça. Elle cesse de me fixer et promène son regard dans la pièce qu'elle examine en détail.

– Où est-ce qu'ils m'ont enfermée ?

Je plisse les yeux, me souvenant subitement de la règle : ne pas remettre en cause leur réalité. Je m'apprête à inventer un pieux mensonge, lorsque mon gram se lève. J'ai un choc : Della et le gram d'Adrien ne quittent jamais la position assise. Elle court vers l'ascenseur mais se heurte à un mur invisible, une barrière, dès que les projecteurs ne peuvent plus réfléchir son image.

Elle essaie de nouveau mais ne peut pas aller plus loin.

– Je suis prise au piège, alors, dit-elle entre ses dents en faisant à toute vitesse le tour du studio, pour déterminer ses limites.

– Calme-toi, je lui dis. (Je *me* dis.) Tout va bien.

– Non, tout ne va pas bien, je suis coincée ici.

– Cora. (Quelle drôle d'impression cela fait de se parler à soi-même.) Ne panique pas.

– Ils nous transforment.

Je me lève, j'avance la main, dans un geste apaisant.

– Je te promets que tu n'as rien à craindre.

Sans même m'écouter, elle poursuit :

– Je ne suis pas encore au point, c'est ça ? Ils n'ont pas fini de me fabriquer, mais ça ne tardera pas.

– Je… je ne…

Je ne sais pas quoi dire, d'abord par crainte d'enfreindre

les règles mais aussi parce que je ne vois pas du tout comment m'y prendre.

– Cora, dit-elle en me regardant avec une intensité qui m'effraie tellement que mes genoux se bloquent. Tu n'écoutes pas assez.

Je m'immobilise.

– Quoi ?

– Oublie ces règles stupides, me supplie-t-elle avec un rire grinçant. Pour une fois, dans ta vie, oublie les règles. Il est temps que tu commences à écouter.

– J'écoute, je réplique, sur la défensive. Je veux dire… je suis toi. Tu es moi.

Je viens d'enfreindre la règle numéro un.

– Là, tout de suite, oui. Mais pas pour longtemps.

– Qu'est-ce que tu racontes ?

– Je suis la petite voix dans ta tête maintenant, et tu ne m'écoutes jamais, dit mon gram à toute vitesse, en jetant un regard vers l'ascenseur.

Elle semble savoir exactement où elle est. Même si la Pr Gold n'a pas fini de la mettre au point, comme elle le dit, il est clair que mon gram apprend et fait des rapprochements infiniment plus vite que tous ceux que j'ai vus.

– Écoute-moi bien, maintenant. Tu sais ce qui se passe.

Je suis sur le point de la supplier de s'expliquer, quand nous entendons toutes les deux le bruit de l'ascenseur que quelqu'un appelle. Nous regardons fixement les portes, qui peuvent s'ouvrir d'un instant à l'autre.

J'implore mon gram de se remettre dans sa position de départ, tout en résistant à une furieuse envie de le saisir par les épaules : je sais que mes doigts n'agripperaient que de l'air.

Ses yeux s'écarquillent de peur.

– Ne me laisse pas ici, ne les laisse pas faire ça.

– Faire quoi ?

– Du détricotage.

– Comment ça, du détricotage ? je m'écrie, désespérée de ne rien comprendre.

– Grenade. Le fruit de l'enfer. Une fois que tu en as mangé quelques graines, c'est trop tard.

– Je t'en supplie !

Elle retourne vers la chaise et s'assoit comme il se doit, mais elle me dévisage d'un air tellement effrayé et résolu à la fois, qu'elle m'affole.

L'ascenseur arrive. Je me rue vers la console, j'assène un coup de poing au bouton bleu qui se relève en émettant un nouveau claquement.

Le gram se fige.

Je suis tout essoufflée quand les portes de l'ascenseur s'écartent. Un technicien entre et sursaute, surpris de nous voir, mon gram et moi.

– Tu n'as rien à faire ici, gronde-t-il.

Je refoule mon sentiment de malaise et de terreur et reprends un air impassible.

– Pardon ! La Pr Gold était en train de me montrer mon

gram quand elle a dû aller répondre à un appel professionnel dans son bureau. J'allais redescendre.

Mon explication semble le satisfaire. Je passe devant, j'entre dans l'ascenseur, j'appuie sur le bouton 0.

Je m'empare du dictaphone que m'a offert la Pr Gold pour essayer de faire cesser le tremblement de mes mains.

21
JUSTE ENCORE UN PEU DE TEMPS

– Tu te souviens de ce que je t'ai dit ? me rappelle de sa douce voix la gentille infirmière, tandis que je m'assieds au chevet d'Adrien. C'est important de lui parler. Ça vous aidera tous les deux.

Je lâche un « merci » pas très aimable. Mais elle est déjà repartie. Je suis encore à cran, après tout ce qui s'est passé chez Grenade. Je laisse tomber mon sac à dos à mes pieds.

Puis je m'oblige à regarder mon ami endormi.

Un téléviseur est fixé au mur, dans un coin de la chambre. Il est allumé mais sans le son. Comme si Adrien regardait la télé !

– J'ai passé une journée de folie, aujourd'hui, je lui dis. Tu ne me croirais pas si je te racontais.

Pas de réponse. Je m'agite et je jette un coup d'œil vers son bras complètement immobile sur le drap.

– Si, tu me croirais, en fait. Tu me crois toujours.

Je sors de mon sac l'enveloppe ultra blanche que

Magnus Hawkins m'a remise à mon arrivée chez Grenade aujourd'hui. Je l'ouvre.

N'importe quel journaliste d'investigation digne de ce nom reconnaîtrait ceci. Je parcours les pages du document et j'ai comme un serrement au creux de la poitrine.

C'est un accord de confidentialité. Si je le signe, je n'aurai pas le droit de parler de ce qui se passe chez Grenade. M. Hawkins m'a affirmé que c'était la procédure habituelle, mais devant ce texte menaçant écrit tout petit, je sens monter la panique. Je dis à Adrien :

– Ton père veut me clouer le bec. À qui croit-il que je vais parler ? Qui m'écouterait, d'après lui ?

Je ne peux plus détacher les yeux de ce papier.

– Personne ne m'écoute, Adrien. Sauf toi. Et la Pr Gold. Papa et Gregor s'inquiètent tout le temps pour moi. Ils me protègent, ils m'enferment dans un cocon et ne parlent jamais de ce qui va mal. Depuis que maman est morte, ils s'interdisent d'évoquer des choses difficiles ou tristes, ou même de parler d'elle. C'est trop bizarre.

Je caresse du doigt le logo de Grenade, en haut de la page.

– Ils oublient juste que, parfois, je ne sais pas comment parler aux gens. Comment mettre les formes pour parler des difficultés de la vie, comment exprimer ça avec de jolis mots polis, tout en faisant comprendre aux autres que je fais vraiment des efforts.

Pendant quelques secondes, ma vue se trouble et le contrat devient tout flou.

– Parce que j'en fais vraiment, des efforts, Adrien, et je crois que toi seul t'en es rendu compte. Je ne cherche pas à être méchante ou froide avec les gens. J'ai simplement du mal à communiquer. Et quand tu essaies, jour après jour, de te couler dans un moule qui n'est pas fait pour toi, tu finis par t'épuiser et tu n'as qu'une envie, c'est d'écraser ce moule. Sauf que les gens ne comprennent pas pourquoi.

Je promène mon regard dans la chambre d'hôpital. Ces bruits, ces odeurs, ces lumières crues, j'avais espéré ne jamais les retrouver.

– Maman était malade, je reprends, plus pour moi que pour Adrien. Elle était en train de mourir. Et personne ne le disait ouvertement. Ça me mettait en rage.

Des faits. Réels, immuables. C'était tout ce que je demandais.

– Tout le monde me disait qu'elle allait guérir, alors que personne n'en savait rien. Gregor m'a annoncé qu'on irait bientôt se balader tous ensemble dans la région des Lacs. Quatre heures plus tard, elle était morte.

Mes mains se crispent sur le contrat.

– Tout ce que je veux, c'est la vérité. Et la vérité, c'est que cette sale maladie l'a tuée. Non pas parce que maman a cessé de lutter ou qu'elle a baissé les bras ou qu'elle n'était pas assez forte. Elle l'a tuée, c'est comme ça.

Tout à coup, je me mets à déchirer le contrat.

– Cette maladie horrible... (craatch)... cruelle... (craatch)... ignoble... (craatch)... monstrueuse.

Voilà. Mes genoux sont couverts de petits morceaux de papier. J'ai tout déchiré. J'en rigole presque. Je chiffonne tous ces bouts de papier dans mes mains pour former une boule que je jette à la poubelle.

– Cora ?

Je lève brusquement la tête. Papa se tient dans l'encadrement de la porte. Gregor a dû lui dire que j'étais là.

– Qu'est-ce qui se passe ? me demande-t-il doucement en s'asseyant près de moi.

Nous sommes tous les deux adossés au radiateur.

À la télévision – toujours muette – commence je ne sais quel débat animé.

– Papa ? Pourquoi tu détestes autant Grenade ?

Tout son corps soupire.

– Cora, à ton âge, on peut voir cette entreprise comme un endroit où on répare les mauvais moments de la vie. Mais ces moments-là sont des étapes incontournables.

Je lâche un rire moqueur. Je bous intérieurement.

– La maladie de maman, Adrien, qui se retrouve dans cet état, ce sont des étapes incontournables, peut-être ? Hein, papa ?

Il m'attrape par les épaules – comme j'ai voulu le faire tout à l'heure avec mon gram – et me force à le regarder. Je ne l'ai jamais vu comme ça.

– Oui, Cora, dit-il abruptement d'une voix rauque, très émue. C'est une chose que n'importe quel être humain est amené à vivre un jour ou l'autre, et il en est ainsi depuis que le monde est monde. Chaque individu sur Terre a ressenti cette douleur, et il en sera de même pour tous ceux qui naîtront. C'est l'apprentissage de la vie. C'est comme ça. Personne ne peut y échapper.

– Mais moi, je ne veux pas ressentir ça ! je m'écrie, la voix brisée. Je ne veux pas.

– Je sais, je sais, réplique-t-il de ce ton suppliant que je ne supporte pas.

– Sérieusement, tu n'irais pas voir un gram de maman ?

Il me fixe d'un air grave.

– Non.

Je secoue la tête avec fureur.

– Tu mens, je murmure.

– Non, ma puce. Je ne le ferais pas. On ne peut pas recréer une vraie personne.

– Si, ils le font, là-bas ! j'insiste en essayant de me dégager. Je les ai vus, moi. Pas toi. Ils sont pareils !

– Non, Cora. Ils ne le seront jamais.

Je laisse échapper un râle de colère.

– Alors quoi ? Il faut que je continue à vivre sans Adrien ? Que je le laisse tomber ? Il est toujours là. Mais il ne m'entend pas et je ne peux plus l'atteindre.

– Il est là, Cora, me dit papa avec douceur en me tapotant la tempe du bout des doigts. Il est là pour toujours. Tu ne l'abandonnes pas, tout comme tu n'as pas abandonné ta maman. Ils sont là pour toujours. Ils ne partiront nulle part.

J'ai l'impression de ne pas avoir dormi depuis des semaines. Bien que je sois épuisée, j'ai du mal à lâcher prise et à calmer mon angoisse.

– Mais je ne peux pas leur parler. Je ne les entends plus.

Je me tourne de nouveau vers la télévision. Et là, incroyable : il y a une interview de Della Lacy. Je suis sidérée : elle n'accorde jamais d'interviews. Je n'entends pas ce qu'elle dit, mais à la voir, elle parle avec beaucoup de gravité et de conviction.

Elle ne ressemble pas à son gram. Alors que celui-ci avait un teint lisse, la vraie Della a l'air normale. Avec des taches de rousseur et des imperfections. Ses vrais yeux sont plus petits, ses oreilles légèrement décollées et elle agite beaucoup les mains en parlant, sans se départir de son air grave et concentré.

Le gram n'avait rien à voir avec la vraie Della. C'est une étrangère que j'ai rencontrée.

– Papa, ce sera toujours comme ça ? Quand quelqu'un part. Ce sera toujours comme pour maman ?

Il tire gentiment sur une boucle de mes cheveux.

– Oui.

Pour une fois, il ne me ment pas.

– Mais alors, comment je vais faire ? Comment je vais faire, papa ?

Je sens que je vais craquer.

Il me prend dans ses bras, et moi, j'essaie vainement de contrôler ma respiration.

– Le chagrin n'est rien d'autre que de l'amour qui réclame plus de temps. Et tu n'es pas seule.

– Si, j'ai toujours été seule.

– Non, Cora. Je suis là. Gregor aussi. Et Adrien est encore là, malgré les apparences. Nous sommes réels. Nous sommes humains. Tu n'as pas besoin de fantômes numériques. Tu n'es pas seule.

– Je voudrais juste le voir se réveiller, je balbutie dans l'épaule de mon père. C'est arrivé trop vite. Je n'étais pas prête. Je ne suis jamais prête. (Je ne peux retenir un petit gémissement.) Il me faut juste encore un peu de temps, papa. Une heure de plus, c'est tout. C'est pas beaucoup, une heure de plus.

– Je peux te consacrer tout le temps que tu veux, ma petite fille, me dit-il d'une voix tremblante. N'oublie jamais ça.

Je pense au gram d'Adrien. À celui de Della. Au mien.

– Papa ? Est-ce que tu me changerais, toi ? Si tu pouvais, tu me referais normale ?

Papa a un petit rire moqueur.

– Normale ? Tu me demandes si je te referais normale ?

– Oui.

– Je ne te changerais pas d'un iota.

– Tu ne penses pas que j'ai besoin d'être un peu... je ne sais pas... réparée ?

– Il n'y a rien à réparer ni à changer chez toi, tu m'entends ? répond-il alors, l'air extrêmement sérieux.

Je me tortille sur ma chaise. Je me sens bizarre, d'un seul coup.

– Mmm.

– Cora. Écoute-moi bien. Je ne changerais pas un seul cheveu de ta tête. C'est le chagrin, qui fait ça. C'est normal. C'est la chose la plus normale du monde. Et peu importe la façon dont tu l'exprimes. Ça, ça te regarde. Mais jamais je ne voudrais te changer. Jamais. Pas pour un empire. Tu vois le monde différemment. Alors que tous les autres voient le monde en noir et blanc, toi tu te balades dans la féerie en technicolor du *Magicien d'Oz*.

J'ai un hoquet, entre le rire et le cri.

– C'est vrai, insiste-t-il. Maintenant, dis-moi. Parce que finalement, je ne sais rien de Grenade. Moi, je marche à l'instinct. Alors que toi, tu connais l'endroit. Je suis sûr que tu as examiné à la loupe. Que tu as vu des choses qui ont échappé à ton frère et à d'autres gens. Alors, qu'est-ce que tu vois ?

Comment expliquer Grenade ? C'est une énigme, pour moi. Tantôt je m'y sens adulte, tantôt j'ai le sentiment de revenir en enfance, au temps du vilain petit canard qui s'inquiétait de savoir pourquoi il n'était pas comme les autres canetons. Ou de la jeune paysanne capable de filer un brin de paille et d'en faire un fil d'or.

Soudain je sens que quelque chose a changé, dans l'atmosphère de la chambre. Je tourne la tête : il pleut, dehors.

– Regarde.

Je désigne la fenêtre d'un mouvement de tête.

Papa se retourne et sourit.

Sans un mot, nous regardons la pluie tomber.

Une porte s'ouvre dans ma poitrine comme pour laisser sortir tous mes sentiments. Je peux souffler un peu. Une fois que j'ai retrouvé mon calme, je respire un bon coup.

– Je dois retourner chez Grenade, papa. Une dernière fois.

*

* *

Il me faut juste encore un peu de temps.

Me voici de nouveau assise face au gram d'Adrien. C'est devenu une habitude. Comme si j'étais en visite à l'hôpital. Les murs blancs, les membres du personnel, très compétents mais trop occupés et trop pénétrés de leur importance pour répondre aux questions les plus simples. Les lumières crues, une odeur aseptisée.

Je ne quitte pas des yeux la version numérique de mon ami. Hier soir, je me suis endormie en pensant à papa. Dès que je fermais les paupières, je revoyais l'air effrayé de mon propre gram, je me souvenais de ses paroles imprécises et troublantes.

– Adrien, je peux te dire quelque chose ?

– Bien sûr.

– Ces temps-ci, j'ai beaucoup d'entretiens avec des scientifiques qui me posent plein de questions.

De l'autre côté du miroir, les informaticiens doivent être en alerte, prêts à appeler M. Hawkins.

– C'est sérieux, alors.

– Je ne sais pas trop.

Je prends le temps de réfléchir au moyen de tout lui révéler sans enfreindre les règles. Comment ce gram intègre-t-il les informations ? Comment sent-il les choses ? Je ne prétends pas que cette création numérique est dénuée de sentiments, comme tant de gens l'ont pensé de moi. Même si je suis faite de chair et de sang, il reste mon ami. Quelque part au fond de moi.

– Je suis autiste et ils veulent m'étudier pour voir en quoi je suis différente.

– T'étudier ? s'étonne le gram d'Adrien et se penche un peu en avant, visiblement troublé. C'est flippant, ça, Cora.

Flippant, c'est le mot.

– En plus, ajoute-t-il, tu es toi. Une personne unique. On ne peut pas mettre tous les autistes dans le même sac.

– Je sais bien, c'est ce que je leur ai dit, je réponds avec un petit rire. C'est bizarre, ils me font faire toutes sortes de tâches et de tests et me posent plein de questions.

– Ça doit être soûlant.

– Ouais, j'admets en me tortillant les doigts. Du coup, mon meilleur ami me manque drôlement.

– Celui qui est loin ?

– Oui. Il me manque terriblement, là, tout de suite. Je donnerais cher pour qu'il soit ici. Qu'il me fasse rire comme avant, qu'il me prévienne quand je surchauffe. Qu'il m'assure que tout va s'arranger.

– Ah, là, je ne peux pas t'aider, réplique-t-il en riant, de son rire si familier qu'il me fait mal. Mais tu vas voir, Cora, tout va s'arranger.

Je lève vers lui des yeux humides. Mes cils me semblent lourds.

– Adrien. Qu'est-ce que tu as ressenti quand tu as su que tu avais un TDAH ?

Je devine ce qui va se passer avant même que cela ne se produise : ce pincement glacé qui m'étreint l'estomac chaque fois que son gram est trop statique, trop réservé. Chaque fois que son expression ne colle pas avec son visage parfaitement ressemblant. Chaque fois qu'un souvenir lui échappe ou qu'il est déformé ou raconté d'une façon qui ne correspond pas à Adrien.

– Je n'ai pas de TDAH.

J'avais beau m'attendre à cette réponse, elle me fait l'effet d'une gifle. Je me tourne vers le miroir pour mettre les informaticiens que je ne vois pas au défi d'intervenir. Pour qu'ils m'empêchent d'aller plus loin.

– Cora ? Ça va ?

Je tourne de nouveau la tête vers lui en grimaçant un sourire.

– Oui, très bien.

– Je crois que je suis bêtement ennuyeux et normal, déclare le gram d'Adrien.

– Non, c'est pas vrai, je réponds en respirant calmement.

Normal. J'ai enfin compris pourquoi Adrien détestait ce mot depuis si longtemps. Je ne rêve plus de l'être. La normalité ne m'apporte rien et ne me rassure pas. Ce qui convenait à mon plus grand ami me convient à moi aussi, en fait.

Je lui souris tristement. Parce qu'il a tout changé pour moi.

Je sais ce qu'il me reste à faire. Je sais comment m'en sortir.

22
MiSSiON

– Cora.

Magnus interrompt ma session avec le gram d'Adrien, sans doute alerté cette fois encore par les techniciens. Je suis assise face à lui et à côté de Gregor à qui on a demandé de nous rejoindre. Le regard de mon frère passe nerveusement de M. Hawkins à moi.

– Cora, reprend celui-ci, j'ignore ce que tu as pu imaginer, mais il ne faut pas te mettre dans un tel état. La Pr Gold et moi devons nous préparer pour une émission de télévision qui a lieu dans quelques heures. Alors je ne veux pas que nous nous quittions fâchés. Séparons-nous bons amis.

– Ce n'est pas Adrien, on l'a changé, je lance d'un ton de défi.

– Je ne comprends pas, intervient Gregor, il est arrivé quelque chose au gram d'Adrien ?

– Il n'a pas été recréé tel qu'il est vraiment. Il n'a plus son TDAH.

– D'accord, dit Gregor avec un rire nerveux, mais je ne comprends toujours pas. Qu'est-ce que ça veut dire ?

– Ils ont fabriqué un gram de lui en gommant ses particularités, j'assène avec fermeté.

– Cora, on nage en plein mélodrame, là, interrompt M. Hawkins d'un ton condescendant qu'il a probablement toujours eu avec moi sans que je m'en rende compte.

– Ce n'est pas lui !

– Bien sûr que ce n'est pas lui, raille Magnus. C'est une réplique. Un clone numérique.

– Oui, mais pas du tout fidèle à la réalité. Quelqu'un lui a délibérément enlevé des traits de caractère. Pas seulement son TDAH, Gregor, certains de ses souvenirs, aussi. Il a été retouché.

– Non, il a été *soigné* !

Magnus a hurlé cela avec une telle agressivité que j'en reste sans voix. Gregor aussi. Nous regardons, éberlués, le père d'Adrien qui a perdu son sang-froid.

– Il est mieux ainsi, poursuit-il en serrant un poing, le regard cloué au sol. Nettement mieux. Je leur ai fait enlever tous ses côtés faibles.

– Faibles ? Je vous interdis de dire qu'il était faible ! Adrien était – est – a personne la plus forte que je connaisse !

Je ne me suis jamais entendue parler aussi fort. J'ai l'impression de m'observer moi-même depuis un coin de la pièce, sidérée par mon audace et légèrement horrifiée.

– Grandis un peu, Cora, rétorque-t-il avec méchanceté.

À l'école, il n'était bon à rien. Il était incapable de suivre une conversation si le sujet ne l'intéressait pas.

– Je n'ai jamais remarqué ça ! je crie. Il s'intéressait toujours à moi. Et il était toujours intéressant.

– C'est très bien quand on est enfant et qu'on a affaire à des gens indulgents, dit M. Hawkins en s'adressant maintenant à Gregor, comme si mon emportement m'avait rendue indigne de son attention. Mais, adulte, il aurait eu beaucoup de difficultés.

– Parce que beaucoup de gens sont intolérants et ignares ! Si ce n'était pas le cas, les personnes comme nous n'auraient pas de difficultés. Ni dans l'enfance, ni à l'âge adulte. Vous ne pouvez pas enlever chez quelqu'un ce qui ne vous plaît pas. Ça ne marche pas comme ça.

J'ai la voix presque cassée.

– Maintenant, on peut ! lance-t-il, les yeux brillants. Maintenant c'est possible, justement. On peut revoir des proches que l'on a perdus depuis longtemps comme ils auraient pu être. Des versions d'eux améliorées, heureuses et en bonne santé.

Mes mains tremblent, comme ma voix.

– Adrien *était* heureux et en bonne santé ! Il n'y avait pas plus heureux et pas plus sain que lui, tel qu'il était. Il n'y avait rien à améliorer chez lui, rien à changer.

– C'est… Ce n'est pas honnête. Vous n'avez pas le droit.

On dirait que Gregor s'efforce de sortir d'un cauchemar.

– J'offre aux gens la possibilité de faire leur deuil et

d'avoir des relations authentiques avec leurs proches, siffle Magnus. Je leur permets de les voir sous leur meilleur jour. Papa était colérique ? Pas de souci, je peux effacer ça. Maman perdait la mémoire ? Moyennant un petit supplément, nous lui rendrons ses souvenirs. Nous pouvons faire disparaître les troubles de la parole. Effacer les cicatrices des gens. Leur donner un physique idéal. Nous allons les parfaire.

Je me souviens d'un cours d'histoire sur la Seconde Guerre mondiale où le prof nous a expliqué que le régime nazi avait mis en place des méthodes génétiques pour « parfaire » les populations humaines. On appelait cela l'« eugénisme ». Magnus veut faire la même chose avec les grams.

– Gregor, je veux rentrer.

Mon frère se lève d'un bond, une certaine colère dans les yeux, et me prend par la main.

– D'accord. Oui, je… d'accord.

– Cela ne changera rien, Cora, me dit Magnus d'une voix implorante mais toujours avec la même arrogance.

Je sais ce qu'il sous-entend : « *Toi*, tu ne pourras rien y changer. »

Mais je vais lui prouver le contraire.

Je sors comme une furie du bâtiment de Grenade, suivie par mon frère. Lorsque nous sommes loin du trottoir qui fourmille de monde, loin des hommes en costume-cravate et des femmes en tailleur qui, après le travail, se ruent vers les pubs pour se détendre autour d'une pinte, je me retourne pour le fixer droit dans les yeux.

– Est-ce que Magnus travaille ici, ce soir, avant d'aller à la télé ?

Gregor réfléchit quelques secondes, visiblement abasourdi, puis il acquiesce.

– Oui, il a une réunion en visio avec un influenceur, au sujet d'un éventuel partenariat.

– Alors il faut qu'on aille voir Mme Hawkins.

– Cora, ça commence à me faire peur, ton histoire.

– Pas le temps d'avoir peur. Il faut aller voir Mme Hawkins.

– Cora, je…

Je lui saisis la main et je la serre fort.

– Gregor ! C'est malhonnête, ce qu'il fait. Qu'est-ce que tu donnerais pour revoir maman ?

Mon frère sursaute et baisse les yeux vers nos mains enlacées.

– Je donnerais n'importe quoi.

Ma voix tremble.

– Exactement. Et ils le savent. Et ils savaient aussi que j'aurais donné n'importe quoi pour retrouver Adrien. C'est comme ça qu'ils attireront les clients et leur prendront leur argent. En plus, ils les feront payer encore plus cher pour rendre les gens parfaits. Pour effacer chez eux tout ce qui faisait leur personnalité. Un bâtiment entier rempli de grams parfaits, insipides, sans aucune individualité. Il faut les en empêcher.

Gregor en a le souffle coupé. Je sais que c'est dur à avaler pour lui, mais nous n'avons pas de temps à perdre. Puis il dit, d'une voix tremblante en me regardant avec un air farouche qui me redonne de l'espoir :

– Pardon d'être grossier, mais tout ce qu'a dit Magnus est un ramassis de conneries, hein, tu le sais ? Il n'y a rien à changer, ni chez toi ni chez personne.

Je lui souris.

– Bien sûr que je le sais, Gregor.

– Tu es parfaite comme tu es.

– Je suis au courant. Mais merci quand même de me le dire, grand frère.

Tandis que nous nous tenons toujours les mains, je lui explique calmement :

– Il faut qu'on aille à Knightsbridge. Je dois parler à la mère d'Adrien. S'il te plaît. Tu vas conduire comme papa, pour une fois.

Ça le fait rire et il hoche la tête.

– OK. On y va !

Sa conduite est encore trop sage, même s'il fonce comme jamais. Devant la maison d'Adrien il freine en faisant crisser les pneus, et je descends de la voiture avant même qu'elle ne soit complètement arrêtée. Je monte les marches du perron quatre à quatre et je sonne autant de fois que je peux.

– J'arrive, j'arrive, dit quelqu'un de l'autre côté de la porte, sans calmer mon impatience.

La porte s'ouvre et Ria apparaît, vêtue d'un douillet peignoir blanc, stupéfaite de me voir.

– Cora!

Tout ce que je viens d'apprendre a déferlé sur moi avec la violence d'un tsunami. Je me jette au cou de Ria, m'accrochant à elle comme à une bouée de sauvetage. Elle me serre spontanément dans ses bras. Son odeur est tellement rassurante que j'ai envie de pleurer. Je sens ses mains impeccablement manucurées me caresser les cheveux.

– Qu'est-ce qui ne va pas? me demande-t-elle d'un ton affectueux.

– Rien ne va, je réponds, la tête enfouie dans son peignoir. Mais je vais tout arranger.

Elle nous fait entrer, ferme la porte et nous précède dans le salon où un feu crépite dans la cheminée. Cerby dort devant.

– Tu m'expliques tout de suite ce qui se passe, dit-elle d'un ton sévère.

– C'est Adrien.

Son visage se tord en une expression d'inquiétude extrême.

– Quoi? Que lui ont-ils fait?

– Est-ce que vous avez rencontré son gram, madame Hawkins? lui demande Gregor en prenant une chaise et en la regardant d'un air profondément soucieux.

– Non, souffle-t-elle, une main tremblante posée sur la poitrine. Je n'aurais pas supporté de voir cette... chose.

Je trouve que… Excusez-moi, Gregor, mais je trouve tout cela assez perturbant. Je n'ai jamais aimé cette idée. L'an dernier, j'ai supplié Magnus de ne pas faire subir cela à Adrien.

Elle ne l'a pas vu. Elle ne sait donc pas ce qu'ils ont fait. Je prends une grande inspiration.

– Madame Hawkins, ils ont modifié son gram. Ils ont enlevé certaines choses. Ils ont effacé son TDAH. Ce n'est pas lui. Ce n'est plus du tout lui, ils l'ont changé.

– Quand Cora a attaqué M. Hawkins là-dessus, il lui a dit qu'ils avaient voulu le guérir, ajoute Gregor.

Ria s'étrangle presque en disant :

– Le guérir ? Mais de quoi ?

– Justement ! je m'écrie. Il n'a pas à être guéri. Il est parfait.

Elle me sourit, les larmes aux yeux, et chasse une mèche de cheveux de devant mon visage en sueur.

– Oui. Il est parfait, je répète.

– Parfait comme il est.

– Ils sont en train de l'effacer, madame Hawkins, je m'exclame d'une voix brisée. Je vous en prie. Nous devons faire quelque chose.

Elle soupire et son visage se plisse comme sous l'effet d'une douleur.

– Je ne savais pas que Magnus était allé aussi loin. Il disait que c'était une parfaite copie. Comme un clone.

– Il a l'air très réel. Trop réel, même. Mais son esprit, son âme… ne sont plus les mêmes.

– Magnus n'a jamais compris son fils, explique-t-elle. Il passait son temps à demander à des thérapeutes et des médecins comment faire pour aider Adrien à aller mieux. Ils lui répondaient exactement comme moi. Qu'il n'avait pas besoin d'être guéri. Qu'il fallait juste l'aimer et le soutenir. Il n'y a rien de plus simple au monde.

Elle attrape un mouchoir en papier sur la table basse et se tamponne les yeux.

– Je pensais que cet enfant était un cadeau du ciel. Un vrai miracle. Je n'aurais pas changé un seul de ses cheveux.

Je la dévisage avec émerveillement.

– Il le sait, madame Hawkins.

Elle laisse échapper un sanglot.

– Tant mieux. Je n'ai jamais voulu ça pour lui.

Quand j'étais petite, maman me faisait faire des exercices d'orthographe. Elle me lisait des mots du dictionnaire et me demandait de les épeler et de les employer dans une phrase. Il y a un mot que je n'ai jamais oublié, peut-être parce qu'il m'avait donné du fil à retordre. C'est le mot « épiphanie ». C'est un mot savant synonyme de « révélation ». Maintenant je comprends. C'est comme si je venais d'avoir une révélation.

– Gregor, les cartes à puce. Chaque gram a bien sa carte à puce ?

– Oui.

– Elles appartiennent à qui ? Je veux dire, à part à Grenade.

– Grenade n'est pas propriétaire des cartes à puce, explique mon frère. L'entreprise détient l'équipement qui permet de créer et d'animer les grams, mais les puces appartiennent aux familles ou à la personne qui a commandé le gram.

– À qui appartient la carte à puce d'Adrien ?

Gregor hoche la tête.

– À Magnus, probablement.

J'ai l'impression que mes poumons se vident d'un seul coup, mes espoirs sont anéantis. Si la carte à puce d'Adrien appartient à Magnus, on ne pourra pas le faire, sauf à enfreindre la loi. Et pas qu'un peu.

– Qu'est-ce qu'on ne pourra pas faire ?

C'est Ria qui vient de poser cette question. J'ai dû penser tout haut.

Je la regarde, mon masque est tombé, je me suis mise à nu.

– Il faut le libérer.

23
LA GRANDE AVENTURE

– Quoi ?

Ria me regarde en clignant des yeux, les cils humides de larmes.

L'urgence se fait sentir dans toute ma colonne vertébrale.

– Il faut le libérer, madame Hawkins. Adrien n'a jamais voulu ça. Je ne le comprenais pas, à l'époque. Pour moi, Grenade était une idée fantastique, pas pour lui. Il n'était pas d'accord avec tout ça. Je lui ai posé la question.

Ria regarde Gregor. Cerby gémit, vient près d'elle, pose sa grosse tête aux grandes oreilles sur ses genoux et la regarde avec adoration.

– Il ne voulait pas ça, madame Hawkins.

– Je sais.

Tout à coup elle se lève, va droit vers un coin du salon où se trouve un secrétaire ancien, tourne la petite clef en bois pour l'ouvrir. Elle fouille dans des papiers, en sort une feuille à bords dorés et revient s'asseoir sur le canapé.

– Grenade m'a envoyé ceci, dit-elle.

Je regarde la feuille, puis Gregor.

– C'est quoi ?

Mme Hawkins la tend à mon frère. Je vois la feuille frémir, puis trembler violemment entre ses mains. Il la lit avec attention, lève brusquement la tête, me regarde. Ses yeux étincellent. Il se tourne vers Ria.

– Vous êtes propriétaire de la carte à puce ?

Elle acquiesce en enfonçant la main dans la fourrure du cou de Cerby.

– Oui.

Je me lève d'un bond. Surstimulée, surexcitée, je bats des mains, j'agite les doigts.

– C'est vrai ?

– Oui, confirme-t-elle en reprenant le document pour le relire en diagonale. C'est la seule chose que j'ai exigée, quand Magnus m'a parlé de ce projet fou. J'ai dit : Adrien est mon fils, je veux un pouvoir de décision. Ils ont rédigé ça et j'ai signé. J'avais oublié, depuis.

– C'est suffisant, Gregor ? je demande, frénétique. C'est suffisant pour qu'on puisse détruire la puce ?

– Attends, attends. N'allons pas trop vite.

Gregor se passe les mains dans les cheveux puis se tient la tête, comme s'il voulait l'empêcher de tourner.

– Si, si, il faut aller vite. On n'a pas beaucoup de temps. Est-ce qu'il y a des sauvegardes de ces cartes à puce ?

– Non. Juste un fichier pour chacune d'elles dans le système informatique.

– On peut l'écraser définitivement, ce fichier ?

– Euh, on pourrait l'effacer du système. Mais tout le pouvoir des grams se trouve dans cette puce.

Je me tourne vers Ria et je la regarde droit dans les yeux, même si ça me coûte.

– Madame Hawkins… avons-nous votre permission pour la détruire ? Pour le libérer ?

Elle nous regarde tour à tour intensément puis baisse les paupières et me dit :

– D'abord je veux que tu me racontes ce qui s'est passé ce jour-là, Cora.

Gregor est perplexe. Moi, je sais exactement ce qu'elle veut dire.

– Que voulez-vous savoir ?

– Ce qui s'est passé.

Je marque une pause. Et je prends mon courage à deux mains.

– On revenait du parc. Adrien parlait, il était au bord du trottoir. Des voitures roulaient à toute vitesse dans la rue, des voitures de course. C'était à qui irait le plus vite.

Mais Ria doit savoir tout ça par cœur. C'est autre chose qu'elle me demande.

– Quand il a été percuté, une passante a appelé une ambulance. Je me suis assise près de lui. Je ne l'ai pas quitté une seule seconde, madame Hawkins. Je suis restée tout le temps avec lui. Il n'a jamais été seul.

Je m'interromps un instant avant d'ajouter :

– Il a demandé à vous voir.

Elle se plie en deux, enfouit son visage dans le cou de Cerby. Je viens m'agenouiller près d'elle et je lui prends les mains avec toute l'empathie dont je suis capable.

– Il ne peut pas rester seul, crie-t-elle avec conviction en relevant la tête. Il ne faut pas qu'il parte seul. Je te donne mon accord, mais ne le laisse pas partir seul.

Son mascara a coulé mais son regard est plus assuré que jamais.

– Je vous le promets.

Je ne me suis jamais sentie aussi forte. Avoir vécu un pareil drame a fait sauter des verrous en moi. Toutes les choses qui m'angoissaient tant jusque-là peuvent s'échapper. Surtout ma hantise que les autres me croient bizarre ou méchante ou anormale.

Tout cela n'a plus aucune importance.

– Il faut y aller tout de suite, Gregor.

– Je viens avec vous, annonce Ria. Laissez-moi le temps de m'habiller. Je vous retrouve dehors.

Elle se lève, essuie les traces de mascara sous ses yeux.

J'acquiesce en silence. Je vais pour sortir, lorsqu'elle me rattrape par le bras.

– Merci, Cora.

Je lui souris.

– Il n'y a pas de quoi, madame Hawkins. Je le fais pour lui.

– Je sais.

*

*   *

Cette fois, j'entre chez Grenade dans un état d'esprit complètement différent. J'y étais il y a seulement quelques heures, mais à mes yeux l'endroit n'est plus du tout le même. Il y règne un silence sinistre.

J'explique à Gregor qu'il doit aller dans la régie d'un des Salons d'attente chercher la carte à puce d'Adrien.

Il pose son badge sur le lecteur et file vers l'ascenseur.

– D'accord. On se retrouve dans le Salon bleu quand tu seras prête.

Pour un peu, je lui ferais un salut militaire quand l'ascenseur se ferme. Je me dirige vers les escaliers.

– Je vais essayer de trouver mon mari, chuchote Ria. Où peut-il être ?

Je m'interromps pour réfléchir. L'adrénaline traverse tout mon corps comme un courant électrique.

– Je ne sais pas. Vous devriez attendre là-bas, dans le Jardin d'Harmonie. Moi, il faut que je trouve la Pr Gold.

Malgré le stress et les émotions de ces dernières heures, malgré mon effroi à l'idée de ce que deviendrait Grenade si Magnus Hawkins menait à bien son projet, je suis fière. Fière de moi, de mon cerveau qui a mis si peu de temps à comprendre ce qui se passait. Fière de ne pas me laisser faire. De défendre Adrien et toutes celles et ceux que Grenade voudrait parfaits.

Je monte les marches quatre à quatre, comme si je cherchais à fuir quelque chose. Ou quelqu'un. Quand j'arrive au bon étage, je fonce vers la porte noire que j'ouvre à la volée, sans frapper. Assise dans son fauteuil pivotant, les pieds sur le bureau, elle est en train de lire quelque chose sur sa tablette. Elle lève la tête, interloquée, lorsque je me précipite.

– Cora !

– Je dois vous parler, je lance, tout essoufflée, en attrapant le dos du siège qui fait face à son bureau. De toute urgence.

Elle ouvre un tiroir, y range sa tablette et m'accorde toute son attention.

– Qu'est-ce qui t'arrive ?

– C'est M. Hawkins. Il fait quelque chose d'horrible aux grams, Pr Gold.

– Assieds-toi, me dit-elle, l'air soucieux, en tendant la main vers son minibar pour y prendre une bouteille d'eau fraîche. Tiens, bois, tu es toute rouge.

– Pas le temps, je réponds en haletant. Il faut agir tout de suite. Il a changé Adrien. Changé son cerveau, effacé des aspects de sa personnalité. Il va faire pareil aux autres grams si on ne l'en empêche pas. Il va changer les gens sans leur permission.

La Pr Gold secoue vigoureusement la tête comme pour en chasser les mots que je viens de prononcer.

– Je ne comprends pas… comment as-tu…

– C'est comme… c'est de l'eugénisme numérique, je balbutie. Les grams ne sont plus fidèles à la réalité. Il veut les programmer différemment.

Elle passe la main dans ses longs cheveux blonds et appuie, du bout des doigts, sur ses paupières, pendant quelques secondes.

– C'est hallucinant.

– C'est horrible. Tous les gens qui vont venir ici parce qu'ils veulent être conservés pour leur famille, il va les modifier. Sans leur consentement.

Elle me fixe, les yeux écarquillés.

– Comment sais-tu tout cela ?

– Il me l'a dit. Mais je l'avais compris avant. Adrien n'est pas Adrien, professeur Gold. Je sais que vous ne le connaissiez pas, donc vous ne pouvez pas vous en rendre compte, mais ce n'est pas lui. Il a été modifié. Magnus pense qu'il l'a guéri, mais en fait il lui a enlevé son âme. C'est choquant.

La Pr Gold se lève, un peu chancelante, en passant la main au-dessus de la bouteille d'eau et de son téléphone portable posés sur le bureau, près d'une pile de dossiers.

– Qui d'autre est au courant ? me demande-t-elle à voix basse.

– Moi, Gregor et la maman d'Adrien. Je leur ai tout raconté.

Je parle à toute vitesse. Je vois bien qu'elle est abasourdie, mais il faut qu'elle réagisse au plus vite. Au moment où je veux ajouter que Ria Hawkins est en bas, elle lève le doigt et dit :

– Avant de régler ce problème, je dois faire évacuer le bâtiment. Attends-moi ici.

– Il faut faire vite, je lui dis d'un ton suppliant, mais elle m'impose le silence et s'élance vers la porte, me laissant seule dans son bureau. J'essaie de me détendre, de reprendre haleine, soulagée que quelqu'un d'autre soit aussi au courant. Quelqu'un qui joue un rôle important chez Grenade.

Soudain la sonnerie de son téléphone mobile me fait sursauter. Il sonne et vibre bruyamment sur le bureau. Je l'ignore. En attendant qu'il s'arrête, je balaie tranquillement la pièce du regard. Il y a des bibelots et des coupes un peu partout. Mais aucune photo.

Le téléphone se remet à sonner et, cette fois, je jette un coup d'œil à l'écran, au cas où ce serait M. Hawkins.

Mon cœur cesse de battre.

Maman.

Je lis « Maman » sur l'écran.

Il y a une seconde encore j'étais en nage, à force de courir partout, de m'agiter, d'expliquer tout ce que je ressens, depuis des heures. Mais subitement, je suis complètement gelée.

Bon, je peux me tromper. C'est peut-être le téléphone de sa mère que quelqu'un d'autre a récupéré sans changer le nom du contact.

Il y a des tas d'explications possibles. En tout cas, ça ne peut pas être la mère de la Pr Gold qui téléphone, puisqu'elle est morte.

Elle me l'a dit elle-même. Plusieurs fois. Sa mère est morte et c'est ce qui l'a poussée à fonder Grenade et à créer le Golden Department.

Le téléphone a cessé de sonner et la Pr Gold revient à pas pressés dans le couloir. J'entends ses talons.

– Bien, dit-elle calmement en regagnant son bureau. Le personnel est parti, Magnus aussi apparemment. Donc, il faut que le problème soit réglé d'ici demain matin.

Je hoche la tête, hébétée.

– Votre téléphone a sonné deux fois en votre absence.

– Oh, c'est ma mère, fait-elle en prenant distraitement le mobile.

Elle se rassoit et commence à parler d'un ton calme et raisonnable, mais je n'entends pas le moindre mot. Je ne perçois que les battements sourds de mon cœur dans mes oreilles.

Elle m'a dit que sa mère était morte. Elle me l'a dit.

– C'est vraiment fâcheux, cette histoire, dit-elle en se passant les doigts dans les cheveux. Magnus n'en a toujours fait qu'à sa tête. Surtout ces derniers temps.

Elle lève les yeux vers moi et sourit. Je reste impassible.

– Cora, je suis vraiment navrée de tout cela. Je regrette que tu sois aussi bouleversée et je te remercie infiniment de m'en avoir parlé.

Je l'observe, tout en glissant discrètement ma main dans ma poche.

– Mais tu sais, ma chérie, je pense que tu as mal compris ce que t'a dit M. Hawkins.

Je continue à la fixer sans rien dire. Elle lève les mains et sourit encore.

– Je sais, je sais, c'est un homme peu loquace, donc pas toujours facile à suivre. Mais tu as sans doute mal interprété ses paroles.

Les larmes me montent aux yeux. Je les refoule. Je continue de la dévisager. Une lumière vacille à l'intérieur de moi.

– C'est-à-dire ?

– Eh bien, il n'efface rien, il ne change rien, m'explique affectueusement la Pr Gold, avec le même sourire qu'elle m'avait adressé à l'hôpital. Il met un peu d'ordre par-ci par-là. Pas de quoi s'alarmer.

– Un peu d'ordre.

Elle débouche une bouteille d'eau et boit longuement.

– Oui. Ça peut te paraître compliqué mais ce n'est pas ce que tu penses. C'est un malentendu.

– Ah, je dis d'un ton neutre.

Prenant un petit air triste censé exprimer une profonde sympathie, elle ajoute :

– Et puis, tu sais, ma belle, je crois que je comprends ce qui s'est passé. Ces dernières semaines chez Grenade ont été éprouvantes pour toi. On peut se sentir submergé par tout ça. Surtout dans ton cas.

– Dans mon cas ?

Pour l'instant, je ne peux que répéter ses phrases. Je suis tétanisée, tendue comme un arc, prête à prendre mes jambes à mon cou.

– Je veux dire, vu ton état, dit-elle à mi-voix.

C'est comme une seringue qu'on me plante dans le bras. Quand l'infirmière pique en disant « deux » alors qu'elle était censée compter jusqu'à trois.

– Vous croyez que j'ai mal interprété ?

– Exactement. Mais ce n'est pas grave, chérie. Tout va bien, ce n'est pas ta faute.

La Cora d'avant aurait laissé le doute s'installer. La Cora d'avant aurait peut-être hoché la tête et fait son introspection pour voir si elle n'avait pas mal compris. La Cora d'avant aurait rougi de honte et marmonné des excuses en se maudissant d'avoir fait fausse route.

Mais je ne suis plus cette Cora-là. Je sais qui je suis. Et je sais ce que j'ai entendu.

– Il se peut que M. Hawkins ait dit quelque chose au sens figuré et que tu l'aies pris au pied de la lettre, susurre-t-elle.

Je soutiens son regard en la gratifiant d'un sourire très calme qui l'encourage à me sourire de toutes ses dents. De soulagement.

– C'est possible que je l'aie pris au pied de la lettre, je dis d'un ton pensif.

– Oui.

– Comme le jour où vous m'avez dit que votre mère était morte.

Son sourire disparaît de son visage comme une vague efface un dessin sur le sable. Pendant quelques secondes, elle semble paniquée. Puis tout reprend forme et elle sourit de nouveau.

Mais son sourire est méchant. Et son regard assassin.

– Cette fois, tu as vraiment gâché ma soirée, Cora.

24
CORA À L'ÉPREUVE

La trahison est aussi amère et douloureuse qu'un poison. Elle me tord l'estomac et je voudrais la vomir. Mais je n'y arrive pas. Il faut que je me concentre. Tout a changé et pourtant, pour Adrien, rien n'a changé. Alors qu'il est le principal intéressé.

– Sais-tu ce que font les gens qui perdent un proche, Cora ?

Elle a posé la question d'un ton désinvolte en enlevant brusquement ses chaussures pour replier ses jambes sous elle. Et maintenant, elle reprend une gorgée d'eau glacée dans la bouteille posée sur son bureau.

Je ne réponds pas.

Elle continue quand même :

– Ils se paient de mots. Ils se racontent des histoires. Oh oui, c'était un saint. Ah, c'était une femme merveilleuse. Des mensonges, tout ça. Ils se mentent à eux-mêmes pour ne pas se sentir coupables. Coupables à cause de la méchanceté ou de l'indifférence de la dernière parole qu'ils lui ont dite. De ne pas lui avoir rendu visite assez souvent. De ne pas être restés un tout petit peu plus longtemps à son chevet, à l'hôpital.

Elle renifle et me sourit, mais c'est encore ce sourire glacial.

– Les gens organisent des séances de spiritisme, ajoute-t-elle. Ils paient un imposteur pour se persuader qu'ils ont communiqué avec la personne disparue, et l'imposteur leur raconte ce qu'ils ont envie d'entendre.

Elle se penche en avant.

– Et pour un bon prix, encore.

J'ai la gorge serrée.

– Pourquoi vous me racontez ça ?

– Parce que l'eugénisme est un mot vide de sens, crache-t-elle avec mépris. Il l'était déjà il y a cent ans et c'est encore plus vrai aujourd'hui.

– C'est pourtant ce que vous pratiquez.

– Ce ne sont pas des vraies gens, rétorque-t-elle avec un brusque mouvement vers l'avant. Ce sont des empreintes numériques. Des copies. Des clones. Pas des vraies gens. Des sous-hommes.

– Et ce n'est pas comme ça que ça commence, justement ?

– Oh, ce que tu peux être rabat-joie !

Elle a crié ce mot et je l'ai pris comme une gifle.

– Je propose mieux qu'une séance de spiritisme, reprend-elle d'une voix grave, intense. Je leur offre quelque chose qui s'approche de la réalité. Quelque chose de vrai. Et je corrige tout ce qui ne va pas.

– C'est justement ce que je trouve ignoble. On ne peut pas corriger les gens. Ils sont comme ils sont.

– Non, Cora, articule-t-elle alors avec condescendance. Ils sont ce qu'ils veulent bien être. Et après leur mort, je les rends meilleurs.

– C'est faux. Vous les rendez normaux. Normal ne veut pas dire mieux, mais simplement dans la norme. Le camp le plus nombreux.

– Et toi, ma chérie, dans quel camp es-tu ? raille-t-elle.

Je baisse les yeux vers mes mains qui se contractent et s'agitent légèrement.

– Mmm ? chuchote-t-elle en me tapotant l'épaule. Où est-il maintenant, ton cher petit ami ?

Quelque chose se met à faire des étincelles au fond de moi, comme un briquet mouillé essayant d'allumer une flamme.

– Je vous interdis de parler de lui.

– Il est là en bas, ma petite fille. Tu peux aller le voir. Je l'ai amélioré. Je l'ai amendé. Et, effectivement, son père m'a donné son accord. Avec joie, d'ailleurs. Mais l'idée venait de moi. Je ne te permets pas de lui en attribuer le mérite.

– Vous mentez, je murmure, attristée. Tout ce que vous avez dit n'est que des mensonges.

– Alors, bienvenue dans le camp des adultes. Tu sors

enfin de ta bulle où l'on te dit que tu es très bien comme tu es et que chacun d'entre nous a sa place dans ce monde.

– Chacun d'entre nous devrait avoir sa place dans ce monde.

Elle remet ses chaussures.

– Oh, grandis, bon sang ! Ne te fais pas plus bête que tu en as l'air. D'ailleurs, je ne cible personne en particulier. J'améliore tout le monde. Tu crois que cette actrice que tu admirais tant a un physique aussi parfait ? Détrompe-toi ! C'est *moi* qui l'ai rendue parfaite. Je retouche, je lisse. Je gomme les défauts. Voilà tout.

Je repense à toutes nos conversations. Quand elle me disait que je ferais une excellente journaliste et m'encourageait à créer déjà mon propre journal. Quand elle m'expliquait en détail ce que ça fait de perdre sa mère. Je la croyais. Ça sonnait comme la vérité.

Ou alors je voulais croire que c'était la vérité. Je le voulais tellement.

– Votre mère n'est pas morte.

Je répète à haute voix l'horrible mensonge qu'elle m'a servi. Pour me calmer et pour nous rappeler, à l'une comme à l'autre, qui est dans l'erreur.

– Non, soupire-t-elle avec arrogance en se levant. Elle est dans le Surrey, sans doute en train de regarder un programme de télévision inepte. Une femme pas très fute-fute mais bien vivante… oui, c'est vrai… vivante.

Je suis frappée au cœur. Elle rassemble ses affaires.

– Comprends bien ceci, Cora : personne ne te croira. Mme Hawkins est une ravissante idiote. Quant à toi et ton frère, les petits banlieusards, vous n'êtes que des moins que rien. On vous traitera d'opportunistes. On dira que vous voulez faire parler de vous. Ou que vous êtes fous. Monte tout cela en épingle si tu veux, mais ça ne t'apportera rien de bien. Et je peux t'assurer que ça ne m'empêchera pas de continuer ce que j'essaie de faire ici, chez Grenade.

– Pourquoi ? Pourquoi m'avoir fait venir ici, ces dernières semaines ? Vous me disiez que j'allais aider les gens, mais pour quoi faire ?

– Oh, s'esclaffe-t-elle comme les filles du collège quand elles veulent se faire remarquer. Tu as énormément aidé les gens, Cora.

Je connais la vérité. Je sais lire entre les lignes. Je sais que le Pr Connelly et elle ont observé le moindre de mes gestes, analysé chacune de mes réponses, de mes souvenirs, de mes pensées.

– Pour quoi faire ? Dites-le.

Elle soupire comme si je l'épuisais.

– Nous t'étudions, Cora, pour savoir quels traits de caractère il faut effacer dans nos grams, dit-elle alors lentement, d'un ton condescendant et cruel.

C'est comme si elle m'enfonçait la tête sous l'eau. C'était ça, son objectif, je le savais. Je crois même que j'en étais consciente dès le début… tout au fond de moi. La Pr Gold que je croyais connaître était aussi fausse et trafiquée que la version holographique d'elle-même que j'ai vue le jour de la réunion du personnel. Un mirage astucieusement créé pour tromper et manipuler.

Là encore, elle parle d'un ton tellement raisonnable et convaincant.

– Tu poses beaucoup trop de questions, lance-t-elle gaiement. Tu es têtue. Tu ne te laisses pas impressionner facilement. Tu es difficile à enjôler. Il a fallu t'arracher tes réponses. Autant essayer de faire parler une pierre. Même chose avec ton cher Adrien.

L'entendre prononcer son nom me fait bouillonner en silence.

– Nous sommes trop compliqués. C'est ce que vous êtes en train de dire ?

– Mes futurs clients voudront avoir affaire à des personnes sympathiques, faciles, conciliantes. Repérer ces gens-là et créer leurs grams, tel est notre but. Or toi, tu n'as rien de facile ni de conciliant.

Elle se veut insultante, mais en fait, cela me donne du courage.

– Vas-y, lance la Pr Gold avec un rire et un regard jubilatoires. Dis-le, Cora. Dis-moi que je n'y arriverai jamais.

Elle se moque de moi. Je lève les yeux et je la fixe. J'ai l'habitude que les gens rient de moi. J'ai appris à tirer parti des moqueries. Elles me donnent de l'élan, à présent. Plus jamais je ne ferai taire ma petite voix intérieure. Celle qui, envers et contre tout, me dit ce qui est juste et bon.

Le projet de la Pr Gold est tout l'inverse. Elle a beau essayer de se faire passer pour quelqu'un de sensé et rire à gorge déployée, quoi qu'elle fasse, je connais la vérité.

– Tu n'imagines pas l'argent que ce nouveau programme va me rapporter, Cora, fanfaronne-t-elle en frétillant de plaisir. Lorsque je leur vendrai des gens parfaits, des remèdes numériques, les clients s'endetteront pour moi. Je peux leur offrir ce dont ils ont toujours rêvé pour les membres de leur famille. Et les données, les secrets que je vais pouvoir monnayer ? Auprès des sociétés, des magnats de la presse, des gouvernements… ils se battront pour me payer. Rends-toi compte : j'aurai bientôt la solution idéale pour eux. Des humains qui ne disent jamais rien et ne posent pas de questions.

Soudain la voilà debout devant moi. Elle m'attrape la tête à deux mains et la serre. Je retiens mon souffle.

– J'espère qu'un jour ton petit cerveau comprendra, dit-elle à voix basse. Parce que les gens comme toi veulent tout le temps poser des questions. Toujours leurs questions et leur éthique. Tellement ennuyeux.

Serrant ma tête comme dans un étau, elle me pousse. Je tombe sur le sol brillant et froid.

Elle s'apprête à me laisser seule dans son bureau.

– Je veux que tu saches que finalement, je te suis très reconnaissante, Cora. Les gens comme toi vont me faire gagner beaucoup d'argent.

Je fais un effort pour me mettre à genoux, bien que je

sois encore étourdie par la pression de ses doigts sur mon crâne.

– Non. Certainement pas.

Elle me jette un regard en biais, amusée que je me défende encore. Posant une main à plat par terre pour me stabiliser, je reprends :

– Nous ne sommes pas là pour servir les gens comme vous.

Je me mets debout. Lentement. Avec assurance. Comme j'imagine que marchent les somnambules. J'avance jusqu'à ses étagères, je lui tourne le dos et j'examine les bibelots qui y sont exposés. Là où il devrait y avoir des photos, des cartes postales, des lettres.

Je prends un globe en verre rempli d'un liquide visqueux orange et noir et je le jette par terre avec une telle force qu'il éclate en mille morceaux.

Elle hurle mais ça ne m'arrête pas. J'attrape l'objet suivant, tout aussi ridicule, et je le jette. Puis un autre. Et encore un. Je sens qu'elle m'attrape et me tire en arrière, et moi, d'un coup de pied je fais tomber toute l'étagère en bois qui s'écrase au sol. Alors qu'elle cherche à me bloquer les bras pour m'empêcher de me débattre, je me retourne, je lui balance un coup de pied.

– Ne me touchez pas ! je rugis, avant de me précipiter vers la porte.

Je la claque derrière moi de toutes mes forces et je cours vers l'escalier comme si je voulais fuir un incendie. Je l'entends me poursuivre dans l'escalier. Je prie pour que Ria soit encore en bas.

Arrivée en bas, je me précipite vers le Jardin d'Harmonie et pousse un soupir de soulagement en apercevant M. et Mme Hawkins dans le hall dallé de marbre.

Voyant Ria se tourner vers moi, je suis brusquement en proie à un horrible doute. Et si elle était de mèche avec la Pr Gold ? Si je m'étais trompée, en plus, au sujet de la mère d'Adrien ?

Ma peur doit se lire sur mon visage, car elle paraît littéralement bouleversée et se précipite vers moi. Elle me serre dans ses bras. Je laisse échapper un cri de soulagement et de détresse.

– Que se passe-t-il, Cora ?

– C'est la Pr Gold, je lâche d'une voix étranglée. L'idée vient d'elle. C'est elle qui a tout manigancé. Et c'est bien plus grave que ça.

Je lance un regard noir à M. Hawkins sans quitter les bras de sa femme.

– Qu'est-ce que vous avez fait ?

Il se tourne pour me regarder, l'air hébété, épuisé. On dirait qu'il va s'effondrer.

– Il faut enfermer cette créature, s'écrie la Pr Gold qui vient d'ouvrir la porte de l'escalier.

Elle essaie manifestement de garder son calme et de maîtriser sa rage. Elle s'avance vers moi, mais Ria nous entraîne plus loin et continue de me tenir fermement.

– Tu peux aller crier sur les toits tous les mensonges que tu as inventés au sujet de cette société, poursuit la Pr Gold en s'efforçant toujours de faire bonne figure. Mais ce serait saper un travail de longue haleine et priver les gens d'un service qui sauve la vie.

– Ce que vous faites est mal, j'insiste en me dégageant délicatement des bras de Ria pour me camper solidement devant la Pr Gold. Je ne vous laisserai pas faire.

– Ce n'est pas toi qui m'arrêteras, aboie-t-elle.

– Depuis des semaines, vous m'utilisez pour vos recherches, je riposte avant de me tourner vers le père d'Adrien pour le regarder droit dans les yeux. Vous saviez ce qu'elle me faisait, monsieur Hawkins ? Vous saviez que j'étais son cobaye ?

Son regard glisse vers Ria toujours debout derrière moi. Et son visage s'affaisse en une grimace de honte.

– Comment avez-vous pu me faire ça ? je lâche dans un souffle, la voix tremblante et le cœur serré. Comment avez-vous pu faire une chose pareille à Adrien ? À des gens comme nous ? Qu'est-ce qui vous a fait penser que vous en aviez le droit ?

– Tu vas arrêter ton numéro ? gronde la Pr Gold en me lorgnant d'un air furieux. Personne ne te veut de mal. Tu n'es pas prise pour cible.

– Vous pensez simplement que je ne devrais pas être comme je suis ?

– Je ne sais pas si tu te rends compte que les gens comme

toi ne sont pas toujours drôles. Il y a peut-être des parents qui ont envie de voir leurs enfants sous leur meilleur jour, quand ils leur rendent visite. Et des enfants qui veulent aller voir leurs parents sans en ressortir le cœur brisé. Je veux retoucher tout le monde ! Créer, sous forme numérique, une armée de gens parfaits et sages. Dépourvus de leurs traits de caractère les plus ennuyeux ou de leur manie de toujours poser des questions. La vie ne serait-elle pas plus simple si ceux qui veulent toujours tout comprendre ou se mettre en travers du chemin… ne pouvaient pas le faire ?

– Vous n'êtes pas à votre place, ici, lance froidement Ria.

– Je n'ai pas de leçons à recevoir d'une bourgeoise idiote et gâtée, rétorque la Pr Gold avec un méchant rictus. Épargnez-moi votre sermon. Je vous ferai signe le jour où j'aurai besoin de conseils pour choisir une bonne crème de nuit, Ria.

– Comment vous y prenez-vous ? demande celle-ci, du même ton calme et indifférent, ne voulant pas répondre aux insultes.

– Par une petite lobotomie numérique, ricane la Pr Gold.

Je repense à mon gram et j'en ai la nausée. Il était totalement ressemblant. Sauf qu'il n'avait pas encore été « retouché ». C'est bien pour ça qu'il était si effrayé et voulait absolument me mettre en garde. Mon gram savait qu'il allait se passer quelque chose de terrible. Il l'avait compris avant moi.

Je me tourne de nouveau vers Magnus.

– Est-ce que je n'étais pas une grande amie d'Adrien, monsieur Hawkins ? Vous ne trouvez pas qu'il était merveilleux ? Que tout le monde était plus heureux ?

Un silence plane pendant quelques secondes.

– Si, murmure Magnus.

Une larme m'échappe et tombe sur le sol en marbre.

– Alors pourquoi nous avoir fait ça ?

– À quoi ça sert de discuter avec cette gamine ? demande abruptement la Pr Gold à M. Hawkins, en me désignant d'un geste. À quoi bon ? Elle n'est rien, elle ne compte pas. Elle va aller révéler à quelques personnes ce que nous faisons ? Et après ? Les gens s'en fichent.

– Détrompez-vous, je coupe d'un ton ferme, en la toisant. Les gens ne sont pas comme vous.

– Non, Cora, s'esclaffe-t-elle en levant les yeux au ciel. Les gens ne sont pas comme TOI, tu te rappelles ? Tu ne sais rien d'eux.

J'ignore son sarcasme et je poursuis :

– Si vous croyez que tout le monde est comme vous, vous vous trompez. Ils vont comprendre ce que vous faites et ils jugeront que c'est mal. La majorité des gens sont bons.

Elle s'esclaffe, là encore, et son rire résonne sinistrement dans l'immense espace du hall.

– La majorité des gens sont bêtes, tu veux dire. C'est l'argent qui mène le monde, Cora. Crois-moi, l'argent peut tout acheter. Si certains préfèrent que je laisse leur proche tel qu'il était, c'est leur choix, mais d'autres voudront un meilleur produit. Et ils seront prêts à payer pour ça. J'en connais beaucoup qui voudront savoir comment on construit un gram parfait. Et ils paieront. Les investisseurs n'ont que faire de l'éthique, ma cocotte.

– Les investisseurs ne sont pas au courant de ce que vous faites.

Tout le monde se tourne vers celui qui vient de dire ça, et je souris en voyant apparaître Gregor qui sort du Jardin d'Harmonie. Il toise la Pr Gold et, pour la première fois, il ressemble vraiment à notre mère.

– Ils ne savent rien de votre sinistre projet d'effacement. S'ils l'étaient, ce serait catastrophique pour votre image de marque.

Pendant un instant, la Pr Gold a une expression indéfinissable. Puis elle coule un regard vers Magnus.

– Ce n'était pas prévu comme cela, murmure celui-ci d'une voix brisée, en nous regardant tour à tour. Je n'aurais jamais pensé... tout ce que je voulais c'était ne pas voir...

Je l'interromps alors et je dis, avec toute la compassion dont je suis encore capable :

– Monsieur Hawkins, il n'y avait rien qui clochait chez Adrien. Rien. Et quand bien même il y aurait eu quelque chose, votre métier n'est pas d'y changer quoi que ce soit. Son cerveau était parfait. Ce que Gold cherche à faire est indéfendable. Elle ne transforme pas le mal en bien. Ce n'est pas comme suturer une blessure ou porter des lunettes. Adrien n'a jamais eu besoin d'être amélioré.

Magnus baisse les yeux.

– S'il avait fait plus attention, s'il avait été capable de se concentrer, il n'aurait pas été percuté par cette voiture et il ne serait pas dans le coma, aujourd'hui.

Le voir près de s'effondrer m'émeut presque aux larmes. Je fais un pas dans sa direction pour tenter de le ramener à la réalité.

– Monsieur Hawkins, les responsables sont ceux qui ont renversé Adrien, qui ont choisi de s'asseoir au volant de leur voiture et de conduire comme des fous. Ils ont fait le choix de mettre la vie d'autrui en danger. Je les ai vus. Avant même qu'ils le percutent. Et ensuite ils se sont enfuis et l'ont laissé là. C'est eux qui sont tordus, pas lui.

Ses genoux se dérobent et il s'effondre. Gregor et Ria se précipitent vers lui. La Pr Gold, elle, lui rit au nez.

– Tout cela est d'un ennui ! marmonne-t-elle. Mais peu importe. C'est ma société. Mon projet. Je ne laisserai personne, ni vous ni un autre, me mettre des bâtons dans les roues.

– Vous êtes ignoble, lance Gregor à sa patronne, d'une voix rageuse. Vous devriez avoir honte.

– La honte, je ne connais pas, rétorque la Pr Gold en pianotant rapidement sur son téléphone. Et j'en ai par-dessus la tête de vous tous. Allez au diable ! Quant à toi, Cora, le jour où ton copain réduit à l'état de légume mourra… sache qu'il sera ici. Il t'attendra. Tu es la bienvenue.

Elle jette un dernier regard à Magnus avant de marcher en chancelant vers la sortie. Elle ouvre brutalement la porte et s'en va.

– Laisse-la partir, dit tranquillement Ria. Ne t'en fais pas, elle va le payer.

– Il ne faut pas la laisser partir, je m'exclame. Elle va vendre Grenade à la télévision. C'est vous-même qui nous l'avez dit, monsieur Hawkins. Des millions de téléspectateurs vont la regarder.

Ria et Gregor échangent un regard. M. Hawkins avance lentement jusqu'au comptoir d'accueil désormais désert.

Il fixe les mots écrits sur le mur.

Laissez-les croire
Laissez-les comme ils sont
Écoutez et apprenez.

– Monsieur Hawkins, je reprends d'un ton suppliant, nous avons le temps de foncer au studio de télévision. Nous leur révélerons tout.

– Tu ne pourras jamais entrer dans les studios sans un passe, objecte Gregor. L'émission est en direct, oui, mais ils ne te laisseront pas l'interrompe.

– Papa regarde cette émission tous les jeudis, je m'écrie, déterminée à balayer leurs doutes. Parce que maman la regardait aussi. Il y a toujours un homme politique et un autre invité sur le plateau. Et le public peut leur poser des questions. Je n'ai pas besoin d'interrompre l'émission. Je peux juste poser une question.

– Mmm.

Gregor hésite. Visiblement il réfléchit à mon scénario, oubliant que le temps est compté.

– Il faut essayer, je lance à la cantonade. C'est maintenant ou jamais. Avant qu'elle puisse embobiner tout le monde.

Je sens Adrien présent à mes côtés et il ne me dit pas « je t'avais prévenue ». Il est content que je voie clair, enfin.

– J'ai un passe.

M. Hawkins a parlé tellement bas que je l'ai à peine entendu. Je me retourne brusquement vers lui. Il me regarde droit dans les yeux.

– Je peux te faire entrer, Cora.

Ces quelques mots sont comme un sésame pour ouvrir la dernière porte.

– Merci. Alors il faut y aller. Maintenant.

25
L'HEURE DU DÉBAT

Gregor reste chez Grenade pour tenir le fort, tandis que les parents d'Adrien et moi filons aux studios de télévision, sur la rive sud de la Tamise. Ria est au volant. Sa conduite, rapide mais habile, montre qu'elle est parfaitement calme et concentrée.

– Je vais te faire entrer dans le public, m'annonce Magnus quand nous approchons de l'entrée latérale du bâtiment. Fais profil bas, prends un air gentillet.

Je lève les yeux au ciel mais j'acquiesce.

– Elle sera dans le foyer des artistes, dit Ria. Elle ne te verra pas arriver.

– D'accord. Le tout, c'est que je réussisse à prendre le micro avant qu'elle ne débite ses mensonges.

Je détache ma ceinture dès que la voiture ralentit.

– Cora, commence Ria en me regardant au fond des yeux, laisse-la parler d'abord.

– Quoi ?

Nous marchons maintenant d'un bon pas vers le groupe de spectateurs qui attendent pour entrer. M. Hawkins est derrière nous.

– Laisse-la débiter ses mensonges, reprend Ria en parlant tout bas. Laisse-la réciter son boniment. Ensuite, tu la confondras avec tes révélations.

– Comment ça ?

Debout entre eux deux, je sens qu'Adrien est là, avec moi, et m'encourage à écouter.

– Il faut toujours laisser les gens montrer qui ils sont vraiment, Cora.

J'écoute. Je réfléchis à ce qu'elle me dit.

M. Hawkins nous guide vers une autre porte.

– Venez par là, dit-il, je connais un chemin plus rapide. Et de toute façon j'ai un passe pour VIP.

– Je n'ai pas besoin qu'on me traite comme un VIP. Il me faut une place au milieu du public, c'est tout.

– Je sais, Cora, répond-il avec douceur. Je t'y emmène.

C'est sa façon de se racheter. À moi de décider si j'accepte ou pas. Je regarde Ria Hawkins. Elle me sourit. C'est un sourire fier, tellement apaisant après tout ce qui s'est passé ce soir.

– D'accord. Allons-y.

*

*   *

Ria et moi sommes maintenant assises dans le public, au bout d'une rangée, près de l'allée centrale. Il y a là, au total, une centaine de personnes qui parlent entre elles, pendant que les techniciens préparent le plateau pour le direct qui va commencer.

On aperçoit le présentateur en ombre chinoise. Quelqu'un fixe un micro sur sa veste. Il est prêt à animer une nouvelle émission, comme il le fait depuis des années.

– Tu as le trac ?

Ria m'a posé la question à voix basse. Sa main repose sur l'accoudoir entre nous. Les bagues ornant ses doigts fins scintillent sous la lumière des projecteurs.

– Oui.

– Il ne faut pas, je suis là, chuchote-t-elle avec sérénité et conviction. Tu peux compter sur moi si les choses tournent mal.

Je m'agrippe à sa main un court instant.

– Elles ont déjà mal tourné, à cause d'elle, je murmure. Il faut le crier haut et fort.

– En plus, je ne sais pas si tu mesures la portée que cela aura venant de toi, réplique Ria, en regardant, devant elle, le plateau où s'achèvent les préparatifs.

– Oh, moi, on ne m'écoute jamais, je marmonne, un peu abattue.

– Adrien t'écoutait, lui.

L'entendre prononcer son nom, maintenant, vu ce que je m'apprête à faire, me donne envie de pleurer.

– Tu ne le fais pas seulement pour lui, mais aussi pour toi, martèle Ria. C'est important. Et toi aussi, tu es importante, Cora.

J'inspire brièvement. Le trac me rattrape.

– J'aimerais tellement qu'il soit là.

Ma voix se brise.

– Je sais, ma belle.

Soudain, tout le monde applaudit : le présentateur rejoint son siège, les caméramans se mettent à leur poste. On règle les projecteurs.

La Pr Gold et un homme arrivent sur le plateau. Ils prennent place dans les deux fauteuils. J'ai très envie de me tasser sur mon siège, en espérant qu'elle ne me verra pas, dans l'ombre.

– Bienvenue à *L'Heure du débat*, lance Richard Parton. J'ai le plaisir d'accueillir ce soir le ministre de la Santé, Elijah Warrington, et la Pr Sabrina Gold. Nous leur souhaitons la bienvenue, ainsi qu'au public ici présent et à nos téléspectateurs.

Applaudissements. Je bats des mains moi aussi, mécaniquement, mais j'ai les yeux rivés sur la Pr Gold. Elle n'a pas du tout l'air sur les nerfs, mais plutôt détendue et parfaitement sûre d'elle.

Je ne sais pas comment elle fait. Mais de toute façon je ne la comprends pas.

Richard Parton commence par interroger le ministre sur sa politique de santé. Warrington se contente de réponses convenues et sans intérêt. Aussi Parton se tourne-t-il rapidement vers la Pr Gold.

– Alors, professeur Gold, expliquez-nous ce que vous faites, exactement, dit-il sur le ton de la conversation, lui accordant toute son attention. Vous avez écrit plusieurs articles sur les progrès de l'intelligence artificielle. Nous avons tous lu celui qui est paru dans *La Chronique*.

Je jette des coups d'œil autour de moi. Qui est ce « nous » dont il parle ?

– Mon travail a essentiellement trait à l'immortalité numérique.

– Un concept tout à fait nouveau.

– Pas vraiment, Richard, répond la Pr Gold chaleureusement. Il en est question depuis plusieurs dizaines d'années. Les gens survivent déjà à leur mort par le truchement de leurs comptes sur les réseaux sociaux et de leurs empreintes numériques. Grâce à mes travaux, ils auront la possibilité de stocker toutes les informations les concernant dans un système intégré capable de les collecter de façon très détaillée.

– C'est-à-dire l'Institut Grenade.

– Oui. Chez Grenade, nous mettons nos ressources et notre technologie au service de la vie des individus. Grâce à l'intelligence artificielle, leur âme, une fois téléchargée, continue à vivre, pour leur famille, sous forme numérique. Ils deviennent alors ce que nous appelons des « grams ». Nous créons également des grams de personnes célèbres.

Vous n'avez jamais rêvé de rencontrer Marilyn Monroe, Richard ?

– Euh..., bafouille Richard Parton avec un petit rire, visiblement sous le charme. Si, si, bien sûr. Mais arrêtons-nous d'abord sur le commun des mortels. C'est son âme qui est, comment avez-vous dit, téléchargée ?

– Son âme, son esprit, son essence même, si vous voulez. Nous créons des clones numériques de la personne, pour lui permettre de vivre éternellement. Nous avons des entretiens très poussés avec elle, nous l'étudions de près. Ensuite notre équipe, qui fait un travail formidable, la recrée, afin que sa famille puisse lui rendre visite après son décès.

– Et ce produit fini est-il soumis à l'approbation de la personne ?

La Pr Gold marque une pause avant de répondre, avec un grand sourire :

– Nous n'avons jamais eu de plaintes.

– C'est un mensonge.

Les gens murmurent, se retournent, et je me rends compte que je suis debout et que j'ai prononcé ces trois mots à voix haute et d'un ton cassant. Une caméra pivote pour me filmer, et Parton me regarde, estomaqué. Un micro arrive jusqu'à moi au bout d'une perche et s'arrête au-dessus de ma tête.

La Pr Gold et moi nous regardons dans les yeux. Levant le menton pour que le micro, coiffé de sa bonnette à fourrure, capte bien chaque mot, je reprends :

– Je m'appelle Cora Byers. Ma mère est morte il y a un an. Je trouvais l'idée de Grenade absolument géniale.

Je prends une grande inspiration en luttant contre une terrible envie de faire machine arrière. Je braque les yeux sur la Pr Gold.

– J'étais en admiration totale devant la Pr Gold.

Je sens Adrien à côté de moi. Le vrai Adrien. Je ne le vois pas mais je le sens. Il m'encourage.

– Elle m'a interrogée pendant plusieurs semaines. Cela faisait partie de son travail chez Grenade. Il y avait avec elle un autre scientifique, le Pr Connelly. Ils m'ont étudiée sous toutes les coutures, ils m'ont épuisée avec leurs questions et leurs tests. Mais je le faisais de bonne grâce, parce qu'ils me disaient qu'en participant, j'allais aider Grenade.

Un silence de plomb s'est abattu sur la salle. Certaines personnes sont mal à l'aise, beaucoup sont intriguées. Dans cette émission, il y a souvent de l'agitation, voire un peu de chahut, mais ce que je fais là est totalement inédit, j'en suis bien consciente.

Et ça m'est égal.

– Je suis différente.

Je leur laisse le temps de digérer l'information. Quelqu'un tousse, deux ou trois spectateurs se trémoussent sur leur siège.

– La Pr Gold m'a dit qu'elle avait besoin de moi pour créer des grams aussi précis que possible d'individus neuro-atypiques.

– Qu'est-ce qui se passe ? chuchote quelqu'un derrière moi à son voisin qui le fait taire.

Deux producteurs se consultent à voix basse. Tout le public m'observe avec beaucoup d'attention. La Pr Gold semble pétrifiée sur son siège.

– L'année dernière, elle a aussi étudié mon meilleur ami, Adrien. Et elle a créé son gram.

Je laisse passer un instant. Je sais dans quoi je me suis lancée. Je sais que ça va tout changer. La caméra est braquée sur moi et j'ai conscience que des millions de téléspectateurs me regardent en direct et que d'autres me verront plus tard, sur Internet. Je dois faire attention à ce que je dis.

Je m'imagine marchant sur un grand lac gelé. J'avance d'un pas, je sens la glace craquer et se craqueler sous mon pied. Je vois Adrien solidement campé sur l'autre rive. Il me soutient. Il est solide. Et derrière moi, je perçois la présence d'autres enfants comme nous. Tous différents, chacun à sa manière. Tous des individus que la Pr Gold estime devoir perfectionner. Je dois m'assurer que la traversée de ce lac n'est pas risquée pour eux.

J'avance encore. De nouveau la glace craque. Je pourrais sombrer à tout moment dans l'eau glacée et ne pas pouvoir me hisser à la surface. Mais je dois continuer. Je ne peux pas la laisser mener les gens en bateau et les inciter à transformer des enfants tels qu'Adrien et moi.

– Et ce gram d'Adrien n'est pas conforme à sa personnalité, je poursuis. La Pr Gold a effacé chez lui tout ce qui en faisait quelqu'un de merveilleux. Elle l'a transformé. Et elle prévoit de le faire pour tous les individus qui ne correspondent pas à son idée de la normalité.

Ça murmure dans le public.

– Cora, dit-elle alors lentement, le sourire aux lèvres mais le regard féroce. Nous en avons déjà discuté. Tu mélanges tout. Tu te trompes complètement.

– Non, pas du tout, je rétorque avec calme.

Parmi les adultes qui m'entourent, certains regardent alternativement la Pr Gold et moi, mais d'autres me fixent d'un air reconnaissant. Pas tous, mais quelques-uns. Et il est clair qu'ils sont tout ouïe. Je suis au bord des larmes.

– Mon ami Adrien est dans le coma, je reprends, avec un pincement au cœur. Les médecins pensent qu'il n'en sortira pas. Il semble vraiment absent. Mais la Pr Gold savait à quel point j'avais envie de le revoir. Elle m'a dit que je pourrais rendre visite au gram qu'elle a fait de lui, à condition que je me prête aux expériences menées par ses équipes. Elle s'est servie de mes sentiments et elle en fera autant avec tout le monde. Grenade prendra pour cible des gens en deuil, en leur faisant miroiter de fausses promesses.

– Ce sont là de graves accusations, jeune fille, intervient Parton, en glissant un œil vers les producteurs qui se tiennent dans les coulisses.

– C'est vrai. Mais le projet de Grenade est contraire à l'éthique et j'estime que les gens ont le droit de le savoir.

– Qu'avez-vous à répondre, Pr Gold ?

Elle cesse de me regarder pour se tourner vers Richard Parton. Tout son charisme, toute son affabilité ont disparu. Elle semble réchapper d'un incendie.

– C'est triste à dire, mais cette enfant délire totalement, déclare-t-elle enfin.

– Donc, vous démentez toutes ces allégations ? insiste Parton avec un coup d'œil furtif vers moi. Je vous avoue que je suis très surpris. Nous avons souvent, ici, des spectateurs aux idées bien arrêtées, mais quelqu'un d'aussi jeune, c'est une première dans notre émission.

Des murmures amusés parcourent le public, pour se taire presque aussitôt.

– Je démens, bien entendu. Elle n'a pas du tout compris ce que nous faisons. Chez Grenade, les gens seront recréés exactement tels qu'ils sont dans la vie. Avec leurs qualités et leurs défauts.

– Vous mentez.

C'est alors que Warrington, l'homme politique invité, se mêle à la discussion :

– Je dois dire que la première fois que j'ai rencontré la Pr Gold à l'Institut Grenade, il n'a pas été fait mention de tout cela. Je pense que cette petite fille fait erreur. On nous a bien expliqué en quoi consiste le programme d'IA, en nous assurant qu'il n'y aurait ni modifications ni ingérence d'aucune sorte dans ses programmes.

La Pr Gold acquiesce avec enthousiasme, mais je vois bien qu'elle est un peu désarçonnée par l'intervention du ministre. Il vient de dire à tous les téléspectateurs qu'elle avait présenté Grenade comme une entreprise éthique et inclusive.

– Et si j'apporte des preuves ? je lance alors avec audace.

Sous mes pieds, la glace imaginaire fait entendre un nouveau craquement, mais je m'obstine.

– Des preuves ? raille la Pr Gold d'une voix étranglée.

Cette fois, l'ombre d'un doute passe furtivement sur son visage.

– Je ne fais rien de répréhensible, affirme-t-elle, d'un ton moins assuré. Comme un spécialiste de la chirurgie esthétique, je corrige les petits défauts que les gens n'aiment pas chez eux.

– Faux, je réplique énergiquement. Passer par la chirurgie esthétique, c'est un choix personnel. Ce que vous faites, vous, revient à tromper les gens et à les forcer à faire effacer certaines parties d'eux-mêmes que vous considérez comme des défauts. Mais ce n'est que votre opinion, Pr Gold. Ce n'est pas un fait. Si j'avais de l'argent et du pouvoir et que je décide de me débarrasser d'individus que je n'aime pas, ça ne ferait pas de moi quelqu'un d'admirable. Ça ferait de moi un monstre.

Des murmures et des cris de surprise parcourent la salle, tandis que nous nous toisons, elle et moi, et qu'au bord du plateau les deux producteurs se regardent, interloqués, ne sachant que faire.

– J'ai le droit d'être ici exactement telle que je suis,

je reprends avec une témérité et une assurance dont je ne me serais jamais crue capable. Il n'y a rien à jeter chez moi.

Autour de moi, c'est la stupeur. On entendrait une mouche voler.

– Cora, honnêtement. Si on te proposait de te débarrasser de ton autisme, tu n'accepterais pas ?

Elle me regarde et, pour la première fois ce soir, la Pr Gold d'avant refait surface, la Pr Gold fabriquée de toutes pièces.

Je lui souris, je glisse la main dans ma poche, comme je l'ai fait quelques heures auparavant, et je sors mon dictaphone.

Son visage se décompose et blêmit. Elle comprend immédiatement que toute la discussion que nous avons eue ce soir, avant de venir ici, est enregistrée sur cet appareil.

Je le montre à la caméra pour que tout le monde le voie, puis je le brandis, comme un flambeau.

– Un jour, vous m'avez dit que je ferai une excellente journaliste d'investigation. J'ai ici la preuve que tout ce que j'ai révélé ce soir est vrai.

Les gens discutent maintenant à voix haute. Ria m'encourage en m'étreignant la main, alors je poursuis.

– Savez-vous d'où vient le terme de « test de Turing », Pr Gold ?

Elle comprend. Ses yeux lancent des étincelles. Elle commence à stresser.

– De Alan Turing.

– Oui. Vous savez qu'il était comme moi ?

Son visage reste impassible, vide. Mais peu m'importe.

– Ils lui ont sapé le moral. Ils l'ont eu à l'usure. Parce qu'il était différent. Ça fait trop longtemps que les individus de votre espèce cherchent le moyen de bannir certains des esprits les plus puissants de cette planète. Tout ça parce que vous avez peur. Parce qu'ils échappent à votre contrôle.

Je me souviens de chaque mot qu'Adrien a prononcé le soir du bal.

– Un scientifique de chez vous m'a demandé un jour si je savais ce qu'était l'amour. À ce moment-là, cette question m'avait profondément humiliée. Je ne savais pas quoi répondre. Mais maintenant je sais. L'amour, c'est accepter et glorifier quelque chose ou quelqu'un pour chacun de ses traits moraux ou physiques. Ce que l'on doit aimer le plus chez l'autre, c'est justement tout ce qu'il ne peut pas changer.

Un souvenir me revient comme un flash : je nous revois Adrien et moi danser, sans nous soucier le moins du monde des regards critiques. Ce moment où ni lui ni moi ne nous préoccupions de l'opinion des autres a été, je crois, le plus heureux de ma vie.

– J'aime mon cerveau. J'aime être moi et je sais qui je suis, Pr Gold.

Je tiens toujours le dictaphone à bout de bras, soulagée, fière, triomphante.

– Un enregistrement n'est pas une preuve recevable,

dit-elle dans un souffle. Tu essaies de me prendre au piège. Mais devant un tribunal, un enregistrement ne vaut rien.

– Effectivement, intervient Ria en se levant et en me prenant par l'épaule. En revanche, diffusé sur les réseaux sociaux ou publié dans un journal, il devient édifiant. Et la «petite-bourgeoise idiote et gâtée» a des parents tout aussi idiots et gâtés. L'un est député, l'autre directrice de journal.

La Pr Gold semble au bord de l'évanouissement.

– Vous pensiez peut-être que seul mon mari était influent, reprend Ria d'un ton doucereux. Eh bien non.

– Je tiens à éclaircir une chose, dit alors le ministre de la Santé, dans le micro fixé au revers de son veston. J'ai toujours pensé que l'Institut Grenade n'était pas une bonne idée. D'ailleurs, j'ai fait part de mon avis au Premier ministre.

La lèvre inférieure de la Pr Gold se tord lorsqu'elle grogne d'une voix rageuse:

– Espèce de fourbe.

Warrington s'écarte d'elle, les yeux baissés, le front perlé de sueur, mais il ne retire pas ses propos. Elle me jette un regard de biais avant d'afficher un grand sourire et de s'adresser au public qu'elle a devant elle, et aux téléspectateurs invisibles qui sont devant leur écran.

– Je crois en Grenade, lance-t-elle d'un ton maternel. J'ai créé cette société afin de permettre aux gens de vivre éternellement. Et à leur famille de les revoir. J'ai donné à cette petite malheureuse l'opportunité de faire ces deux choses. J'ai créé le gram d'Adrien Hawkins. Avant son tragique accident. Et j'ai permis à son amie de le revoir.

J'avance d'un pas pour riposter.

– Vous avez effacé tout ce qui faisait de lui quelqu'un d'extraordinaire. Alors vous ne ferez croire à personne que vous recréez les gens dans leur intégrité.

– C'est exact ! hurle-t-elle. Je les recrée meilleurs qu'ils ne sont ! C'est un service que je leur rends. Je montre le vrai potentiel des individus, sans leurs défauts.

– Leurs défauts ? intervient une femme au premier rang.

Richard Parton ouvre la bouche dans une vaine tentative pour ramener le calme dans la salle. Mais son soupir le trahit : il sait bien que c'est impossible.

La caméra et les projecteurs pivotent vers l'intervenante. On voit alors qu'elle est en fauteuil roulant.

– Sheyda. Enseignante. Que voulez-vous dire exactement par « défauts » ? Vous n'êtes pas très claire.

La Pr Gold regarde Sheyda de la tête aux pieds puis se fend d'un sourire qu'elle s'efforce de rendre empathique.

– Ma technologie vous permettrait de vivre éternellement en ayant l'usage de vos jambes. Je vous guérirais.

– Comment osez-vous ? répond tranquillement Sheyda, provoquant des chuchotements dans le public. Ce n'est pas à vous ni à quiconque de dire quels sont mes défauts.

– Ma fille a un TDAH, crie un homme au fond de la salle. Vous allez aussi trafiquer son cerveau ? Dans ce cas, vous aurez affaire à moi et à sa mère !

– Écoutez…

La voix de la Pr Gold tremble légèrement. Elle et moi réalisons simultanément que je ne suis pas seule. Dans l'assistance, beaucoup de gens sont en colère, d'autres scandalisés.

– Je leur donnerai le choix, d'accord ? avance-t-elle en guise de compromis. Les gens pourront choisir de corriger leurs défauts ou pas.

Elle tourne de nouveau les yeux vers moi.

– Je t'ai rendu ton ami, et c'est comme ça que tu me remercies ? lance-t-elle, hargneuse.

Les murmures diminuent.

– Vous ne m'avez rien rendu du tout. Vous ne m'avez même pas donné un fantôme. Pas même une ombre. Vous m'avez juste brisé le cœur une fois de plus en me faisant une fausse promesse.

– Vous avez changé mon fils.

Tous les regards se tournent vers Ria Hawkins, qui me paraît plus grande et plus impressionnante que jamais.

– Vous avez pris quelque chose de précieux et vous en avez effacé tout l'éclat. Et sans même lui demander son avis.

La Pr Gold regarde Ria, glaciale, et lève les yeux au ciel.

J'ajoute mon grain de sel :

– En fait, vous ne pensez qu'à l'argent. Vous jubiliez à l'idée de monnayer vos mensonges en faisant payer des fortunes à des familles brisées par le chagrin.

– Tu n'as pas envie de te faire soigner ?

C'est Richard Parton qui a posé cette question en me dévisageant avec curiosité. Il y a dans son intonation une sorte de scepticisme poli.

– Je ne suis pas malade, monsieur Parton. Je n'ai pas besoin d'être soignée. Il y a bien des choses qu'il faudrait guérir dans le monde, aujourd'hui. Je ne me sens pas concernée.

La salle sombre dans le silence et soudain je sens tout. Je perçois toute la palette des émotions éprouvées par chaque personne ici présente.

– Je ne veux pas me débarrasser de mon autisme. Il fait partie intégrante de moi. Il participe à chacune de mes pensées. Ce n'est pas une maladie, ni une affection qui se soigne. Et…

Soudain je pense à maman et moi, le jour où on m'a diagnostiquée, sur le chemin du retour. Un grand silence régnait dans la voiture. On avait du mal à se parler quand on était seules toutes les deux. Mais dès l'instant où j'ai eu les mots pour expliquer en quoi je me sentais différente des autres, elle m'a simplement dit: «Bon. Eh bien voilà. Tu es comme ça, c'est tout.» Et ça n'a plus jamais été un problème.

Maman et Adrien ne sont plus là. Aucun gram, aussi fidèle à la réalité soit-il, n'y changera rien.

La mort de maman n'a pas été un apprentissage. L'accident d'Adrien non plus. Ni l'un ni l'autre ne sont des obstacles que je dois franchir. Ils ne doivent pas devenir des chaînes qui m'alourdissent, même si c'est ce que je ressens de temps en temps.

Ils ne seront partis pour de bon que si je ne parle plus jamais d'eux. Si je ne pense jamais à eux avec tendresse. Si je ne ris jamais en revoyant Adrien courant après son chien ou voulant lui mettre des chaussures.

Cette façon de ressentir leur absence ne durera pas toujours. Et je ne suis ni la première ni la dernière à qui ça arrive.

J'ai l'impression de sentir le petit doigt d'Adrien accroché au mien.

– Je suis encore en train d'apprendre à trouver ma place dans ce monde, j'ajoute. Et je voudrais tellement que mon meilleur ami soit ici avec moi. Et que ma famille soit au complet. Mais ce que je voudrais plus encore, c'est que les gens se rendent compte que personne n'a le droit de décider que tel ou tel individu doit être « corrigé ».

Je fixe, de mon regard le plus dur, la Pr Gold en qui j'ai cru si aveuglément. J'ai réussi. Je me suis expliquée. Les mots sont sortis comme il le fallait. On m'a entendue.

– J'espère sincèrement que vous allez lui prouver qu'elle est dans l'erreur, je lance à l'assistance médusée.

Le visage de la Pr Gold se tord de fureur, puis c'est la pagaille dans la salle. Un producteur essaie de me faire venir sur scène, il a déjà un micro tout prêt et le public bombarde les invités de mille questions et commentaires.

Mais j'ai plus important à faire. Je promets de fournir

tous les enregistrements à la presse et de rencontrer des responsables du gouvernement à une date ultérieure. J'ai fait ce que j'étais venue faire, j'ai atteint l'autre rive du lac.

Et maintenant, je dois aller dire au revoir à quelqu'un.

26
RETOUR AU SALON D'ATTENTE

Ria, Gregor et moi sommes devant le salon à la porte bleue.

– Je ne pourrai pas y aller, murmure la mère d'Adrien. Mais quand vous aurez fini, apportez-moi la carte à puce.

– Je vous l'apporte tout de suite, lui dit très gentiment Gregor. Le gram restera dans le lecteur jusqu'à ce que Cora lui ait fait ses adieux. Ensuite, une fois la puce détruite, il n'existera plus. C'est ce que vous voulez. Vous en êtes sûre ?

Je me tourne vers elle. La décision lui appartient.

– Sûre et certaine, répond-elle sereinement.

– Très bien, dit Gregor. Je vais le réveiller et sortir la carte à puce. Ça te laisse du temps, Cora.

Je fais oui de la tête. Gregor entre, et Ria, voulant rester seule un moment, s'éloigne dans le couloir. Je me concentre sur ma respiration. Gregor revient avec la carte à puce.

– Prends tout ton temps. Vas-y, entre, dit-il avec douceur en m'attirant à lui pour me serrer rapidement dans ses bras.

Puis il me lâche et j'entre.

Adrien lève les yeux vers moi. Nous nous regardons pendant un long moment.

– Tu viens d'où ? me demande-t-il en inclinant la tête, comme pour trouver la réponse sur mon visage.

Je ris, un peu embarrassée.

– D'un cirque pas possible. C'est une longue histoire.

– J'ai tout mon temps.

Je souris tristement.

– Non, justement.

Je m'assieds face à lui. Je n'ai jamais eu autant envie de lui prendre la main.

Il promène son regard tout autour de la pièce.

– Pourtant… il me semble que je n'ai que ça, du temps.

Posant mes mains sur mes genoux, je décompresse enfin, pour la première fois depuis des heures.

– Moi, j'ai toujours l'impression de ne pas en avoir assez.

– Je t'en donne un peu du mien, si tu veux.

Je ris. Puis je ris plus fort.

– Oh là là, quelle soirée !

– Raconte.

– Pendant un bon moment, il n'y en a eu que pour les adultes.

– Ah, ça, c'est pire que tout.

– On est d'accord.

Je me cale dans le confortable fauteuil, pour la dernière fois. Puis je lui demande de me raconter quelque chose, à son tour.

– Quel genre ?

– N'importe, je dis en fermant les yeux. Je t'écoute.

Il réfléchit. Avec les capacités cérébrales qu'on lui a données.

– Euh… Il y a des fois où je me sens seul, ici.

– Seul ?

– Ouais, mais quand je me dis que tu vas venir me voir, ça va mieux.

Je me redresse, j'ouvre les yeux.

– Adrien, je ne veux plus que tu sois seul.

Il me regarde et, pendant un instant, je retombe sous le charme. J'y crois, je sens des tressaillements de bonheur me chatouiller l'estomac. Comme chaque fois que je suis avec mon meilleur ami.

– On est où, ici ? demande-t-il d'une petite voix.

– On est dans…

J'avoue que j'avais l'intention de tout révéler au gram d'Adrien. De lui dire la vérité sur son existence. Ou plutôt sa non-existence. Mais maintenant que je me retrouve devant lui, que je sens sa vulnérabilité, je sais que ce ne serait pas bien. Je ne peux pas lui faire ça.

– Tu es dans un Salon d'attente, je murmure. Tu attends simplement d'entrer.

Ça l'apaise un petit peu.

– Ah bon ? D'accord.

– Je vais te parler de mon meilleur ami, je dis avec chaleur. Tu veux bien ?

– Évidemment.

– Il avait un TDAH, un trouble du déficit de l'attention. Et ça faisait de lui quelqu'un de génial. Vraiment génial. Et brillant. Il adorait faire de l'avion, il apprenait à piloter pour pouvoir voler, plus tard. Il adorait manger toutes sortes de plats, même les plus épicés qui moi me mettent la bouche en feu.

Il rigole.

– Et il avait un chien. Un chien qui essayait toujours de lui éviter des ennuis.

– Moi aussi j'ai un chien, dit-il, enthousiaste. Mais… je ne sais pas où il est.

Je m'empresse de le rassurer.

– Il va bien. Il va très bien.

– Continue, alors.

– Il chantait, il avait une belle voix. Souvent, dans la voiture, il baissait les vitres et il chantait à tue-tête. Parfois même des airs d'opéra. C'était à se rouler par terre.

Il éclate de ce rire si familier qui me serre le cœur.

– En plus, qu'est-ce qu'il dansait bien ! En faisant l'andouille, mais c'était génial. Un jour, il s'est incrusté au bal de mon collège, parce qu'il savait que j'appréhendais d'y aller et que je resterai seule dans mon coin. Eh bien, il a entraîné toute la salle à danser la chenille. C'était géant !

Il sourit chaleureusement en m'écoutant raconter mes histoires. Je savoure.

– Tu sais, je suis autiste, je lui dis fièrement. Parfois,

j'étais débordée par mes émotions ou un peu ronchon. Jamais il ne me le reprochait. Dans ces moments-là, il passait son petit doigt autour du mien, sans rien dire. Et chaque fois ça m'apaisait.

Il regarde ses mains. Je me demande s'il sait qu'elles ne sont qu'une combinaison de codes. Il tend son auriculaire et, après une brève hésitation, je tends le mien. Nos doigts se lient mais je ne sens rien. Physiquement, en tout cas.

– Qu'est-ce qu'il lui est arrivé ? me demande-t-il ?

Je regarde attentivement mon meilleur ami. Son image si fidèle à la réalité. Chaque centimètre carré, chaque pore de sa peau sont exactement tels que dans mon souvenir. Sa voix est si ressemblante que j'ai l'impression de parler à un fantôme.

– Il est dans le coma. Il s'est fait renverser par une voiture. On pense qu'il ne se réveillera pas.

Il me dévisage et, les yeux embués, je soutiens son regard avec un sourire las.

– Je suis vraiment désolé.

Le vrai Adrien n'aurait pas dit ça. Il aurait juré, crié que c'était horrible. Mais ça ne fait rien.

Les émotions de cette soirée commencent à se répandre jusqu'au plus profond de moi, maintenant. Je suis exténuée.

– Il me manque tout le temps, j'ajoute. Je ne peux pas le dire autrement. Mais il faut que j'arrête de penser qu'il est encore là. Il n'est plus là. Plus vraiment.

Parce que quand j'essaie de passer à autre chose, c'est

comme si je craquais une allumette, que je la regardais brûler et que j'en attrapais fébrilement une autre pour l'allumer. La boîte finira par être vide, et je me retrouverai dans le noir. Il faut que je retourne dans la lumière.

– Je suis sûr que tu lui manques aussi.

Je lève les yeux, surprise. À sa façon de me regarder, j'ai presque l'impression qu'il sait. Et ça me fait peur. Je me penche un peu en m'interdisant de glisser un œil vers la pendule murale. Ou vers le miroir.

Je pense à tout ce que les gens disent quand quelqu'un meurt. Que la personne ne souffre plus. Qu'elle est mieux là où elle est.

Pourtant, je ne connais rien de mieux que d'être sur Terre, bien vivante. La tristesse me rendait aveugle, lorsque j'ai découvert les grams, c'est vrai. Le chagrin est comme la pluie. Quand on est dehors sous une averse, trempé, gelé, on ne sait plus ce que ça fait d'être au chaud et au sec. On peine à imaginer cette sensation et à se dire qu'on la retrouvera un jour.

Mais certaines personnes sont des parapluies. Elles vous protègent des pires effets de la tempête.

Je replonge dans l'illusion une dernière fois.

– À ton avis, c'est comment Là-haut ?

Il réfléchit.

– Je ne sais pas trop.

– Tu dirais que c'est vraiment chouette ou que c'est comme ici ? Comme ce Salon d'attente ?

– Non, c'est pas comme ici, dit-il sur le ton de la confidence. Depuis Là-haut, tu peux regarder en bas tant que tu veux, tu n'es jamais triste. Tu peux manger tout ce que tu aimes sans jamais tomber malade. Tu entends ta musique préférée sans jamais t'en lasser.

Je souris. Chaque fois qu'Adrien découvrait une nouvelle chanson qui lui plaisait, il l'écoutait en boucle, jusqu'à ce qu'elle soit gravée dans sa tête.

– Tu crois qu'on change, quand on arrive Là-haut ? j'insiste avec douceur.

– Comment ça ?

– Je veux dire, est-ce que tu crois qu'on devient parfait ? Que pour y aller, il faut être parfait ?

Il rigole, et un sentiment de déjà-vu me submerge comme un flot de souvenirs.

– T'es folle ! Pas du tout. On reste les mêmes. Exactement les mêmes.

Je souris à travers mes larmes.

– Je suis de ton avis.

– En plus, on n'est pas obligé de voir les gens qui nous soûlaient ici-bas, poursuit-il, passionné par le sujet. Ils ne sont pas dans le même secteur. Pas de drame Là-haut, on est avec les gens qui nous aiment. Et on a tous du temps pour les autres.

– Oui.

– Et on peut faire le travail qu'on aime. Ou pas.

– C'est comme un petit village, alors ?

– Non, répond-il d'une voix douce. Plutôt comme une fête. Tu peux aller parler avec qui tu veux, ou alors rester seul dans ton coin. Sauf si tu préfères t'asseoir dans le jardin avec un ami ou une amie.

Je pousse un petit cri et je m'empresse de baisser les yeux, en espérant qu'il ne les voit pas.

– Ça, c'est une belle idée. Un jardin, c'est un peu comme Là-haut, alors ?

Il me lance un sourire encourageant.

– Ton meilleur ami t'y attend sûrement.

– C'est vrai ?

Son petit doigt commence à disparaître.

– Ouais. Promis.

– Adrien.

– Oui, Cora ?

On se regarde et je laisse mon visage exprimer tout ce que je n'arrive pas à dire.

– Tout ira bien, Adrien.

Il hoche la tête.

– Je vais aller ailleurs, c'est ça ?

Mes mâchoires tremblent, et plus j'essaie de l'empêcher, plus elles tremblent.

– Oui.

Il regarde ses mains qui commencent à disparaître.

– D'accord. Hé, Cora ?

– Oui ?

Il me regarde droit dans les yeux et je ne pense plus

qu'il n'est qu'un gram. Je regarde mon meilleur ami. Le plus grand ami que j'aie jamais eu.

– Prends soin de ma maman, s'il te plaît.

Je renifle bruyamment et ça me fait rire.

– Je te le promets. Elle t'aime tellement, on t'aime tous.

Il me fait un grand sourire. Ce fantôme étrange et merveilleux. Ce clone de mon ami le plus cher.

– Tu sais quoi, Cora ? J'ai toujours aimé ton prénom. Ne t'en fais pas pour moi. J'y vais, je pars au-dessus des nuages.

Il dit cela d'un ton joyeux, en souriant comme il le faisait toujours quand il se lançait dans une nouvelle aventure.

À ma grande surprise, je laisse échapper un énorme éclat de rire et j'acquiesce vivement.

– Oui, Adrien. Tu vas dépasser les nuages.

Ses yeux se plantent dans les miens au moment où son image commence à s'estomper.

– Au revoir, Cora.

– Au revoir, Adrien.

Et, aussi soudainement qu'il a surgi dans ma vie au milieu d'un jardin, un jour où j'étais en colère, solitaire, angoissée… il part. Mais je me sens forte. À la hauteur. Je me sens moi-même.

Même si le chagrin de le perdre me fait mal comme je n'ai jamais eu mal.

La douleur me frappe de plein fouet. Je ne suis pas insensible, je sens tout. Mais je mets tout cela de côté pour dire merci à une pièce vide. Car, désormais, il est libre.

27
ALLER DE L'AVANT

Après ça, tout est allé de mieux en mieux.

À la demande de Ria, Gregor a coupé en deux la carte à puce du gram d'Adrien et nous en avons pris une moitié chacune. Je porte la mienne au bout d'une chaîne autour du cou, sur mon cœur. Nous avons également trouvé le dossier où étaient rangées toutes les autres cartes. J'ai détruit la mienne à coups de marteau. C'était incroyablement libérateur.

Ensuite, nous avons téléphoné aux familles des autres grams pour leur dire la vérité. Et leur demander s'ils voulaient que la carte de leur proche soit détruite.

Ils ont unanimement répondu oui.

La grand-mère d'Adrien a révélé l'affaire Grenade dans son journal. Dans un long article, Magnus Hawkins racontait son implication dans le projet et exprimait ses regrets. La question a été soulevée au Parlement. La nouvelle a fait le tour du monde, laissant les gens abasourdis et horrifiés.

Est né alors un mouvement de protestation contre l'eugénisme numérique.

Des personnes atteintes de toutes sortes de handicaps et leurs familles ont manifesté pacifiquement dans les rues. Ces manifestations m'ont permis de relativiser les choses. Nous avons le choix de nous montrer comme nous le voulons, le choix de sortir du lot, dans ce monde qui a songé à nous faire disparaître.

En vérité je n'étais pas seule. Je ne l'avais jamais été.

Un grand nombre de chercheuses et de scientifiques ont désavoué la Pr Gold. Certaines ont dénoncé ses manquements à l'éthique, dont plusieurs remontaient à sa première année à l'université. D'autres m'ont invitée à parler avec elles. Sans compter celles qui m'ont écrit de très belles lettres que j'ai épinglées à un mur de ma chambre.

De vraies personnes réunissant tout ce que je cherchais depuis longtemps.

À l'heure qu'il est, je me trouve devant la Cour royale de justice de Londres. Je repense à l'été qui a passé depuis mes premières visites chez Grenade. J'ai entamé une campagne pour faire entendre la voix des neuroatypiques, en racontant ouvertement mon expérience chez Grenade. Et j'y ai associé Adrien. J'ai parlé de lui au monde entier, je l'ai emmené partout avec moi. Dans toutes les villes qu'il rêvait de visiter.

– Cora ?

C'est le Pr Connelly. Je sors à l'instant de la salle d'audience. Aujourd'hui, la société Grenade va plaider pour sa défense une dernière fois devant la planète entière, après quoi elle disparaîtra. Elle sera bannie à jamais.

– Profeseur Connelly, je lance courtoisement pour le surprendre.

– Tout cela est vraiment regrettable, balbutie-t-il en parcourant des yeux la foule massée dans le vaste hall du palais de justice. Je ne m'étais pas vraiment rendu compte de ce qu'ils faisaient.

C'est difficile à croire, mais je ne vais pas m'en prendre à lui. Pour un peu, il me ferait pitié.

– C'était totalement idiot, ajoute-t-il trop fiévreusement, trop près de moi. J'ai été idiot. Je ne savais pas ce que je faisais.

– Mais non, professeur Connelly, je lui dis en souriant. Vous n'êtes pas idiot. Vous êtes simplement… atteint d'idiotie.

Il me regarde un instant les yeux ronds, puis il rougit un peu. Je me retourne pour voir si papa et Gregor sont dans les parages, prêts à me ramener à la maison. J'ai accompli ma mission, j'ai apporté mon témoignage. Ça m'a soulagée.

J'aperçois au loin une foule de journalistes pointant leurs micros vers une femme qui arbore une éclatante chevelure rousse et un rouge à lèvres rouge vif. Depuis que j'ai commencé ma campagne contre Grenade, je découvre jour après jour que les gens comme moi sont bien plus nombreux que je ne le pensais.

Clara Linell, une avocate autiste, répond à des questions.

– Vous êtes la première avocate autiste à plaider contre Grenade, lance à voix haute un journaliste.

– La première avocate qui se déclare autiste, rectifie Clara, légèrement agacée. N'oubliez pas que nous vivons parmi vous depuis des siècles. Mais oui, je suis fière de m'opposer à ce projet ignoble et j'ai hâte de participer au procès qui se tient aujourd'hui. À mon avis, nous n'entendrons plus jamais parler de Grenade après cela. Gold est une de ces opportunistes qu'on voit émerger de temps en temps et qui essaient de distordre la morale et l'éthique jusqu'au point de rupture. Alors on peut dire merci à Cora Byers.

Elle m'aperçoit alors, et son visage fermé s'illumine. Spontanément, je lui souris en retour.

– Cette fille, dit Clara, pointant sur moi un index impeccablement manucuré, avec sa clairvoyance de neurodivergente, a plus de courage que n'importe quel individu présent dans ce tribunal. Elle nous a sauvés d'une abomination. Elle a fait le boulot que vous auriez dû faire.

Je sens le rouge me monter aux joues.

– Cora, avez-vous un message à faire passer aux enfants autistes ? me lance un journaliste qui crie plus fort que les autres.

J'essaie d'avaler la boule que j'ai dans la gorge. Même après toutes ces interviews, ces discours, ces articles de presse, je m'inquiète encore parfois du poids de mes actes ou de mes déclarations.

– Je leur dirais… qu'ils ont le droit d'être comme ils sont. Que personne d'autre qu'eux ne peut décider de leur valeur ou de leur importance dans la société. Ce monde est à tout le monde et chacun y a sa place.

– Que diriez-vous aux parents qui voudraient changer leurs enfants ? demande un autre.

J'aperçois Magnus Hawkins et son avocat, à l'entrée de la salle d'audience. Ils ont une discussion animée, puis Magnus attrape son mobile dans sa poche et répond.

– Je dirais que ce n'est pas leur rôle. Je regrette, mais ce n'est ni leur corps, ni leur esprit. Les enfants ne sont pas des extensions de leurs parents. Ils ont leur existence propre.

Subitement, Magnus se tient au mur pour ne pas perdre l'équilibre. Je me demande ce qu'on vient de lui annoncer.

Sans le quitter des yeux, je poursuis :

– Je me plais telle que je suis. Je comprends très bien que d'autres autistes aient un point de vue différent. Mais c'est nous qui devons avoir le dernier mot. Et personne d'autre.

– Qu'avez-vous envie de dire à l'Institut Grenade ?

On m'a posé cette question tellement de fois. Mais c'est la même chose que sur le plateau de télévision.

– Diriez-vous que ce sont des monstres ? insiste un journaliste, manifestement en quête d'un gros titre.

Je laisse passer un instant. Papa me dit tout le temps que je ne suis pas obligée de répondre à leurs questions. Que je peux parler seulement si j'en éprouve le besoin et si j'ai quelque chose à dire.

Et là, j'ai quelque chose à dire.

– Les monstres n'existent pas, je déclare en toute sincérité. Il faut seulement que nous cessions de considérer les autres, ceux qui nous semblent différents, comme des monstres. Les monstres n'existent que si vous ne posez pas de questions. Que si vous laissez libre cours à votre imagination pour inventer des mensonges.

Ils me regardent tous en écarquillant les yeux, sidérés.

Je m'éloigne des journalistes au moment où Clara Linell commence à discuter de la nouvelle législation inspirée par l'affaire Grenade.

C'est alors que je la remarque.

Tailleur blanc à fines rayures, lunettes noires, longue chevelure brillante. Et des hauts talons. On voit les racines foncées de ses cheveux et elle semble avoir maigri.

Nous échangeons un regard d'un bout à l'autre du hall. Puis elle vient jusqu'à moi.

– Tu as grandi.

Je lui lance un regard hésitant.

– En effet.

Avec une petite moue, elle parcourt du regard l'immense bâtiment dans lequel nous sommes.

– J'ai été impressionnée par tes discours.

– Merci.

– Surtout celui de Bruxelles. Tu m'as présentée comme un personnage haut en couleur.

– Ce que vous étiez.

– J'ai eu tort de te sous-estimer, Cora, dit-elle avec un léger sourire. Tu étais plus forte que la plupart des gens qui travaillent avec moi. Ils m'ont tous désavouée.

Je la toise.

– Si j'étais forte, c'était pour Adrien. Il le fallait.

– Bien sûr.

Nous restons plantées là, immobiles, tandis que le monde s'agite autour de nous, bruyant et anonyme.

– En un sens, je suis fière de toi, dit-elle enfin, permets-moi de te le dire. Tu as eu raison de tout le monde. Et je maintiens ce que j'ai dit : tu seras une grande journaliste. Le monde entier t'a écoutée. Je l'ai lu dans les journaux. Comme je l'avais prédit. Là-dessus, je n'ai pas menti.

Elle sourit d'un air grave, et une certaine fragilité apparaît sur son visage l'espace d'une seconde.

Levant le menton, je lui dis posément :

– Je ne veux plus jamais vous voir, professeur Gold.

Elle me regarde intensément. Pendant un long moment. Et moi je n'essaie pas de « lire » son visage, car son expression est probablement fausse.

– Eh bien, dit-elle dans un soupir, alors adieu, Cora.

Je la regarde partir puis :

– Attendez !

Elle s'arrête. Se retourne.

– Pourquoi ce nom, Grenade ? je lui demande, en me souvenant de ce que m'a dit mon gram. À cause du mythe ? Le fruit de l'enfer ?

Les commissures de ses lèvres se relèvent.

– Non. Parce que « Apple » était déjà pris.

C'est faux. Nous le savons toutes les deux. Je ne vois pas ses yeux derrière ses lunettes noires, mais je lui concède cet ultime mensonge.

S'éloignant en direction de la salle d'audience, elle est bientôt avalée par la foule bruyante.

Je prends le temps de digérer tout cela. Puis je me débarrasse d'elle. Comme je lâcherais la corde qui retient ma barque au rivage. Une corde dont je n'ai plus ni besoin ni envie.

Grenade est cloué au pilori sur la scène internationale. Je ne m'en réjouis pas, je suis juste soulagée. Plus personne ne sera victime de ses plans. De sa « vision », comme elle disait.

J'ai trois appels en absence de Gregor et papa. Ils doivent m'attendre dehors, dans la voiture. Je regagne la sortie, le sourire aux lèvres. Je leur fais de grands signes et je descends l'escalier en courant.

Depuis l'émission *L'Heure du débat*, et la révélation de cette affaire, j'ai été littéralement débordée pendant plusieurs semaines, avec des rendez-vous tous azimuts.

Nous sommes invités à déjeuner chez Ria, à Knightsbridge. Elle y habite seule maintenant qu'elle s'est séparée de M. Hawkins.

Je vais bientôt retourner au collège, et quand je repense à quel point j'avais été ulcérée par l'histoire du journal, ça me fait sourire.

– Allez monte, ma star.

J'ai déjà ouvert la portière, quand quelqu'un crie mon nom depuis l'entrée du tribunal. Je me retourne, une main au-dessus des yeux en guise de pare-soleil.

C'est Magnus Hawkins. Il crie et fait de grands moulinets avec les bras, mais je l'entends mal à cause du brouhaha de la ville.

– Tu as entendu ? hurle-t-il.

Je secoue la tête et je monte en voiture. J'apprécie qu'il veuille me faire des excuses, mais de loin, ça me suffit.

– J'ai des doutes sur les talents de cuisinière de Ria, je dis à Gregor et papa quand nous partons direction Knightsbridge.

Gregor se retourne :

– Elle a repris Bella.

– Ouf !

Épuisée par les audiences de cette matinée, je m'endors dans la voiture. Quand papa se gare, je me réveille en sursaut. Gregor sourit en m'ouvrant la portière.

– Bonjour beauté, me crie Ria depuis le perron de sa maison. Va t'installer dans le jardin, nous déjeunons dehors, aujourd'hui. J'ai envie de profiter de ce beau soleil, avant que les feuilles ne commencent à tomber. Et vous, les garçons, ajoute-t-elle à l'intention de Gregor et papa, venez m'aider à apporter les plats.

Ses joues ont repris des couleurs. Elle est magnifique.

– Bien madame, dit papa en me faisant un clin d'œil.

– Vas-y, on te rejoint tout de suite, chuchote Gregor en me donnant une chiquenaude sur la joue.

Je secoue la tête. Ils sont bizarres, aujourd'hui. Mais je fais le tour de la maison pour gagner le jardin. J'ai toujours ma clef. Elle ne me quitte jamais.

Je marque une pause en arrivant à la grille. Cerby m'y attend, les oreilles dressées, les yeux brillants.

– Eh, salut, toi ! je murmure en souriant.

Je prends le temps de respirer avant de glisser la clef dans la serrure.

Ces six derniers mois ont été vraiment étranges, pour moi. Depuis le jour où l'Institut Grenade est entré dans ma vie. Avant de s'engager seul sur un chemin que personne n'a jamais emprunté, on n'est pas rassuré. Mais une fois qu'on est lancé, il faut avancer sans se retourner. Ne jamais laisser l'incrédulité des autres, leurs jugements, leurs doutes ou leur haine te faire obstacle.

J'entre dans le jardin.

Il y a là quelque chose de nouveau. Un carré de terre retournée où sont probablement semées des graines. Un potager. Ria se serait-elle découvert une passion pour le jardinage ?

Plus loin, au milieu de la pelouse que le soleil inonde à travers les arbres, un plaid est étalé comme pour un pique-nique.

Et soudain, il y a comme un tremblement de terre.

Une silhouette qui était assise près de la nappe se lève, chancelante, et se stabilise à l'aide d'une béquille. Elle s'appuie lourdement dessus pour sortir de l'ombre et se mettre en plein soleil.

Je me rends compte que j'émets un drôle de bruit. Un hurlement étranglé. Je jette un coup d'œil vers le ciel, cherchant les lumières. Les projecteurs. La supercherie.

Mais il n'y a ni tricherie ni mystification, cette fois.

– C'est moi, Cora, dit-il en arrivant à ma hauteur.

Il me dépasse en taille, mais il est un peu plus calme que moi. Il a les yeux à la fois humides et inondés de bonheur. La clef m'échappe et atterrit dans l'herbe. J'avance une main tremblante pour le toucher, le sentir. Au dernier moment, je ferme les yeux, car je m'attends à toucher du vide, à briser l'hologramme.

Mais en fait, c'est bien sa peau que je touche. Une peau chaude où circule du sang, où la vie palpite comme un courant électrique.

– Tu es mon meilleur ami.

Voilà tout ce que j'arrive à dire en cherchant ma respiration et en essayant de la caler sur les battements fous de mon cœur. Et je le répète :

– Tu es mon meilleur ami.

Sa main vient envelopper la mienne et la porte à sa joue.

– Je sais.

– Où étais-tu ? Je pensais que je ne te reverrais jamais.

– Je ne sais pas où j'étais, mais je suis mieux ici.

– Tu avais raison. Pour Grenade. C'est toi qui avais vu juste.

Je voulais le lui dire depuis des mois.

Il me fait une grimace espiègle.

– Oui ! D'ailleurs, c'est pour entendre ça que je suis sorti du coma. Je peux mourir maintenant.

– Tu es fou ! je m'exclame. Ne rigole pas avec ça.

Son rire s'efface et il me regarde d'un air très sérieux.

– Cora.

– Adrien.

Je le serre dans mes bras. Je n'ai rien senti d'aussi réel depuis des mois.

– Quand est-ce que tu t'es réveillé ?

– Il y a un mois, répond-il sans desserrer son étreinte.

– Un mois !

– Ouais. J'ai fait de la rééducation, de l'ergothérapie et tout le bazar. Grace te passe le bonjour, d'ailleurs. Elle m'a dit que tu étais venue me voir.

– C'est vrai.

– Maman voulait te le dire tout de suite, mais moi je te regardais à la télé tous les jours. Tu étais époustouflante. Révéler, comme ça, au monde entier ce qu'ils faisaient… Je ne voulais pas t'arracher à tout ça, c'était trop important.

– Tu es bien plus important que tout ça, je m'écrie en fermant les yeux à fond pour retenir mes larmes.

– Non, Cora. Tu étais en train de sauver le monde. Je ne voulais pas que tu te fasses du souci pour moi. Et chaque fois que je me sentais fier de toi, je me disais : « Si Cora est capable de faire tout ça, je dois être capable de sortir du lit et de marcher. » Je suis rentré à la maison hier soir.

Quand Ria nous a invités à déjeuner.

C'est seulement maintenant que je vois, près du plaid, un panier plein de choses à manger et à boire. Pour deux. Ria a dû préparer un déjeuner pour papa et Gregor dans la maison. Ils voulaient sans doute nous laisser en tête-à-tête pour nos retrouvailles.

– Si tu savais ce que je suis fier de toi, dit Adrien d'une voix émue. Tu as cassé la baraque.

– J'étais obligée.

– Je sais.

Je me détache enfin de lui et je regarde le jardin. Calme, paisible. Une paix véritable, pas artificielle. Je me retourne vers la grille d'entrée et je souris.

– Joli petit potager.

– Oui, hein ! C'est maman qui l'a aménagé pour moi. Ça va m'aider pour la rééducation.

– Comment ça ?

– Aucune idée, mais c'est une suggestion du médecin. Il dit que les légumes sont essentiels pour vivre sainement, alors je vais faire pousser mes légumes.

J'avance petit à petit jusqu'au plaid et je m'assieds, de peur que mes jambes se dérobent sous moi. Je l'aide à poser sa béquille près de nous et à s'asseoir.

– Je n'ai plus beaucoup de chance de devenir pilote, maintenant, dit-il avec une pointe d'amertume.

– Adrien Hawkins. Tu es capable d'absolument n'importe quoi, tu m'entends ? Tu es sorti de ce foutu coma ! Tu as pigé bien avant moi ce qui se passait chez Grenade et ce que faisait la Pr Gold. Tu peux faire tout ce que ton esprit brillantissime est capable d'inventer, il n'est pas question que tu renonces à quoi que ce soit, tu m'entends ?

Le chagrin a été un drôle de compagnon pour moi, ces derniers mois. Maintenant, quand je regarde là-haut les arbres qui vont bientôt perdre leurs feuilles et préparer celles du printemps, j'ai l'impression de me réveiller d'un rêve étrange.

À présent, je dois reprendre ma vie là où je l'avais laissée.

– Il y a un autre truc qu'il faut que tu saches, me dit Adrien.

Je me retourne vers lui.

– Ah oui ?

28
ÉPILOGUE

Deux semaines plus tard

– On n'a jamais fait une aussi belle mise en page.

Je me retourne avec un petit sourire en coin. C'est Adrien qui vient de prononcer fièrement cette phrase, appuyé sur sa béquille.

– Adrien, c'est la seule mise en page qu'on ait faite.

– Peut-être, mais elle est super.

Nous sommes dans la cantine de mon collège. De notre collège. C'était ça, la dernière surprise. Adrien a décidé de réintégrer le système scolaire, en même temps que Ria acceptait un travail dans un journal. Ils étaient ravis, l'un comme l'autre, d'aller de l'avant. Ria a fait marcher quelques pistons pour qu'il ait une place dans ma classe.

Adrien aime bien raconter, en plaisantant, qu'il s'est arrangé pour tomber dans le coma pendant les vacances d'été, afin ne pas avoir à faire la dissertation de début de trimestre.

Il s'absente encore un après-midi, de temps à autre, pour des séances d'ergothérapie ou un rendez-vous médical, mais en dehors de ça, on ne se quitte plus.

Nous gérons notre propre journal du collège qui fait concurrence à celui de M. Ramsey. Nous n'avons pas eu de mal à réunir une équipe : apparemment, Adrien n'a pas été le seul à admirer mes exploits de l'été.

– Ça prend tournure, dit, derrière nous, Mlle Mabuse venue jeter un coup d'œil à notre mise en page. Mais n'oubliez quand même pas de déjeuner.

Adrien lui fait un salut militaire et j'acquiesce, avant de prendre une bouchée de ma salade fraîche et croquante provenant en grande partie du potager d'Adrien.

– Il faut encore qu'on trouve un nom à notre journal, me rappelle-t-il en mâchant sa salade.

– Pourquoi pas *Feuille de chou*, je le taquine en pointant un morceau de salade coincé entre ses dents.

– Et pourquoi pas… *Le Spectre* ?

Il boit une gorgée d'eau.

Mon stylo s'immobilise au-dessus de la page.

– Quoi ?

– *Le Spectre.*

– Comme le…

Il me fait un sourire complice.

– Comme le « spectre » qui engendre certains traits de caractère chez des personnes intelligentes, uniques, brillantes et qui gagnent à être connues.

Je souris. Il sourit. J'avance mon poing pour un check.

– *Le Spectre.*

Il frappe mon poing.

– *Le Spectre.*

Je ne pense presque plus à Grenade. Maintenant que j'ai dit tout ce que j'avais à dire, je vis ma vie, avec mon meilleur ami. On va au cinéma. On joue avec son chien. On contemple les nuages. On rend visite à l'oncle Max et son avion. Adrien va assez bien, à présent, pour monter avec lui.

Et Grenade n'est plus qu'un lointain souvenir. J'ai bien mieux. Maman. Alan Turing et son incroyable invention. Papa et Gregor. Ria et sa nouvelle carrière. Adrien et ses blagues absurdes.

Nous sommes deux, maintenant, sur le chemin : Adrien et moi.

Je ne suis pas seule.

Je me rends compte que nous rions presque tout le temps. Après les cours, on passe des heures dans le jardin, à fabriquer notre journal. Près du potager.

J'adore manger ce que nous y faisons pousser. De bons légumes.

Fini les fruits toxiques.

De la même autrice à *l'école des loisirs*

Collection MÉDIUM

Les étincelles invisibles